# 老舍小说
## 在美国的翻译与传播

夏 天 著

科学出版社

北 京

# 内 容 简 介

本书以 20 世纪后半期中美外交关系与文化交流进程中美国主动译入的老舍长篇小说为研究对象，目的在于揭示翻译文学，尤其是翻译小说这一兼具文学性与意识形态特性的文体，与社会和历史进程互为因果的关系。本书将文学翻译活动置于特定的历史社会语境中加以考察，重点探讨中美两国在二战同盟、冷战对峙以及当代竞合等不同历史阶段的文学交流动态。本书以老舍小说十种译本的文本细读与翻译策略比较为基础，结合二战之后到冷战终结期间的世界格局与历史事件，同时聚焦历史语境中文学创作与文学交流所扮演的角色，以及大语境中各位初译者个体，考察"语言（译本）、文本类型（文类特征）、个体（译者）、历史（语境）"四者共建的翻译活动场域，从选本、翻译策略及译本影响的必然与偶然并存之中展现翻译活动的全貌及本质。

本书适合翻译学习者和对翻译感兴趣的研究者阅读及参考。

**图书在版编目（CIP）数据**

老舍小说在美国的翻译与传播 / 夏天著. -- 北京 ：科学出版社，2025. 6. -- ISBN 978-7-03-082024-2

Ⅰ . I207.425；I046

中国国家版本馆 CIP 数据核字第 20258D139E 号

责任编辑：杨　英　赵　洁 / 责任校对：张亚丹
责任印制：徐晓晨 / 封面设计：有道文化

**科 学 出 版 社** 出版
北京东黄城根北街 16 号
邮政编码：100717
http://www.sciencep.com
北京建宏印刷有限公司印刷
科学出版社发行　各地新华书店经销
*
2025 年 6 月第 一 版　开本：720×1000　1/16
2025 年 6 月第一次印刷　印张：13 1/2
字数：252 000
**定价：118.00 元**
（如有印装质量问题，我社负责调换）

　　本书是国家社科基金青年项目"二十世纪后半期美国译入老舍小说及其对中国文化形象构建研究"（项目号：13CYY014）的成果。

# 目　　录

# 第一章　绪　　论

　　中国文学外译的研究与实践，主要关注中国既有世界形象的研究与历史流变研究，以及在此基础上如何通过外译主动地输出自身理想的文化形象，其实文化形象塑造只不过是文学翻译的一个方面。阅读翻译的文学作品，不仅在于了解他者形象，更是从他者投射到自我，以实现更为深刻的自我认知、精神慰藉与提升。20 世纪中后期，美国主动译入老舍的长篇小说，在第二次世界大战（简称二战）到冷战之间这一段特殊历史时期，译者们除了对小说中具有现实意义的各类主题进行挖掘与阐释，也注意到老舍长篇小说中缩微的中国文化百科与现实纪实，因此老舍《骆驼祥子》《离婚》《猫城记》《二马》这四部小说的初译本带有更多的"非文学"因素，英译活动牵涉更多的社会、政治、文化因素，呈现更为复杂的面貌，与翻译发起者"塑造他者"的初衷相比，这一系列的翻译活动更是读者带着"为我所用"的目的，在译本中寻找心灵的慰藉或是认知的提升。

　　本书以 20 世纪中后期中美关系变迁与文化交流进程中，美国对老舍长篇小说的主动译入活动为研究对象，目的在于解析翻译文学，尤其是翻译小说这一类兼具文学性与意识形态特性的文本，与社会和历史进程互为因果的关系。将文学翻译活动还原到其发生的历史与社会语境，聚焦中美两国在二战同盟、冷战对峙以及战后文化竞合等不同历史阶段的文学交流动态，以老舍小说十种译本的文本细读与翻译策略比较为基础，结合二战之后到冷战终结期间的世界格局与历史事件，同时聚焦历史语境中文学创作与文学交流所扮演的角色，以及大语境中各位初译者个体，考察"语言（译本）、文本类型（文类特征）、个体（译者）、历史（语境）"四者共建的翻译活动场域，从选本、翻译策略及译本影响的必然与偶然并存之中展现翻译活动的全貌及本质。

　　中国现代文学作品的译出是当前中国文化对外传播的重要内容之一，对于突破当前中国文学译出"困境"有一定的借鉴意义。本书从历史人文观出发，运用文本分析比较与历史学研究方法，研究美国在二战后主动译入老舍小说这一典型历史案例，深入探讨影响与干预译本价值实现的路径，从而为我国对外文化传译战略制定提供一些借鉴和参考。

第一，通过研究接受语社会主动译入中国现代文学作品的历史案例，了解译本的价值实现过程，为中国文学"走出去"制定策略提供参考路径。中国现代文学作品的英译研究是翻译研究的重要内容之一，因为多年来学术界偏重对外来文学的译入研究，对我国文学作品的译出研究显得不足，尤其是对接受语社会主动引进中国现代小说的案例更是少有关注。面对中国文学走向世界这一重大命题，国内学界的研究分两类：①立足本土，选择最代表中国文化的文学作品有组织地译出；②研究如何资助推广中国文化的活动。这两方面的研究都是积极而有益的探索。但是20世纪80年代至今，中国文学外译与推广一直受到政府关注，国家投入大量人力物力，设立与制定各类大型译出与传播项目及计划，中国文学作品在"走出去"的道路上不断取得突破。但与投入力度与推出数量相比，译本的传播和接受的成效不容乐观。其一，就销量与阅读量而言，译出的作家不少，只是销量并不多。有学者发现，英美大学图书馆、公共图书馆可供借阅的中国现当代文学翻译作品不多，且借阅量也相对较少；[①]其二，就影响与评价而言，海外购买中国图书的群体主要是在海外定居的中国人，其次是图书馆和院校等学术机构，普通外国读者的比例相对较低。这一现象表明，中国文学在海外的传播尚未真正深入目标国家的普通读者群体。尽管许多海外大学开设了中文专业，但中国文学的影响力大多局限于学术圈，未能真正走向更广泛的社会层面。中国文学走向世界在一定程度上仍面临"一厢情愿"的困境，其传播进程也呈现出单向度的特征，缺乏与目标读者群体的深度互动与共鸣，具体表现在：①对接受环境的研究和考察不够；②文本遴选以国内评价为参考坐标；③翻译策略的原文本导向；④传统传播渠道的局限；⑤对接受效果的评估不够理性科学。针对以上几点，笔者提出以下建议，并在本书研究中充分关注：首先，开展国外主动译入中国文学作品的案例研究，包括动机、译者、渠道、效果等方面，为我国对外文学传译战略提供借鉴和参考；其次，研究国外政治经济军事形势、外交等引发的思想潮流变化。社会思潮的变化，会引发对文学作品新的需求转向，及时捕捉这些新的动向，对制定针对性的文本遴选方案，具有极其重要的作用。

第二，中国现代文学尤其是小说，其意识形态与诗学并重的特殊性决定了其英译研究的现实价值。除了语言转换，翻译研究更应关注与文学交流和翻译相关的重大现实问题，关注翻译活动在现实政治经济文化生活中的作用。中国现代文学更为接近世界文学的主流，可以与现代西方文学进行对话。首先，比起典籍英

---

① 马会娟：《英语世界中国现当代文学翻译：现状与问题》，《中国翻译》，2013年第1期，第64-69，126页。

译,现代文学作品英译与社会政治背景联系更为紧密,更具现实的研究价值,但成果数远远低于典籍英译研究。目前,中国现代文学英译研究中的相当一部分仍局限于单纯的语言转换层面。其次,现代文学英译的宏观研究集中于比较文学和汉学研究领域,虽在各自领域颇有建树,但忽略翻译过程本身,导致历史宏大叙事/文学理论与译本本身相脱节,难以彰显翻译在现代文学走出去的过程中所起到的作用。小说的文学性与意识形态并存,是翻译发起者与大众读者对文本关注点各有侧重的前提。翻译发起者,包括政府与书商更多关注原著意识形态等客观事实与内容,这在一定程度上影响了译者的翻译策略选择;而大众读者更多关注译著文学性及其对自己精神世界的映射与影响。二战后美国对老舍小说的译介,既体现了官方通过"共情"或"疏离"的态度对中国文化与政治形象的塑造意图,也反映了读者在译作的文学性中寻求心灵慰藉与信息解读的深层需求。这一过程不仅是文化传播的实践,也是读者通过阅读进行自我疗愈、深化对自我与世界认知的重要途径。接受语社会对翻译文学的阅读体验最终是自我指向与精神契合,他者指向的形象及信息获取仅仅是翻译活动的官方初衷。最后,小说篇幅较长,一以贯之的翻译策略和其间多重翻译方法的复合运用,都离不开细致全面的译本比对研读。以此为中心,扩展翻译活动所处的历史社会语境,才能全面与深入地呈现翻译活动:文本选择、翻译过程的策略运用以及译本的接受与影响。老舍小说英译涉及的翻译策略既包括一以贯之的深度翻译与阐释翻译,也包括其间穿插的直译与归化翻译。翻译策略的复杂性更需要结合广泛的历史社会文化语境来进行阐释与理解,也更能够得出新的结论。

第三,现代文学的英译研究不仅可以为英译作品的传播效果提供资料参考,还为翻译学科的发展提供借鉴。本书最大限度地体现了翻译研究与单纯历史研究的范式与学科定位差异所在,翻译研究的根本定位是翻译学科,其目的是揭示翻译活动与历史进程互为因果的关系,翻译学的目标是找寻最能说明翻译本质、最能阐释和解决翻译问题的科学理论和方法。①本书做到译本细致研读,全面考察译者翻译策略,呈现翻译过程全貌。文学翻译史研究不仅是一分史料说一分话,更是需要扎实的译本研读,靠的不是历史研究中随机抽取几个术语,而是从头至尾的细致研读;②本书聚焦翻译活动最核心的翻译过程,植根于翻译学科的本体定位,在此基础上进行跨学科研究,其根本目的是考察翻译活动在人类社会进程中的作用;③本书为文学翻译史研究,自始至终不放弃对研究对象文学性的考量,以及对文学理论与文学交流本身特殊性的考量;④本书虽是文学翻译研究,但也尽可能扩大了翻译活动所处的历史语境与社会语境,史料研读囊括了中美外交关系、出版业、文学活动的发展与趋向、社会文化思潮等等；⑤文学翻译史研究需要建立具有广度与深度的研究视角，因此本书不仅研读运用了相关的翻译理论，还运用了文学、政治学、外交学、传播学以及人类学等学科的理论。相比之下，历史研究一般只考察与翻译过程相关的周边活动，如译本种类和数量、文本选择兼或译本影响，或者译者本人，忽视译本整本全面细致阅读或者翻译策略本体，更为近期的历史研究虽以个别专有名词或术语译名为出发点，撷取译例，但极易造成对翻译过程与翻译策略以偏概全；历史研究的学科定位决定了对翻译过程的忽略，导致研究视角、深度与发现结论偏离翻译研究本体，以史料开始，以史料结束；历史研究对文学翻译活动的考察不会顾及文学性本身，研究方法与视角与非文学文本无异，无法呈现文学翻译活动的特殊性所在。

# 第二章　中国小说英译：从古典走向现代

　　中西方小说在文学渊源、发生学、叙事方式等方面各富特征，但均具有写实叙事性、虚构性、散文性和一定的道德教化作用。中国小说从古典主义向现实主义发展，特别是五四运动以来，借鉴西方的文学理论，发展了现实主义文学，这四个方面的共性，是中西方小说彼此交流与翻译的基石，也是产生世界性文学以及具有国际影响力小说家的前提。同时，小说这四个方面的共性，也决定了小说翻译区别于其他文体文学作品翻译，在中西文学交流史上，小说翻译不仅是文学交流的桥梁，小说的写实叙事性更是决定了小说翻译担当了文化交流甚至政治对话的重任，成为了解彼此生活习俗、精神面貌以及国家政治、经济发展的窗口。艾弗拉姆·诺姆·乔姆斯基（Avram Noam Chomsky）在接受《乔姆斯基读本》（*The Chomsky Reader*）的编者詹姆斯·佩克（James Peck）采访时，被问及他曾说过的一个观点，即文学比相关科学研究更能深入洞悉完整的人性[①]，他表示这是肯定的[②]，并举例说在幼年时读过的 *Rickshaw Boy*（《骆驼祥子》英译本）对他影响深远，且形成了自己对中国和中国革命的看法。

## 第一节　小说的特征与小说翻译的特殊性

### 一、小说的写实叙事性、散文性与翻译的镜像作用

　　写实叙事性是小说的根本特性。"小说是用语言曲折地表现世相人生的艺术。小说最少公式化语言，能够自由自在地再现生活、表现人生、抒发感情。"[③]就表

---

① Peck, J., *The Chomsky Reader*, New York: Pantheon Books,1987, p.4.

　　"It is not unlikely that literature will forever give gar deeper insight into what is sometimes called 'the full human person' than any other modes of scientific inquiry may hope to do."

② 原文"I would go on to say it's not only not unlikely, but it's almost certain".

③ 姚国军：《小说叙事艺术》，北京：群众出版社，2007 年，第 3 页。

现方法而言，中西长篇小说均以写实主义为基础，也就是以忠于某种生活现实的细节，去构筑一个想象中的世界。长篇小说这一文类的基本特征之一，是企图在故事中创造一个完整的"世界"，那个世界符合读者思想上的、阅历上的或感受上的体验，而且它即使不完全为读者所熟悉，也还是真实可信的。

无论是中国小说被西方世界选译，还是我们选译西方小说，除了鉴于对对方文学史、文学理论史、文学市场的了解来确定选择哪个阶段的作品以及哪位小说家的作品，还会关注从这些小说中能透视关于对方的哪些现实状况。换言之，一本小说就是一个窗口、一个镜像，通过它我们可以直接看到对方的长相。然而，小说又不同于新闻采写与纪实文学，它同时具有的散文性又给人们在了解对方"长相"的同时带来文学滋养与思想提升。王安忆说："小说不是现实，它是个人的心灵世界，这个世界有着另一种规律、原则、起源和归宿。但是铸造心灵世界的材料却是我们所赖以生存的现实世界。小说的价值是开拓一个人类的神界。"① 让-皮埃尔·阿贝尔·雷慕沙（Jean-Pierre Abel Rémusat）在《玉娇梨》（*Iu-Kiao-Li，ou Les Deux Cousins*）译序中写道：作者在现实环境的启发下，去描绘那些还未曾走远的历史……我们则有权要求其具备与现实的相似性，……许多严肃的思想家认为，这一特征正是风俗小说真正的价值。② 由于中国小说家力图描绘的理想模式和接受它的那个民族的精神存在着必然的联系，因此它能让人看到中国社会生活、文化生活的诸多方面，了解难以深入了解的东西，从而更好地认识中国人和中国文明，这是旅行家的游记和传教士的著述无法替代的。③

同时，不同于新闻纪实文体，小说在写实的同时总是探讨人生更为深刻的问题。浦安迪（Andrew H. Plaks）认为，小说家在试图忠实地描绘或令人信服地构造一个细节充实的完整世界时，不可避免地要遇到一些更为深刻的难题，他迟早要陷入一种矛盾，即客观现实须借观察那个现实的主观意识而存在，因此最终就离不开一个主观的、相对的观点。正是基于这一点，长篇小说总是从现实出发，转而探索人生难以捕捉的方面，或下意识的诡谲无常的方面。西方如此，中国的情况也是如此。④ 小说中所探讨的人生难题，在很多时候都是人类共通的话题，

① 王安忆：《心灵世界》，杭州：浙江文艺出版社，2020 年，第 3 页。

② 雷慕沙：《雷慕沙论中国小说》，唐桂馨译，《国际汉学译丛》，2024 年第 3 辑，第 74 页。

③ 钱林森：《中国古典戏剧、小说在法国》，《南通大学学报（社会科学版）》，2008 年第 2 期，第 48-55 页。

④ 浦安迪：《中西长篇小说类型再考》，该文原载《新亚学术集刊》创刊号（香港，1978 年）；参见林夕中译文，载周发祥编《中外比较文学译文集》，北京：中国文联出版公司，1988 年。此处引文取自林译，第 207 页，语言上稍有改动。

能够引起异域读者的共鸣。法国作家马塞尔·普鲁斯特（Marcel Proust）的小说《追忆似水年华》（*À la recherche du temps perdu/In Search of Lost Time*，又译为《追寻逝去的时光》《追忆似水流年》等）之所以成为 20 世纪最伟大的小说之一，不仅是因为它细腻刻画了 19 世纪末、20 世纪初的法国上流社会和文人雅士，更因为其从单纯地描写人类社会转向对人类心理情绪的分析，对爱情、嫉妒、死亡、回忆、时光等人生话题展开深刻的剖析。英国才子作家阿兰·德波顿（Alain de Botton）在《拥抱似水年华》（*How Proust Can Change Your Life*）中，向读者展示了如何从这本小说中参透生活的哲学，从中得到"哲学的慰藉"，学会珍惜时光、体验人生真谛、调整人生的轻重缓急。

"小说是我，散文更是我。虚构的小说，真实在生活的本质；而散文，本应是一个里里外外透明的真实。"[①]小说的散文性向读者们展示了以原作者为代表的异域人民的主观世界。也就是说，除了真实的现实世界，读者们还想了解生活在那个现实世界中的人们如何看待周遭，如何思忖事件发生，如何评价彼此。小说的散文性帮助读者更好地与作者达到视域融合，理解作者所理解的一切。小说作者以各种方式跃入幕前，直抒胸臆或以全知角度理论一番，向读者传达自己的真知灼见。在翻译中，小说的散文性特征既帮助译者深刻理解作者意图，又为译者提供了再阐释的机会。

无论是精神世界还是人生话题，都穿插于细致的现实描写与高度真实的故事情节之中，这就是小说的独特魅力所在，也使得小说译本成为信息丰富、兼具趣味与精神滋养的异国宝藏。

## 二、小说的虚构性与节译、改译

小说的虚构性又给译者提供了节译的空间与改译的可能性。译者在改译小说之时，不必死守"忠实"这一职业操守，还有可能给读者提供很强的可信度。虽说改译是对原著的不尊重，但是在文学与文化交流初期和特殊时期，这种有意识改译的小说，却起到了难以替代的作用，或是提升了小说的文学地位，或是引入新的文学形式，为本国小说创作提供范本，或者以温和而熟知的方式让读者接受异域文化，屏蔽敏感内容，避免文化冲突。其他文类诸如诗歌、散文，具有更强的文学内部统一性和高度的文学性特征，在文学发展的一定时期也享有更高的文

---

① 郭力：《张抗抗小说与散文的"互文"性》，《岁月》，2007 年第 2 期，第 11 页。

学地位，为译者改译设置了障碍；而新闻之类文体，其事实性本质对改译的容忍度几乎为零。

清末时期的林纾，在翻译时增删改写，译本在当时却大受欢迎。他不仅增删小说原著的故事情节，删去诸如私奔这些与中国传统道德相违背的细节，增加体现"父慈子孝"的内容，还改变文学样式，增加章回体与画外音，以当时中国读者喜闻乐见的方式，部分呈现了西方的生活面貌和文化习俗。这种翻译方式，在今天看来是对原著的不尊重，可在当时却为闭塞的中国读者打开了一扇窗。

小说的虚构性特征，甚至为译者提供了改变文体进行翻译的可能性。宋元以及明清时期的判案集，诸如《折狱龟鉴》《名公书判清明集》《狄公案》《洗冤录》，为官员断案提供了有力的参考。几乎所有的这些判案集在西方都有译本，但是其中一些在翻译过程中被转变成小说样式呈现给读者。译者利用小说的虚构性，将一些案例转译成传奇故事，离奇的案件情节、夸张奇特的审案经过与手段，迎合了中国传奇故事在西方流传并受欢迎的传统，并顺带以批判手法展现了中国法律制度当时的情况。与此相反，老舍的半科幻小说《猫城记》却在翻译过程中被贴上了"纪实文学"的标签，译者通过翻译前言与各种翻译手法，将虚构的故事情节与当时的中国现状画上等号，引导读者将这部小说作为纪实作品来阅读。

小说作品游离在虚构与现实之间，成为文学翻译活动中一道特殊的风景线，选本状况更为复杂，译者采用的翻译手段更为丰富，翻译效果也更具多样性，因此具有很高的研究价值。

## 三、小说的道德教化作用与源语社会的思潮动态

如果说小说的散文性体现和提供的是作者个人的主观世界和精神养分，那么小说的道德教化作用，则是源语社会整体精神世界和理想追求的投射。其实"道德教化"一词并不足以涵盖小说负有的精神提升和推动社会变革的作用。与作者个人智慧哲思带给读者思想提升与共同感悟不同，小说具有的教化作用带有现实目的，以改变目标群体思想和推动社会变革为驱动。梁启超不仅继承了中国传统小说的道德实用功利观，基于时代需要，更是赋予小说更为神圣的使命：小说不仅要移风易俗，更要经国济世、救国救民。他在《论小说与群治之关系》中提出"抑小说之支配人道也，复有四种力：'一曰熏……二曰浸……三曰刺……四曰

提……'"①，而小说的道德教化和济世救国的作用，更是从一个侧面为读者展现了源语社会的思想和思潮发展与动态。

> 吾中国人状元宰相之思想何自来乎？小说也。吾中国人佳人才子之
> 思想何自来乎？小说也。吾中国人江湖盗贼之思想何自来乎？小说也。
> 吾中国人妖巫狐鬼之思想何自来乎？小说也。②

通过《简·爱》（*Jane Eyre*）这部具有浓厚浪漫主义色彩的现实主义小说，女作家传达出 19 世纪中期英国女性，尤其是下层社会女性富有激情与幻想、敢于反抗和坚持不懈的精神以及她们对人间自由幸福的渴望和对更高精神境界的追求。有尊严和寻求平等的简·爱，看似柔弱而内心极其刚强坚韧，成为无数女性心中的典范。从乔治·奥威尔（George Orwell）的小说《1984》（*Nineteen Eighty-Four*），可以看到 20 世纪中期，英国左翼作家对极权主义和人性泯灭的担忧。从哥伦比亚作家加夫列尔·加西亚·马尔克斯（Gabriel García Márquez）的小说《百年孤独》（*Cien años de soledad/One Hundred Years of Solitude*）中，可以看到作家对 19 世纪拉丁美洲的文化和精神与文明世界隔离的焦虑，呼唤读者对自己民族文化和凝聚力的关注。这些小说被翻译成多种语言成为世界经典，让世界各国读者对源语社会的思潮动态以及发展变革有了清晰的了解，同时也会引发思考与共鸣。无独有偶，18 世纪早期和中期，英国出版的中国翻译小说，都以一种"寓教于乐"（a combination of instruction and delight）的形式出现，译者有意识地突显这种道德倾向（moral tendency）在小说中的投射。③

小说中蕴含的社会思潮，与官方发布及报道新闻不同，它们是自下而上引发的思潮，芸芸众生在社会发展与变革的浪潮中，经历着心灵与精神的冲击与蜕变，这种社会思潮具有强大的根基、坚实的可信度，只有如此才能引发读者的共鸣。同时，这些社会思潮通常都是通过隐喻或者象征手段，交织在引人入胜的故事情节之中，在广大读者的精神和思想层面达到一种润物细无声的效果。

小说以上的几个特征不可分割，互相依存，令小说翻译呈现独特的景观，小说翻译是文学翻译中极为活跃的一个领域，因为它具有庞大的读者群，更因为小

---

① 梁启超：《论小说与群治之关系》，载《饮冰室合集》（第二册），上海：中华书局，1989 年，第 7 页。
② 梁启超：《论小说与群治之关系》，载《饮冰室合集》（第二册），上海：中华书局，1989 年，第 6 页。
③ Watt, J., Thomas Percy, China and the Gothic. *The Eighteenth Century*, 2007, Vol. 48, No. 2, p. 96.

说丰富的客观世界镜像投射和精神蕴含，让读者在遨游文学海洋的同时能够全面又深入地了解他者的外在面貌与精神世界。促动翻译事业的各方也深知小说翻译的特有功用。托马斯·珀西（Thomas Percy）在《好逑传》译本《好逑传及其他》（*Hau Kiou Choaan or the Pleasing History*）扉页上引用了杜赫德（Jean-Baptiste Du Halde）《中国通志》（*Description de la Chine*）中的一句话："如果要了解中国，那么除了通过中国小说而外没有更好的办法了，因为这样做，在认识该国的精神和各种习俗时肯定不致失误的。"①在中国文明与文化走向世界的历史与今天，小说翻译起到了不可替代的作用。

## 第二节　小说翻译与镜像中国

鲁迅在其《中国小说史略》的序言中就曾经这样说："中国之小说自来无史；有之，则先见于外国人所作之中国文学史中，而后中国人所作者中亦有之，然其量皆不及全书之什一，故于小说仍不详。"②小说在中国文学史上向来地位不高，可仍有相当一批作品被译介到西方，梁实秋在《中国文学作品之英译》一文中提到，他所读玛莎·戴维森（Martha Davidson）所编《中国文学作品英译、法译与德译书目》（*A List of Published Translations from Chinese into English，French and German*），称西人"译作性质以俗文学为最多，即小说戏剧及民间故事之类，诗歌次之，散文则绝少"，他认为原因可能是"西方人的趣味使然"③。从梁实秋的叙述中既可见他对中国小说不乏贬抑之词，又说明他发现了西方选择中国文学文本时对小说情有独钟，"须知中国文学散文占一大部分，至少与诗歌平分秋色"④。梁实秋认为小说翻译之多还有一个原因，就是较之诗歌和散文，小说"以敷陈故事为主，文字本来以明白晓畅的语体为原则"⑤，翻译起来困难少一些。除了梁实秋提及的两个原因，另外就是小说特有的镜像投射，让西方读者能够更直观地了解中国文化与习俗。"中国古典小说的西译者或认为中国古典小说是中国社会的真实写照，将之视为西人了解中国和中国人的最生动有效的方式。"⑥

① 范存忠：《珀西的〈好逑传〉及其它》，《外国语》，1989 年第 5 期，第 45 页。
② 鲁迅：《中国小说史略》，上海：上海古籍出版社，1998 年，序言页。
③ 梁实秋：《中国文学作品之英译》，载《梁实秋文集》第一卷，厦门：鹭江出版社，2002 年，第 698 页。
④ 梁实秋：《中国文学作品之英译》，载《梁实秋文集》第一卷，厦门：鹭江出版社，2002 年，第 698 页。
⑤ 梁实秋：《中国文学作品之英译》，载《梁实秋文集》第一卷，厦门：鹭江出版社，2002 年，第 699 页。
⑥ 宋丽娟：《中西小说翻译的双向比较及其文化阐释》，《文学遗产》，2016 年第 1 期，第 162 页。

近代早期来华的西人主要有传教士、商人和外交官。他们不仅带来了西方的科学技术和思想，也承担了部分向西方介绍中国文化与文明的任务，其中传教士是主力军，目前国内对传教士翻译的研究如火如荼。外交官虽身份特殊，但也有不少翻译活动，尤其是文人外交官及中国驻外使节，在文学翻译方面也颇有建树，例如，中国驻法外交官陈季同翻译了《聊斋志异》部分篇目，驻英史署参赞曾广铨翻译了亨利·赖德·哈格德（Henry Rider Haggard）的小说《她》（*She*，曾广铨译为《长生术》）。目前这方面的研究并不充分。商人忙于商务活动，大多文化水平不高或者不关注文化活动，文学翻译活动更少，例如，《好逑传》的第一个译本是东印度公司的一个英国商人詹姆斯·威尔金逊（James Wilkinson）1719年翻译的①，这可能是威尔金逊当时在广东从商居住时，为了练习汉语而做的翻译。②而近代后期与近代之后一直到现当代，对中国小说译出做出主要贡献的还有一批汉学家，或者传教士兼汉学家，他们的汉语和文学专业知识，使得他们除了介绍与普及中国文化及文学，还更多关注并在翻译过程中保留中国小说的文学性，也就是说，产生了一些"学术型译本"（scholarly translation）③，而很多中国小说最初的西方译者都明言其作品不是学术型译本。④

## 一、传教士、汉学家与中国古典小说翻译：以传教士珀西为中心

第一次大规模的中学西传是由明清之际来华传教士引发的，而西传的结果影响到了欧洲文化的发展和演变。⑤虽然从数量上来看，对西洋小说中译远远超过翻译成西文的中国古典小说，但是传教士对中国文化典籍的翻译和介绍仍然是他们对中西方文化交流史的一个重要贡献。中国古典小说的译者队伍一直不断壮大，从传教士到汉学家，再到外交官，而传教士的身影一直贯穿始终。最初传教士主要翻译四书五经等典籍作品，而中国古典白话小说因为通俗易懂和情节生动，为传教士学习汉语、了解中国文化提供了有趣的捷径。中国古典小说最早被介绍到法国的是收录在1735年出版的杜赫德的《中国通志》里的《今古奇观》的三篇小

---

① 范存忠：《珀西的〈好逑传〉及其它》，《外国语》，1989年第5期，第42页。

② Watt, J., Thomas Percy, China and the Gothic. *The Eighteenth Century*, 2007, Vol. 48, No. 2, p. 95.

③ 梁实秋译为"有学者风度的翻译"。

④ 参见梁实秋：《中国文学作品之英译》，《梁实秋文集》第一卷，厦门：鹭江出版社，2002年，第698页。

⑤ 刘树森：《基督教在中国：比较研究视角下的近现代中西文化交流》，上海：上海人民出版社，2010年，第1页。

说①②，译者就是法国籍传教士殷宏绪（Le Pére d'Entrecolles），第二年（1736 年）就被约翰·瓦茨（John Watts）转译为英语，成为《三言二拍》最早的英译本。③之后零星篇章翻译转向完整译本，最为著名的是《好逑传》译介，1761 年由传教士珀西编辑整理的《好逑传及其他》是《好逑传》最早的完整英译本，1762 年，珀西又编译了两卷《关于中国人的杂著》（*Miscellaneous Pieces Relating to the Chinese*，陈友冰译名）④，这是德、英、法作家和学者关于中国的合集，包括伏尔泰（Voltaire）的《中国孤儿》（*L'orphelin de la Chine/The Orphan of China*）。对于《好逑传》译本的传播和影响，国内研究颇多，可是珀西为何从儒家典籍和短篇小说转向长篇古典小说的译介，又为何选择一本他评价不高的小说，且在译文中添入对中国道德观等负面的评价，是值得思考的问题。珀西在序言中声称是为了"满足西人欲了解中国长篇小说的好奇"，让他们看到"中国作者是怎样进行长篇叙事的"⑤，由此可以窥见珀西选择长篇小说的动机之一，当然也有他恰巧获得威尔金逊译本的偶然性。詹姆斯·瓦特（James Watt）更为深入地指出珀西在《好逑传》译本中表面试图拉开自己和小说作者的距离，以保持"客观"，可是字里行间却又显示"主观"上对小说及其呈现的道德观的频频贬义，是为了扭转当时欧洲对中国美好而绚丽的想象氛围（fancifully imaginary），以抵制当时盛行的"中国风"，或是为了复兴"哥特式"（Gothic）。⑥用阿弗烈·诺夫·怀特海（Alfred North Whitehead）的话来说，"几年以前，什么都是哥特式的……现在怪风盛行，什么都是中国式的了，或者更确切点儿说，什么都是在一定程度上模仿中国风格的"⑦。

18 世纪之前，西方对于中国的研究还处于前汉学研究时期，西方的中国观主要来自来华人士的游记，来华天主耶稣会士的有关叙述，其主流的态度是褒扬与赞誉。在欧洲大陆生活的珀西在获得《好逑传》译本之后，另辟蹊径，试图用中

① 马祖毅、任荣珍：《汉籍外译史》，武汉：湖北教育出版社，1997 年，第 171 页。

② 宋丽娟：《〈今古奇观〉：最早译成西文的中国古典小说》，《明清小说研究》，2009 年第 2 期，第 292-306 页。

③ 陈友冰：《英国汉学的阶段性特征及成因探析：以中国古典文学研究为中心》，《汉学研究通讯》，2008 年第 27 期，第 35 页。

④ Watt, J., Thomas Percy, China and the Gothic. *The Eighteenth Century*, 2007, Vol. 48, No. 2, pp. 95-109.

⑤ 宋丽娟、孙逊：《中国古典小说的早期翻译和传播：以〈好逑传〉英译本为中心》，《文学评论》，2008 年第 4 期，第 72 页。

⑥ Watt, J., Thomas Percy, China and the Gothic. *The Eighteenth Century*, 2007, Vol. 48, No. 2, pp. 95-109.

⑦ 冉利华：《论 17、18 世纪，英国对中国之接受》，《国际汉学》，2004 年第 2 期，第 114 页。

国人自己的创作向读者展示中国的生活场景和道德规约。这篇长篇小说有足够的篇幅和空间令珀西尽情发挥，又有足够写实的故事情节和文化生活景象令读者全面了解真实的中国。总之，珀西选择编辑出版《好逑传》以及他所使用的大量注释具有多重动机。

从儒家经典转向通俗的古典小说的翻译，除了偶然因素以及小说对于汉语学习和编写实用汉语教材的价值另有原因，不同于儒家典籍作为偶像崇拜与经典化身，是道德智慧的提炼，小说较低的权威性以及更为真实直接的镜像投射，使得译者（编者）的阐释介入（对文中大量文化、道德意蕴进行解释评论）更为方便，增加了中国文化西传过程的操作性。

## 二、从小说翻译到文学研究：以汉学家德庇时为中心

约翰·弗朗西斯·德庇时（John Francis Davis）与詹姆斯·理雅各（James Legge）、H. A. 翟理斯（H. A. Giles）并称为 19 世纪英国汉学三大代表人物。德庇时做过东印度公司广东商馆职员、常议委员长，又以翻译官身份出使过北京，后来升任英国驻华商务监督，担任过英国驻华公使等职务，因此一直在政坛外交界工作，但是他最突出的成就还是在汉学研究方面。他是英国汉学家中最早注意到中国戏曲、小说的一位，早在 1815 年，20 岁的德庇时就已经将李渔小说集《十二楼》中的《三与楼》译成英语，这篇译作先是出版了单行本，后又在《亚洲杂志》（The Asiatic Journal）伦敦版 1816 年第 1 辑刊载，引起英国学界的注目。[①]1822 年德庇时翻译出版《中国小说选》，其中的篇章后来被转译成其他语言，影响了包括歌德在内的不少文人。1829 年德庇时编译《好逑传》，他的译本比珀西编译本准确严谨，一方面是由于他的文学造诣，另一方面是由于他作为汉学家尊重源文本的态度。另外，他对小说的评价，不论是文学价值还是道德承载，都高于珀西。德庇时还翻译过《三国演义》里面的两个故事——"Fate of the Rebel Three Brothers Chang"（《造反的张氏三兄弟的命运》）、"History and Fate of Ho-tsin"（《何进的历史与命运》），作为附录刊载于 1834 年版的《汉文诗解》之后，因此没有引起足够重视。[②]德庇时的汉学造诣还体现在他撰写的关于中国语言文学、政治文化方面的著作，包括《中国见闻录》（Sketches of China: Partly During an Inland Journey of

---

① 王丽娜：《英国汉学家德庇时之中国古典文学译著与北图藏本》，《文献》，1989 年第 1 期，第 266 页。
② 王燕：《德庇时的汉学成就》，《文汇报》，2016 年 8 月 30 日。

Four Months between Peking, Nanking and Canton, with Notices and Observations Relative to the Present War)、《中国杂录》（Chinese Miscellanies: A Collection of Essays and Notes）等。陈友冰提出，传教士、外交官由于深入了解了中国文化，游历了中国大好河山，对中国文化的探求渐渐从实用角度过渡到研究角度，这大概也是他们选择从儒家经典翻译转向文学翻译的原因之一。

> 对中国文化和中国知识的增多，特别是在深入中国腹地的过程中，接触到中国的大好河山和诸多人文景观；在考察游历中记录、搜集的大批中国典籍和风俗文化资料，更使他们触摸到中华文化独有的魅力，在震惊、激动之中逐渐对中华文化产生了浓郁的兴趣，逐渐由为布道增加亲和力或为商业征服铺平道路转为发自内心的仰慕和爱好，逐渐由收集风俗文化典籍资料，转为对这些资料的研究和探求，甚至由业余爱好变成终生追求，从而完成了由传教士、外交官向专业汉学家的身份转换。①

对中国古典小说、戏曲本身的文学价值感兴趣并着手翻译和研究的西人并不多，德庇时算是一位代表。他和珀西都翻译过《好逑传》，不过后者带着批判态度和实用主义思想。虽然德庇时一生从事政治外交工作，却一直是中国文学及文化的爱好者和研究者。他的父亲是东印度公司广东商馆董事，因此他自幼学习汉语，这与其他带着传教或者外交等政治使命在成年之后来到中国的西人不同，德庇时没有经历所谓从实用向人文的转变，因为他的汉语习得早在成年之前就已完成，又并非传统私塾教育出身，且不负传教使命，所以德庇时对四书五经这些儒家典籍的关注自然不多，更多的是对中国的戏曲、小说等古典文学及其折射出的中国文化感兴趣。另外，他关于中国的著作也包含了历史、政治等方面的内容。他对汉语和中国文化的了解是自下而上草根式的浸润，而传教士和外交官，或是带着明确的传教目的，或是通过自上而下的精英式学习，然后逐渐转向研究型。"百年前的西方汉学家（sinologist），如非刚巧也是个传教士，大多数只留在家里捧着辞典学中文，绝少愿意离乡别井跑到中国读书生活，跟老百姓打成一片学习'活的语言'的。口语一知半解，看'俗文学'时难免阴差阳错……"②因此，对小说

---

① 陈友冰：《英国汉学的阶段性特征及成因探析：以中国古典文学研究为中心》，《汉学研究通讯》，2008年第27卷第3期，第35页。

② 刘绍铭：《Always on Sunday 英译〈倾城之恋〉》，《苹果日报》，2007年1月14日。

这类"俗文学"的翻译和研究，还需要由像德庇时这样学习过"活的语言"的汉学家来完成。

### 三、小说翻译的自发自觉初期阶段：以文人外交官陈季同为中心

从西人为主要译者的中国小说英译初期，到之后中国译者对中国小说译出的自发自觉，中国现代小说英译具有显著的双向性。然而，近代初期，大部分文人志士还未走出国门，并未意识到外界世界的重要，鸦片战争之后，中国意识到向西方学习科技和先进思想的重要性，但是对于西方人对中国人的评判和种种误解，也只有少数身处海外的国人才有所了解。这种误解加剧了中西方的政治、军事矛盾，殃及商业来往，造成民间矛盾。身处中西文化锋面，又带有文化斡旋政治使命的，当数中国驻外使节。外交官翻译古典小说的案例绝非罕见，不过对此的研究倒是匮乏。中国早期外交官群体大部分都是文人出身，陈季同便是其中一位。

陈季同在欧洲任职的 19 世纪下半叶，亲身经历欧洲对中国的误解。随着中国沦为列强肆意侵凌的对象，越来越多的西方人对中国的一切都持否定态度①，陈季同在其法文著作《中国人自画像》（*Les Chinois Peints Par Eux Mê-mes*）弁言中写道："借旅居欧洲十年之经验，本人可以断言，中国是世界上遭误解最深之国家。……"②陈季同的外交官身份决定了他的文化外交使命，而翻译本国小说是他实现这一使命的方法之一。

陈季同于 1884 年将《聊斋志异》26 篇故事译为法语，名为 *Les Contes Chinois*（《中国故事》），并于次年出版。陈季同发现小说在描述上有不可抗拒的价值，他认为《聊斋志异》的故事"构成了一个民族的自身生活"，"能完整地体现一个国家的风俗习惯"，"比所有其他形式更能完美地表现一个民族的内心生活和愿望，也能表现出一个民族理解幸福的独特方式"③。这与法国首任汉学教授雷慕沙的观点不谋而合，他在《玉娇梨》译序中指出："一个善于观察和思考的民族，就是这样把注意力集中到本民族风俗习惯的影响上来的，集中到社会生活的各种波折上来……中国小说可以说是一种最值得我们信任的回忆录。"④陈季同译作体现

① 张先清：《陈季同：晚清沟通中西文化的使者》，载《明清之际中国和西方国家的文化交流：中国中外关系史学会第六次学术讨论会论文集》，郑州：大象出版社，1997 年，第 127 页。

② 陈季同：《中国人自画像》，段映虹译，桂林：广西师范大学出版社，2006 年，第 1 页。

③ 彭建华：《现代中国的法国文学接受：革新的时代 人 期刊 出 版社》，北京：中国书籍出版社，2008 年，第 40 页。

④ 雷慕沙：《雷慕沙论中国小说》，唐桂馨译，《国际汉学译丛》，2024 年第 3 辑，第 76-77 页。

老百姓生活俗世生活"世界大同"的思想，纠正中国与世界因俗世生活"不同"而遭受的偏见和误解。译者选译最能达到翻译目的的篇目和部分，陈季同选译《聊斋志异》中 26 篇故事，"虽只占全书的二十分之一，但具有代表性，皆为脍炙人口的佳作。所选故事情节起伏、笔致曲折，对西方读者会有较大的吸引力"①，所选除了《罗刹海市》和《续黄粱》，其他都是爱情故事，各篇中主角多为聪慧、善良的女性，迎合了欧洲读者对"爱情"与"女性"主题的青睐。

除了翻译小说，陈季同在驻法期间还撰写了多部介绍中国现状、文化和文学的法语作品。他的第一本法语著作《中国人自画像》于 1884 年出版，其他法语著作还包括《中国人的戏剧》《中国人的快乐》《黄衫客传奇》《吾国》等，在一定程度上改变了西方对中国的偏见。这种译写结合的方式，一直为后来中学西传的学者所沿用，如辜鸿铭和林语堂。陈季同的译出活动是一种自下而上的文化外交，通过译出小说，影响西方普通民众的思想观念，使之消除对中国的偏见和误解，最终达到他心中理想：文化理解与融通。

总的来说，比起诗歌与儒家典籍，小说翻译是一种自下而上的文化文学交流，它面对大众，影响广泛，在中西交流和树立中国形象的道路上有着不可替代的作用。中国小说译出经历了从早期译者皆为西人到中西译者共力，从被动到主动自觉输出，从早期古典小说的翻译，到后来近现代小说的翻译。整个小说的翻译，无论从译者群构成、翻译形式，还是翻译对象、译作接受等方面，均呈现出越来越丰富的模态。

---

① 李华川：《晚清一个外交官的文化历程》，北京：北京大学出版社，2004 年，第 58 页。

# 第三章　美国译入老舍小说概述

20 世纪后半期，老舍长篇小说被全面译介到西方（这里主要讨论英语国家），美国俄亥俄州立大学现代中国文学与文化信息中心（Modern Chinese Literature and Culture Resource Center，MCLC Resource Center）编辑的资料 *Literature Resources*，在 Lao She 项下列有 31 部（篇）老舍的英译小说①，其他欧洲国家也纷纷从英语转译老舍作品，老舍成为当代所有中国作家中第二位最负国际影响力的作家（仅次于鲁迅）。其他同期被译介到西方的中国现代小说家还包括张天翼、巴金、茅盾、叶绍钧、凌叔华、沈从文等。在美国汉学的起步阶段，以王际真为代表的一批译者与学者，在第一时间以文学为媒介向西方读者展示了中国文学发展的成就，介绍了正处于巨大变革中的现实中国。②

## 第一节　中国现代小说的英译肇端

中国现代文学诞生于 1917 年初，以胡适的《文学改良刍议》与陈独秀的《文学革命论》发表为标志。中国现代小说英译是中国小说译出的一个繁盛分枝。西方学者和读者将目光从古典文学投向现代文学，除了中国现代文学本身的发展，据中国学者研究还有着大时代背景。

鲁迅及其作品进入西方人的视野是 20 世纪 20 年代中后期的事，当时，给欧洲带来毁灭性影响的第一次世界大战刚结束不久，欧美知识界开始反思西方文明的种种弊端，一些有识之士还开始检讨以往一个世纪西方对非西方文明居高临下的主子态度，尝试以平等的眼光观照非西方

---

① 王建开：《中国现当代文学作品英译的出版传播及研究方法刍议》，《外语教学理论与实践》，2012 年第 3 期，第 18 页。

② 王雪明：《王际真对中国传统与现代文学海外传播的贡献》，《中国社会科学报》，2022 年 8 月 10 日。

文明形态。此外，国际政治格局也发生了某些有利于中国的变化。作为第一次世界大战"战胜国"的中国，虽然在战后的利益分配中没有得到实质性的好处，但至少获得了与欧美国家的对话的机会，西方列强逐步改变了鸦片战争尤其是庚子事变以来毫不掩饰的对中国公然的蔑视态度。在这样的语境中，中西文学交流领域出现了一些新的气象，西方对中国文学的关注由过去的只关注古典文学，转向古典文学和现代文学并重的研究格局。[①]

美国对中国文学作品的关注从典籍扩展到现代文学作品，还有着一些特殊的文化与政治背景。美利坚合众国成立以后，国家作为一个主权实体开始有了代表本民族的整体利益。在外部世界的纷争中，为了有效地维护这个新生共和国的自身利益，固存于美国文化中的孤立传统自然就体现在国家的对外政策之中，成了在大洋之上筑起的一道天然"屏障"。作为一种根深蒂固于美国民族意识中的文化观念，孤立主义有着深刻的历史渊源。这种心态一直持续到二战之前，王晓德称之为"隔岸观火的'孤立'情绪"[②]。这种孤立情绪不仅表现在对欧洲文化的有意识隔离，还表现在对其他文化的疏离态度，遥远的观望、对文化差异的惊讶与感叹，抑或是对古老哲理的认同，都只是水中月雾中花，满足对遥远国度的异域想象。而中国的典籍作品正呈现了这种模糊的异域风光。当然，美国文化的"优越感"也在一定程度上决定了美国的"隔离"情绪和对其他文化的俯视态度。

战前的美国文学以华盛顿·欧文（Washington Irving）和沃尔特·惠特曼（Walt Whitman）等为代表作家，他们的作品描述美国本土的自然风光，歌颂和平劳动和人与人间美好的关系，这与中国典籍作品中的闲适、宁静、道骨仙风的超脱与淡然有着一些共通之处。二战则改变了美国人的生活方式，打破了他们原有的信仰和观念，冲击了传统的道德准则。在相当长的一段时间里，这体现在文学作品中主要有"垮掉的一代"、诗歌中的自白派和黑山派、戏剧中的荒诞派、小说中的黑色幽默等的产生。[③]从对美好的憧憬到对现实的讽刺，人们开始反思人性的缺陷、现实的残酷，而中国现代文学的发端正是新文化运动，与旧文化决裂，正视现实与事实。二战之后美国民众对现实和原有信念的重新审视，也在一定程度上改变了他们对其他文化的态度和关注点。一些文化先锋在这一转变过程中起到了

---

① 王家平：《20 世纪前期欧美的鲁迅翻译和研究》，《鲁迅研究月刊》，2005 年第 4 期，第 48 页。

② 王晓德：《美国对外关系的文化探源》，《历史研究》，1997 年第 3 期，第 138-139 页。

③ 刘红玲：《试析二战对美国文学的影响》，山东大学硕士学位论文，2009 年，第 27，29 页。

实质性的推动作用。

被译出作品的中国现代作家可以列出长长的名单,这是中西译者共力的成果,而由西方主动翻译的中国现代小说作者也不在少数,最具代表性的作家包括鲁迅和老舍。

鲁迅是中国现代文学先父,开创了中国白话文小说的先河。西方对鲁迅的翻译,从初期的零散走向当代的全面系统,相关研究也一直关注小说深刻的思想维度和文化批判。鲁迅小说早期英译者包括英国人 E. 米尔斯(E. Mills),他将中国留学生敬隐渔的《中国当代短篇小说作家作品选》(其中收录了鲁迅的《阿 Q 正传》《孔乙己》《故乡》)从法语转译为英语,命名为 *The Tragedy of Ah Q and Other Modern Chinese Stories*(《阿 Q 的悲剧及其他中国短篇小说》),于 1930 年在伦敦出版。另一名译者,是记者埃德加·斯诺(Edgar Snow),于 1936 年在伦敦出版了他翻译、编辑的《活的中国:现代中国短篇小说选》(*Living China: Modern Chinese Short Stories*),其中第一部分包括了《药》《一件小事》《孔乙己》《祝福》《风筝》《离婚》6 篇作品。其他西方英译者还包括翻译过《药》《风波》的乔治·A. 肯尼迪(George A. Kennedy)、翻译过《孔乙己》的美国记者哈罗德·伊罗生(Harold Robert Isaacs)等。从 20 世纪八九十年代至今,西方对鲁迅的译介进入全面翻译阶段。[①]其中两位重要的西方译者,一是威廉·A. 莱尔(William A. Lyell)[②],1990 年翻译出版了 *Diary of a Madman and Other Stories*(《〈狂人日记〉及其他》,包括了《呐喊》和《彷徨》中的 25 篇小说);二是蓝诗玲(Julia Lovell)[③]2009 年翻译出版了 *The Real Story of Ah-Q and Other Tales of China*(《〈阿 Q 正传〉及其他中国故事》),收录了 34 篇鲁迅短篇小说英译,是第一个英文全译本。鲁迅小说让西方读者能够"破译中国的文化密码",他们将鲁迅称为 the modernist,认为他质朴的文风、宽广的思想、激进的态度和立场,成为中国文学的一个新标准。[④]

## 第二节　西方与美国译入老舍小说概述

与鲁迅作品英译不同,老舍小说的英译带有更多的"非文学"因素,尤其是

---

① 杨坚定、孙鸿仁:《鲁迅小说英译版本综述》,《鲁迅研究月刊》,2010 年第 4 期,第 49-52 页。

② 他也是老舍小说《猫城记》的第二个英译本(1970 年)的译者。

③ 她为老舍小说《二马》2013 年威廉·多比尔的英译本写了介绍。

④ Wasserstrom, J., China's Orwell, *Time International*, Dec. 7, 2009.

在译介的早期和中期。鲁迅小说以短篇为主，凝蓄高浓度的文化思想批判，而老舍的长篇小说则是一幅幅细致描摹的生活画卷，中国现状、文化习俗描写信手拈来，因此西方译者更多的将老舍长篇小说作为缩微的中国文化百科与现状纪实。从第一部老舍小说《骆驼祥子》译出至今，老舍一直是中西方文化交流的一座桥梁，但西方对老舍的态度主要是关心这座桥梁通向何处，以及能利用这座桥做什么，而全面研究桥梁本身的并不多，代表作品有美国汉学家白芝（Cyril Birch）的论文《幽默家老舍》（"Lao She：The Humorist in his Humor"），法国汉学家保尔·巴迪（Paul Bady）的专著《小说家老舍》（*Lao She：La vie et l'oeuvre*）。跟大量翻译实践相比，西方对老舍作品的文学研究，远远少于西方对鲁迅的文学研究。其中一个重要原因是老舍小说在英译初期受到"纪实化"扭曲，无论是《骆驼祥子》第一个译本文化项的深度翻译、悲剧结局的改写，还是之后《猫城记》的纪实化翻译，都弱化了小说本身的文学价值和思想深度。因此老舍小说的英译活动牵涉更多政治文化因素，无论是在文本选择、翻译策略运用，还是在文本接受与影响方面，均呈现更为复杂的面貌。

20 世纪后半期，美国主动译介了老舍五部长篇小说《骆驼祥子》《离婚》《猫城记》《二马》《正红旗下》。老舍其他主要长篇小说也有英译本，如《四世同堂》、《鼓书艺人》和《牛天赐传》（在英国出版），但并不属于西方译者主动翻译的情况，基本都是老舍在美期间创作与主动推动的合作翻译。

> 老舍在美国期间还从事了一项和创作同等重要的工作，就是向美国和欧洲介绍中国现代文学。他集中组织了四部作品的翻译工作，都是他自己的作品，即《离婚》、《四世同堂》、《鼓书艺人》和《牛天赐传》。《牛天赐传》在英国出版，译者是熊德倪，连同伊凡·金（Evan King）一九四五年的《洋车夫》，先后有五部老舍作品被集中地介绍给美欧读者。①

《四世同堂》第三部《饥荒》是老舍在美期间创作的长篇小说，并帮助浦爱德（Ida Pruitt）根据手稿完成翻译工作。老舍与浦爱德合作的译本是将《四世同堂》前两部和尚未发表的《饥荒》，译为英文后合成一册，交哈考特布雷斯公司（Harcourt，Brace and Company），以 *The Yellow Storm*（《黄色风暴》）之名，删节

---

① 舒乙：《老舍在美国》，载《作家老舍》，北京：中国青年出版社，2014 年，第 145 页。

后于 1951 年在纽约出版。<sup>①</sup>浦爱德生长在中国山东北部海边的一个美国传教士家庭，会说会看中文，但不太会写。老舍和浦爱德合作的方式如下。

> ……老舍一段一段地念给她听，她随即翻译成英文，用打字机打下来，给老舍看。经老舍确认无误后，再进行下一段翻译。<sup>②</sup>

《鼓书艺人》的翻译方式则是边写边译，译者是美籍华人郭镜秋（Helena Kuo<sup>③</sup>）。英译本 *The Drum Singers* 于 1952 年由哈考特布雷斯公司出版。《鼓书艺人》的中文完整稿遗失，英文译本后来被马小弥编译成中文，出了中文版。

老舍这三部小说翻译均是自己参与推动，属于"主动输出"，但老舍出访却是受了美国方面的邀请和资助。老舍和曹禺于 1946 年应美国国务院之邀到美国讲学一年，一年后老舍一人滞留美国，直至 1949 年 10 月回国。老舍之子舒乙曾撰文描述了当时老舍出访美国的大背景。

> 老舍先生访美之前，有郭沫若先生和茅盾先生的分别访苏之行，前者还是在战争中成行的。这两次访问都有作者自己写的详细访问记问世，影响比较大。他们的出访，发生在美、苏两大强国争夺对战后世界形势的发言权的大背景下，是一个值得重视的信讯，美国方面自然会做出相应的反应。战后的中国政治形势正处在一个不确定的动荡局面中，中国统治当局的腐败无能日趋显现，社会落后黑暗，百姓贫困，民怨沸腾，中国共产党和进步势力迅速崛起，形成某种强烈的对峙局面，一场空前的大革命正在急剧的酝酿中。在这种形势下，美国外交界的一些明智之士也将注意力转向了中国的进步知识分子，作为争夺的重要对象，争取主动，谋求均势。
>
> 在美国驻华大使馆当文化联络员的威尔马·费正清（Wilma Fairbank）<sup>④</sup>和在重庆美国新闻处服务的费正清（John King Fairbank）在促成老舍访美一事上起了重要作用。他们向美国国务院建议邀请两位知名的中

---

① "文化大革命"期间，《饥荒》手稿丢失。近年上海译文出版社赵武平先生在美国哈佛大学图书馆发现了 *The Yellow Storm* 的翻译手稿，并将《饥荒》21～36 段回译成中文，于 2016 年底刊登在《收获》杂志，《四世同堂》全本也于 2017 年 2 月出版。

② 马斌：《老舍在美国》，《神州学人》，2001 年第 12 期，第 36 页。

③ 老舍还与郭镜秋合作翻译了《离婚》（1948 年）。

④ 中文名费慰梅，费正清妻子。

国进步文人访美。……最后名单被确定为老舍和曹禺，前者的长篇小说《骆驼祥子》刚刚被译成英文，取名《洋车夫》，成为美国的畅销书。而老舍本人在抗战中一直是"中华全国文艺界抗敌协会"的主要领导人，在文学界有崇高威望；后者的话剧《雷雨》《日出》《北京人》《原野》等使其作者曹禺的名字响彻中国戏剧舞台，成为戏剧界最有代表性的作家。①

老舍在美期间，在各地高校以及文学团体做了数场演讲与报告，主要是讲中国现代文学与抗战文学，同时积极创作与推进自己小说的英译。作者的文本选择（创作）具有特殊动机，而作者对自己作品深刻的理解，也极大地帮助译者最为准确地对原著进行阐释，不同于伊凡·金（Evan King）之前对《骆驼祥子》的深度翻译（扩译）和改写，老舍让美国读者能够有机会了解其小说的真实面貌和文学价值。不过刚刚来美的老舍还未深入了解美国读者的心理和文化，这种单方面输出并没有像《骆驼祥子》的第一个英译本那样影响巨大，只有《四世同堂》第三部的英译 The Yellow Storm 入选每月读书俱乐部（Book-of-the-Month Club）②的销量最佳图书（bestseller）③，其中原因之一是译本的命名用了 The Yellow Storm，其实回应了美国人诬蔑性的 Yellow Peril，激起了他们的好奇心。在美国读者心中，老舍最有影响力的小说还是《骆驼祥子》。

因为他的翻译，《骆驼祥子》得以顺利出版，成为"每月读书"俱乐部的首选，跃居畅销书排行榜第一名，销量近百万，使得老舍声名鹊起，红遍美国东西两岸，让他有了应邀前往宣讲"中国现代文艺"的基础。④

1946 年 2 月 24 日，《华盛顿邮报》（The Washington Post）发布了老舍先生即将访问美国的消息（图 3-1）。

---

① 舒乙：《老舍在美国》，载《作家老舍》，北京：中国青年出版社，2014 年，第 138-139 页。

② 又译为"每月一书俱乐部"。

③ 此书英译本从命名到结尾改写，老舍都听从出版商的建议，采取了归化的翻译策略，才得以成功推向市场，后文将另有详述。

④ 赵武平：《翻译的恩怨》，载《阅人应似阅书多》，北京：生活·读书·新知三联书店，2015 年，第71 页。

'Rickshaw Boy' Author Expected
The Washington Post (1923-1954); Feb 24, 1946; ProQuest Historical Newspapers: The Washington Post
pg. S3

# 'Rickshaw Boy' Author Expected

Lao Sheh (Shu Sheh-yu) author of "Rickshaw Boy," current best-seller, has accepted the invitation of the Department of State to visit the United States and will arrive in early spring for a year's stay. Mr. Shu is a well-known writer of Chinese novels and short stories.

图 3-1　《华盛顿邮报》对老舍即将访美的报道

译本的接受效果是传播和翻译过程中不可分割乃至最为重要的环节，只有达到预期的接受效果，传播和翻译过程才能得以完成，文本价值才能得以实现，文学和文化输出才有意义。不过不论怎样，老舍在短短三年半留美期间对中国文化以及文学现状的宣介、对自己小说的创作与翻译，已经算是成果颇丰，出色地完成了任务。这里我们主要关注美国主动译入老舍小说的状况，也就是说，从文本选择到翻译策略，再到读者接受（大众读者反响和专业书评），均是美国单方面的主动行为，以期更为清晰地把握美国如何通过翻译老舍小说塑造中国文化形象、传播中国现实现状的历史脉络。

张奂瑶、马会娟指出，当前中国现当代文学英译研究存在重译出轻译入的趋势。[1]即无论是早期以民间英文刊物为媒介的对外传播，还是中华人民共和国成立后官方组织的大型文学英译项目，均已有相当数量的论文及专著产出。相反，学界对英语世界主动译入状况的探讨尚未深入。因此，希望笔者的研究能够为改善这一弱势做出一点贡献。张奂瑶、马会娟还在论文中指出这一问题的原因所在，并提出建议：这不单是因为国外译者和出版社的译介行为零散，缺乏组织性和规律性，也因为地域因素增加了搜集资料的难度。今后学界可通过加强深入译入语国家的实证考察，进一步摸索译入语国家译介活动的特点和规律。[2][3]

迄今为止，《骆驼祥子》一共有四个英译全译本和一个话剧改编本英译本。四

---

① 张奂瑶、马会娟：《中国现当代文学英译研究：现状与问题》，《外国语》，2016 年第 6 期，第 87 页。

② 张奂瑶、马会娟：《中国现当代文学英译研究：现状与问题》，《外国语》，2016 年第 6 期，第 87 页。

③ 笔者在美国访学期间进行此项研究与写作，的确在当地图书馆等处搜集与了解到一些一手资料和信息，希望能够对今后这类研究提供一些参考。

个以老舍原著为底本的译本分别是：1945 年雷纳-希区柯克公司（Reynal & Hitchcock）出版的伊凡·金的译本 *Rickshaw Boy*；1979 年夏威夷大学出版社（University of Hawaii Press）出版的珍·M. 詹姆斯（Jean M. James）的译本 *Rickshaw: The Novel Lo-t'o Hsiang Tzu*；1981 年印第安纳大学出版社和外文出版社出版的施晓菁的译本 *Camel Xiangzi*；2010 年哈珀柯林斯公司（Harper Collins）出版的葛浩文（Howard Goldblatt）的译本 *Rickshaw Boy*。话剧改编本英译本为根据梅阡改编的同名话剧《骆驼祥子》为底本而译成英文的 *The Rickshaw Boy*，译者为理查德·杨（Richard Yang）与赫伯特·施塔尔（Herbert Stahl），1964 年由学术出版社（Selected Academic Readings）出版。①

伊凡·金的译本还被美国"战时图书委员会"（Council on Books in Wartime）选入战时图书单（Armed Service Edition），派送到海外战场的美国士兵手中（几年间被选送的 1324 本图书中，只有《骆驼祥子》和《孙子兵法》为中国作者所著）。当时，美国派军来华支援抗战，为了使士兵能够更好了解中国百姓的生活习惯和民俗民风，军队特地提供了《骆驼祥子》口袋书（图 3-2），方便他们阅读。

图 3-2　*Rickshaw Boy* 战时军供版

老舍其他长篇小说也都有再译出版，但《骆驼祥子》全译本最多。一般来说，新译本的出现通常都是鉴于对之前译本一定程度上的不满意，同时新译本也是伴随时代更迭与历史的演进，出现在具有代表性的历史时期。但是第一次选择翻译《骆驼祥子》的译者出于何种动机呢？从 1945 年美国主动译入该小说，为何时隔

---

① 本书将只以老舍小说原著为底本的英译本作为考察对象。

34 年，到 1979 年才有小说重译本出版？普通读者难有机会接触原著，而且一般不会轻易追究译本的忠实程度。最初评论家对伊凡·金的改写也一无所知，因为没有发现结尾有缺陷或者不一致（flaw or inconsistency）的地方。①老舍在 1946 年，也就是《骆驼祥子》英译本出版的第二年就来到美国，他本人知道伊凡·金改写之事，但并未做出回应，也就是说一直是默认状态，直到伊凡·金 1948 年要翻译他的另一部小说《离婚》，并且重蹈覆辙，对原著进行大量改写，老舍才提出强烈反对，最后对簿公堂。

> 起先，老舍对翻译家的劳动是认可的，虽然他对译文表现方法并不全然满意。比如，他后来在《骆驼祥子》新版序言中，就说"一九四五年，此书在美国被译成英文。译笔不错，但将末段删去，把悲剧的下场改为大团圆，以便迎合美国读者的心理"②。

尹晓煌（Xiao-Huang Yin）更是推测伊凡·金的改译是经老舍授意，或者是给了帮助译者进行改写的人相关建议③，理由有三：第一，作为外交官，伊凡·金文学水平有限，也从未见过他之前有过任何文学创作，怎能如此天衣无缝地进行悲喜剧改写，其能力值得怀疑；第二，老舍在和浦爱德合作翻译《四世同堂》时，也听从出版商的建议，在结尾加了 13 章，占全书的 20%，而中文版中则没有这一部分，读者和评论家对这一改变都无从知晓；第三，老舍回国，在新中国成立之后，根据夫人胡絜青女士的回忆，老舍在 1950 年再版的中文《骆驼祥子》中放弃了悲剧结尾，想将这部作品变得更加积极向上，符合新中国一派欣欣向荣的氛围，而之后老舍表达过想将他几部主要作品的悲剧结局进行改写的想法。

但是从时间上推算，老舍在《骆驼祥子》英译本出版第二年，即 1946 年才到美国，之前他如何与伊凡·金取得联系？就算《现代英语》④从 1946 年第 4 卷第

---

① 参见 Yin, X.-H., Worlds of difference: Lin Yutang, Lao She and the significance of Chinese-language writing in America, in Sollors, W.(Ed) *Multilingual America: Transnationalism, Ethnicity, and the Languages of American Literature*, New York: New York University Press, 1998, p. 183.

② 赵武平：《翻译的恩怨》，载《阅人应似阅书多》，北京：生活·读书·新知三联书店，2015 年，第 71 页。

③ 参见 Yin, X.-H., Worlds of difference: Lin Yutang, Lao She and the Significance of Chinese-Language Writing in America, in Sollors, W. (Ed) *Multilingual America: Transnationalism, Ethnicity, and the Languages of American Literature*, New York: New York University Press, 1998, pp.183-184.

④ 该刊 20 世纪 40 年代初创刊于桂林，作为 20 世纪 40 年代发行期较长的英语刊物，自抗战困难时期及至解放战争后期坚持连续出版，力图推动中国人学习英语的进步。

6 期开始七次连载了《骆驼祥子》的英译，译者和美国出版社在翻译和出版之前应该没有和老舍或者国内出版社联系商议版权问题。老舍回国后，于 1950 年为上海晨光出版公司出版的《骆驼祥子》改订本写过序，有下面一段话。

> 一九四五年，此书在美国被译成英文。译笔不错，但将末段删去，把悲剧的下场改为大团圆，以便迎合美国读者的心理。译本的结局是祥子与小福子都没有死，而是由祥子把小福子从白房子中抢出来，皆大欢喜。译者既在事先未征求我的同意，在我到美国的时候，此书又已成为畅销书，就无法再照原文改正了①。

现有证据只能让我们较为肯定地说，老舍来到美国之后，了解到接受语社会的思潮状况对于译本接受的重要性，或许是受了伊凡·金改写的"启发"，答应听从出版商的建议，在之后和译者合作翻译《离婚》和《四世同堂》第三部的时候适当采取归化的翻译策略。在自己作品外译过程中，作者有着矛盾心理，看到自己的小说在国外广受欢迎的确值得高兴，而看到译者大刀阔斧改写自己的文学创作成果又心有不甘，因此老舍决定先发制人，掌握主动权，自己改写，自己参与翻译。

不仅是老舍本人，在美汉学家中也有人较早发现伊凡·金译本的改写。华盛顿大学亚洲研究系荣休教授康达维（David R.Knechtges）回忆，在他的高中阶段（1957—1960 年），时任华盛顿大学教授、汉学家卫德明（Hellmut Wilhelm）到他所在高中进行名为 Far East 的系列讲座，布置学生读两本小说：赛珍珠（Pearl S.Buck）的《大地》（*The Good Earth*）和老舍的《骆驼祥子》。他回忆说："当我得知《骆驼祥子》的译者将原著结局大幅改写时十分震惊——为了迎合西方读者的口味，结局是愉快的，而不是悲惨的。看到译者如此欺骗读者，我几乎对所有的翻译都产生了怀疑，同时也考虑开始学习中文。"②

---

① 老舍：《骆驼祥子》，杭州：浙江教育出版社，2017 年，第 001-002 页。

② 原文：I was shocked to learn that the translator of Rickshaw Boy had drastically altered the ending—to end happily rather than tragically to conform to Western readers' tastes. Hearing how the translator had traduced his readers, I came to distrust almost any translation. I also began to think about the possibility of learning Chinese.

引自 https://asian.washington.edu/news/2015/06/29/2015-convocation-remarks-professor-emeritus-chinese-literature-david-r-knechtges.

但是三十四年间，伊凡·金的译本仍是美国市面上唯一以小说原著为底本的《骆驼祥子》英译本。[①]汉学家和少数像康达维这样得知真相的读者，对文学创作心存尊重，对翻译标准的要求是"忠实"，但这是"学术型和研究型"读者的标准，毕竟大部分读者不会因为一个译者的改写而从此走上学习汉语和中国文学研究的道路。普通大众更加关注文学作品的愉悦性和对心灵慰藉的作用，几乎没有动机也没有机会探究原著的真实面貌。在相当长一段时间，容纳和接受 Rickshaw Boy 的社会大环境仍然存在[②]，出版商或许并没有看到重译《骆驼祥子》的商机和必要。[③]直到 20 世纪 70 年代，美国社会思潮以及中美关系发生转变，经过二十多年冰封的隔绝，经过历时 3 年不懈的外交努力……1972 年 2 月 21 日，美国总统尼克松开始了对中华人民共和国的访问[④]，而在研究领域，美国的中国现代文学研究慢慢成长成熟，美国学者珍·M. 詹姆斯才于 1979 年出版了《骆驼祥子》第二个英译本 Rickshaw: The Novel Lo-t'o Hsiang Tzu。评论者说，这是因为对第一个译本在一定程度上的"不满意"，不满意伊凡·金的删节、重写、创造新角色和改写。[⑤]而此时，中国也开始推动古典文学和现代文学的外译，在这样的背景之下，1981 年印第安纳大学出版社和外文出版社于 1981 年出版了施晓菁翻译的第三个英译本 Camel Xiangzi。这两个忠实的译本，算是给老舍小说一个稳妥的交代，至少让部分西方读者了解到它的故事情节原貌。到了最近几年，葛浩文这样中英文水平俱佳的汉学家，对之前几部译作又产生了"不满意"，他在 2008 年 4 月 9 日接受《新民周刊》采访时说：

> 老舍的《骆驼祥子》是我下一部再下一部要翻译的作品，已经有三个英译本，但是三个我都不满意。一个是外文出版社杨宪益手下的人翻的，翻得太死了。另一个翻译是 1945 年时有人翻的，老舍原著的结尾是个悲剧，但是他把小说翻成了喜剧。原来小说里的虎妞已经死了，英文版里虎妞不仅活着，还高高兴兴地跑起来，说以后我们要怎么怎么生活。哎呀，他把老舍的意思完全给歪曲了。第三个是个中文底子差的人在夏

---

① 除了 1964 年出版的根据梅阡改编的话剧《骆驼祥子》英译本 The Rickshaw Boy。
② 《骆驼祥子》英译本的畅销原因将在后文做详细论述。
③ 陶文钊：《中美关系史（第二卷 1949—1972）》，上海：上海人民出版社，2016 年，第 320 页。
④ 陶文钊：《中美关系史（第二卷 1949—1972）》，上海：上海人民出版社，2016 年，第 353 页。
⑤ Hargett, J. M., *Rickshaw: The Novel Lo-t'o Hsiang Tzu*, World Literature Today, 1980, Vol. 54, No. 3, p. 486.

威夷翻译的，问题太多。老舍我很佩服他，我来翻可能会做得稍微好
一点。①

2010 年葛浩文实现诺言，完成翻译并出版了 *Rickshaw Boy*。历经半个多世纪
（1945—2010 年），《骆驼祥子》的英译经历了从变形到情节恢复再到臻于完善，
终于以本真面貌和完整的文学价值步入英语世界。

《离婚》是老舍第二部被译成英文的小说，一共有两个全译本，一是伊凡·金
1948 年译本 *Divorce，Translated and Adapted from the Pekinese of Venerable
Lodge*②，由金出版社（King Publications）出版；另一个是同年郭镜秋翻译的 *The
Quest for Love of Lao Lee*（《老李对爱的追求》），由美国出版商雷纳-希区柯克公
司出版。

小说《离婚》出版于 1933 年，是老舍的第七部长篇小说，没有《骆驼祥子》
和后来的《四世同堂》那般家喻户晓。它讲述了一群国民政府科员的烦恼，这些
烦恼无非是家庭、工作、官场琐事，不比《骆驼祥子》的生计压迫那般痛彻心扉，
也没有《四世同堂》的家仇国恨来的惊心动魄，通篇的"烦恼"平淡无奇，可是
却慢慢侵蚀人的灵魂，这些庸庸碌碌小人物的"烦恼"，即使是遇上社会变革和政
权更迭，也难以改善与改变。这一话题不无沉重，贯穿着知识分子式的人生思
索，与胡适散文集《人生有何意义》的开篇《一个问题》中，提问者朱子平的
烦恼与困惑颇有相似之处。朱子平，曾经一个充满理想主义的"豪气"知识分
子，在家庭生活琐事的埋压之下烦恼不已，一直追问："人生在世，究竟是为什
么的？"与朱子平执拗追问人生意义不同的是，《离婚》的主人翁老李，原本是
充满理想主义的知识分子，在一番"形而上"与"形而下"的对话中，没能战
胜现实，"诗意"抵挡不了"俗世"，从此真正陷入了世俗化的小人物生活之中。
这倒也不为是一种出路，虽然悲哀，却也算尘埃落定，不像朱子平那般思想和
心都浮于空中，找不到精神栖息。《离婚》所探讨的精神内核，是当时一代知识
分子，也是当代知识分子所面临的永恒话题，甚至是庸常的芸芸众生都面临的
永恒话题。

那么《离婚》被选译为英文，是否也因为当时美国社会知识分子面临同样人
生拷问？译者是否清楚地了解这部小说的精神内核？1948 年，在《骆驼祥子》的

① 河西：《葛浩文与他的汉译之旅》，《新民周刊》，2008 年 4 月 9 日。
② 老舍在美期间公开声明伊凡·金的译本不是他的《离婚》，甚至上诉，伊凡·金最后只能在自己的书店
销售译本，也不能沿用 *Rickshaw Boy* 原作者的署名 Lau Shaw（老舍），而用 *Venerable Lodge*（古老的房子）来替代。

英译本 *Rickshaw Boy* 大获成功之后，伊凡·金翻译了老舍的长篇小说《离婚》。马祖毅、任荣珍在《汉籍外译史》中表示：伊凡·金戴着具有浓厚的美国社会文化色素的眼镜，对《离婚》的固有色或过滤，或遮盖，或重新涂染，使一场渗透着悲剧因素、令人"笑得有点酸味"的离婚讽刺剧，变成了带有美国幽默色彩的轻松小闹剧。[①]

老舍孙女舒悦曾撰文详细探讨伊凡·金《离婚》译本对原著主题的大幅改写[②]，并将之归因于伊凡·金对中国社会的不了解。但也有报道指出，伊凡·金对中国非常了解。1955 年 12 月 4 日《圣彼得堡时报》（*St. Petersberg Times*）发表了一篇文章，题为 "Robert Spencer Ward Knows Orientals as few Americans"（《美国少有的东方知情人》），文中指出，Robert Spencer Ward（罗伯特·斯宾塞·沃德，伊凡·金的笔名）作为外交官在中国工作 19 年[③]（约 1929—1948 年，笔者注），1951 年开始定居圣彼得堡专心写作，汉语说得跟当地人一样，并交代了他学习汉语的经历作为佐证。[④]当然此文有可能是为了推介伊凡·金 1955 年出版的新书《黎民之儿女》（*Children of the Black-Haired People*）。一些方言、习语误译可能受限于他的汉语能力，伊凡·金对原文内容上的改写不一定完全因为对中国不了解。另外舒悦论文中几次运用"无理"字眼来批评伊凡·金的"大删大砍大肆意添加"。伊凡·金的改写确是无理，但抑或有他自己一番"道理"可循。[⑤]

老舍到达美国之后读过伊凡·金的《离婚》译本，认为改写太多，于是找了在国内就曾相识的郭镜秋女士将《离婚》译为英文，虽然也在翻译之时做了一些调整与归化，使其适应美国，接受环境，不过两个译本相比，还是前者销路更佳，"我[⑥]自己出了全译本[⑦]，可是并不卖"[⑧]。美国报纸也指出伊凡·金《离婚》译本

---

① 马祖毅、任荣珍：《汉籍外译史》，武汉：湖北教育出版社，1997 年，第 399 页。

② 舒悦：《评老舍小说〈离婚〉伊文·金译本》，《中国翻译》，1986 年第 5 期，第 42-47 页。

③ Anonymous. Robert Spencer Ward Knows Orientals as Few Americans. *St. Petersberg Times*. Dec. 4, 1955.

④ "Robert Spencer Ward Knows Orientals as Few Americans"一文中提到，伊凡·金 1929 年到达广州任副领事，先学习广东话，后被派到北京任语言官（language officer），在城外（outside the gates）寺庙里居住两年学习中文，其间只说中文。文中对于伊凡·金在广州和北京学习汉语经历的介绍颇为蹊跷：20 世纪 20～40 年代去往北京的美国外交官，一般都会在华北协和语言学校（North China Union Language school）或者加利福利亚学院接受汉语教育。例如，1920 年 8 月第二次来华的约瑟夫·沃伦·史迪威（Joseph Warren Stilwell），正式就任驻华语言官，在华北协和语言学校继续学习汉语。

⑤ 后文将详细论述。

⑥ 这里指老舍自己找的译者。

⑦ 郭镜秋译本。

⑧ 赵家璧：《老舍和我》，《新文学史料》，1986 年第 3 期，第 99 页。

*Divorce* 广受评论家的接受和好评，并成为收藏品。①因为老舍上诉，伊凡·金的《离婚》译本最后只能在自己的书店销售，出版社也改为他自己成立的金出版社，而郭镜秋译本则由原定的雷纳-希区柯克公司出版。②

《骆驼祥子》和《离婚》的译者伊凡·金，是一个神秘的人物。伊凡·金只是笔名，他的本名是 Robert Spencer Ward（罗伯特·斯宾塞·沃德），关于这个人物可见下文介绍。

> 大概是职务身份的限制，沃德作品署名都是伊凡·金。除了文学翻译，他还写过国际关系研究专著，包括关于日本侵略政策的《日本占领下的香港：敌人占领方法的个案研究》（一九四三）和《亚洲人的亚洲？》（一九四五）等。
>
> 沃德也有中文名字，叫华瑞德。以前，人们对他的外交生涯所知有限，近来才有研究发现，他四十年代末在上海任领事期间，和包括罗隆基在内的不同政治力量，有过密切接触。他一九〇六年六月二十七日在加拿大不列颠哥伦比亚出生，一九六八年九月在佛罗里达圣彼得堡去世。③

除了一些细节未及，这大概是目前中文著述中对伊凡·金生平最为全面的交代。1937 年 7 月 10 日《密勒氏评论报》刊登的一则消息 "U.S. Consul at Tientsin Transferred to Foochow Post"（《美国驻天津领事调往福州任职》）中写到，沃德从广州到达北京，任语言官员，1933 年出任天津副领事，1935 年升任领事，可以推测在此时他结识了同在北平的斯诺夫妇以及罗隆基，并时常来往。1937 年 7 月调往福州任领事，1937 年 7 月底，天津被日军占领。从任职地理位置上看，他的足迹遍布中国东西南北，南至广州、福州，北至天津、长春，东至上海，西至迪化（Diwha，乌鲁木齐旧称）。珍珠港事件前后，他任美国驻香港领事，根据日本官方文件和香港报纸以及自己亲身经历，撰写并于 1945 年出版了《亚洲人的

---

① 参见 1955 年 12 月 4 日《圣彼得堡时报》刊登的文章 "Robert Spencer Ward Knows Orientals as Few Americans"；1968 年 10 月 1 日的 "The Evening Independent"，关于 Robert Spencer Ward 去世的一则短文。

② 这番经过，详见赵武平：《翻译的恩怨》，载《阅人应似阅书多》，北京：生活·读书·新知三联书店，2015 年，第 68-77 页。此处不再赘述。

③ 赵武平：《翻译的恩怨》，载《阅人应似阅书多》，北京：生活·读书·新知三联书店，2015 年，第 76-77 页。

亚洲》① （*Asia for the Asiatics*）一书。他翻译的萧军长篇小说 *Village in August*
（《八月的乡村》）于 1942 年出版，但是该书出版时并没有注明译者，只署名是斯
诺撰写的介绍。②1955 年 1 月，他出版了小说《黎民之儿女》，以 20 世纪 20 年代
的山西农村为背景，批判中国儒家思想。我们不禁想知道：第一，伊凡·金作为
一名外交官员，足迹遍布中国各地，外交事务繁忙，为何对小说翻译和创作情有
独钟？翻译长篇小说并非易事，据斯诺介绍，仅仅是《八月的乡村》的翻译就耗
费了译者大半年的时间③；第二，他为何在老舍小说翻译出版过程中态度如此坚
持和强硬？④

人们对伊凡·金个人资料知之甚少，所存照片也极为有限（图 3-3、图 3-4）。
从当时报纸报道和书评文章来看，伊凡·金在中国工作生活 19 年，是美国外交界
顶级的中国语言和文化专家之一，他热爱中国人民，但是对中国的社会制度不满，
认为旧时中国社会由少数人掌权，压迫底层劳动人民的现象应该有所改变。⑤对
他的小说《黎民之儿女》，评论认为除去一些瑕疵之外，例如，作者时常跳出来用
学者的口吻陈述、解释中国文化和社会现象，如"书法、巫术"⑥，小说的整体
创作是成功的，是当时关于中国农村生活最好的英文小说。⑦这里提出的"瑕疵"，
和之前伊凡·金翻译《骆驼祥子》的手法非常接近，作为译者，他也常常跳出来
大段解释中国文化和社会现象。⑧

另外，从大的历史背景来解答上述两个问题也不失为一个办法。

---

① Asia for the Asiatics（亚洲人的亚洲）是太平洋战争（1941—1945 年）之前和战争期间，日本帝国政府提
出的口号，以排除欧美控制，建立日本在亚洲的领导地位。

② 斯诺在译本介绍中写道："这本杰出的描述战时中国的小说，作者是一位中国人，并被一位美国学者以
优美的英文翻译而成。但是，这位译者并未透露姓名，因为他目前正被拘禁在日本侵占的某个城市的集中营里。"
"某个城市"指的是香港（笔者注）。原文 *I wish it were possible to tell here something about the American scholar who
made this extraordinarily fine translation. Unfortunately such credit will have to be given later, because the translator is
at present interned in a city occupied by the Japanese.*

③ *The reader may appreciate the painstaking work that has gone into this volume when he is told that die
translator spent the better part of a year accomplishing his task.*

④ 赛珍珠 1949 年 3 月 29 日在致代理人劳埃德的信中提及："伊凡·金先生变得极为粗暴，他告诉舒先生，
他有权获得全部版权收入。照他看来，要不是他在翻译过程中，进一步完善了原作，舒先生的著作根本一文不值。
他还通过律师，恫吓舒先生。总的来说，就言行举止看，他简直不像是一个头脑清晰之人。我相信，金先生眼下
大概在佛罗里达，或在其他什么地方疗养，但他恐怕再也不会恢复成一个好人了。"

⑤ Books of The Times, *New York Times*, Apr. 27, 1955.

⑥ Levin, M., Review of *Children of the Black-Haired People*, *Saturday Review*, Aug. 6, 1955, p.16.

⑦ Payne, R., An Intimacy with Evil, *New York Times*, Apr. 10, 1955, p.113.

⑧ 具体译例见后文。

图 3-3　1955 年 4 月 27 日《纽约时报》刊登的伊凡·金的图像

图 3-4　1955 年 12 月 4 日《圣彼得堡时报》刊登的伊凡·金与夫人的照片

　　第一个问题涉及文学在社会动荡和战争时期的地位与作用。斯诺在《八月的乡村》英译本（图 3-5）介绍开篇写道："在那些历史上最为壮阔与激荡的时刻，与纪实报道相比，一部小说，一首诗歌或者一篇散文，更能直指人心，更能昭示让一个社会浴火重生的力量源泉。《汤姆叔叔的小屋》便是一例，没有《悲惨世界》或者说没有伏尔泰，我们就不能理解法国革命，没有《堂吉诃德》，我们就无法懂得西班牙王国的衰败，没有黎萨尔的杰作《社会毒瘤》，我们何以明白菲律宾的政治觉醒？"①（笔者译）记者出身的斯诺，对文学的力量自然十分敏感。就整个

---

　　① In the most sublime and stirring moments of history it often happens that a single novel or poem or essay manages to reveal, better than any straight factual account can do, the heart of inner purpose of a period, or the source of power or decay working within a society to bring about its collapse or its regeneration. *Uncle Tom's Cabin* is an obvious example. Could we understand the French Revolution without *Les Miserables* or at least Voltaire, or the decline of the Spanish Empire without *Don Quixote*, or the Filipino's political awakening without Rizal's great novel, *The Social Cancer*?

大环境而言，二战时期美国非常重视思想的力量和书籍的力量，1942 年成立的战时图书委员会向前线士兵输送了一千余种图书，其中相当一部分是文学作品。战时图书委员会的口号是：书籍是思想战争中的武器。另一个原因，懂得汉语并能够翻译中国文学作品的西方人主要包括早期的传教士和后期的汉学家，但是他们的兴趣领域多半停留在古典文学，对中国现代文学、革命和战事并不抱有多少热情，西方大众也普遍认为中国现代文学没有什么价值，连斯诺本人在编译小说集《活的中国：现代中国短篇小说选》之时，也提及其中收录的短篇小说在文学艺术方面并不重要，但是它们是中国文学中现代反抗与同情精神的萌芽，是对最广泛社会正义的需求之最初体现[①]，萧乾回忆说斯诺挑选收录小说的标准是：文字粗糙点没关系，他要的是那些揭露性的，谴责性的，描述中国社会现实的作品。[②]也就是说，有兴趣翻译现代小说尤其是革命小说的人，多半是对中国战事和时局关注且有所了解，不一定是对文学本身感兴趣，那么外交官员出身的伊凡·金积极翻译中国现代小说也不足为奇。[③]

图 3-5　《八月的乡村》扉页

另外就是翻译中的语言问题。《活的中国：现代中国短篇小说选》收录的小说翻译任务主要是由斯诺和他的中国学生承担，包括姚莘农（姚克）、萧乾、杨缤（杨

①　Snow, E., 1972. *Journey to the Beginning*, New York: Random House, Inc.

②　萧乾：《斯诺与中国新文艺运动：记〈活的中国〉》，《新文学史料》，1978 年第 1 期，第 216 页。

③　伊凡·金退休之后投入写作则另当别论，也许是因为职业保密关系不能撰写回忆录之类的纪实作品，也有可能是出于出版市场利润的考虑。

刚），斯诺既要求语言"尽量贴近原文"，可是又要求砍去中国作品中"松散、冗长散漫"的部分，还会对内地风土人情一定要弄个水落石出，将译者加的注插进文本中，萧乾有时候并不同意斯诺的一些做法。①但上述斯诺提倡的翻译方法却和伊凡·金的翻译手法如出一辙，我们在后文会详细阐述伊凡·金在翻译《骆驼祥子》时所使用的互为矛盾的各种翻译方法。西方译者在翻译中国现代文学过程中的态度和取舍可能更为一致，所以斯诺在《八月的乡村》英译本序言中对伊凡·金的翻译大为称赞，或许也成为伊凡·金后来对文学翻译兴致不减并沿用这些翻译手法的一个重要因素。其实这也部分回答了上文提及的第二问题。

第二个问题还涉及美国图书发行的市场化以及中美版权条约不健全。老舍回国之后曾经提及"美国人搞文化，就跟做生意差不多""书在美国销，还得看时机"等等。②伊凡·金翻译的《骆驼祥子》英译本入选"每月畅销书"（Book of the Month），一旦入选，印数高达数十万册，书价降低，成为廉价的普及本，但是书商利润大增。美国制片商还企图利用正在美国讲学的老舍的名声，和已在美国读者中造成广泛影响的这本改名为《洋车夫》的英译本所得到的广泛声誉，像《大地》《龙种》一样为资本家捞一笔大钱，而原作者在美所得稿酬，比起英译者所得巨款，实在微不足道。③伊凡·金继续翻译《离婚》，起初自然是出版商和译者想要趁热打铁，名利双收的巨大吸引力，可能是译者如此坚持的原因之一，没有健全的版权条约保护，可能也是译者底气足、态度强硬的原因之一。

翻译中的忠实问题其实一直存在，刘绍铭曾撰文提出英译本《狼图腾》将原著中的序文和尾声删掉了，内文的篇幅也大见节删。此书的译者是葛浩文教授，他曾向出版社请示这种切头去尾的改动是否恰当，得到的答复是："这是我们的书，我们已经把它买下来了。"刘绍铭指出作者售卖翻译版权给出版社时，可自订一些约则，如说明本书内容如非得作者本人或其法定代理人书面同意不得擅自更改等等。《狼图腾》的作者姜戎大概没有订下这条规矩，英文版的《狼图腾》所作的改动，看来是依法有据的了。④老舍的情况则更加极端，连版权问题都没有商量好，更不要说签订"不得擅自更改"之类的条约了，令伊凡·金有恃无恐。桑禀华⑤（Sabina Knight）指出，根据她的比较，中国小说译者更喜欢改编原著，她就这一

① 萧乾：《斯诺与中国新文艺运动：记〈活的中国〉》，《新文学史料》，1978年第1期，第216页。
② 赵家璧：《老舍和我》，《新文学史料》，1986年第3期，第99页。
③ 赵家璧：《老舍和我》，《新文学史料》，1986年第3期，第94-95页。
④ 刘绍铭：《翻译与归化》，《苹果日报》副刊，2012年2月12日。
⑤ 现任教于美国史密斯学院，中国文学与比较文学副教授。

问题请教了葛浩文，得到的答复是，因为中国文学在美国的销路一直不好，所以只能通过改写原文的方式来向大的出版商"推销"①，真是无奈的现实。

另外，20 世纪 40 年代的出版市场，原著者和译者的版权规范尚处于发展初期，翻译标准与伦理并没有系统机制，翻译质量也是良莠不齐。二战期间，一些新出版的国外小说为了抢占先机和市场，翻译时间紧迫，由多人合译，一本小说随便扯开分给几个译者，有的译者拿到的部分没头没尾，连标题是什么都不知道。②二战期间，美国出版业走出萧条，利用远离战场的优越条件，进入大发展时期，出版活动繁荣，以至于很多出版规范跟不上。如上所述，虽然难以一一还原伊凡·金小说翻译活动的动机和行为特征，至少提供了一个时代大背景给读者作为参考。

另一个疑问是赵武平先生在文章中指出的，伊凡·金选择翻译《骆驼祥子》的起因至今还没有明确的说法。不过在翻译出版过程中斯诺是一个关键人物，选定文本的人可能是斯诺。斯诺夫妇和伊凡·金是朋友，同时也是雷纳-希区柯克公司年轻编辑弗兰克·泰勒（Frank Taylor）的朋友，弗兰克的父亲当时正是出版社老板之一，弗兰克深受斯诺影响，说服父亲，试图促成出版一套"中国'五四'以来进步文学的英译丛书"，但由于种种外在原因只出版了《骆驼祥子》。③之所以选择老舍小说作为该出版计划的第一本书，应该还是跟斯诺有关，因为老舍和斯诺相识之后交往甚密。与老舍同去美国的曹禺回忆："应该说，老舍先生还是一个国际主义者，他为祖国、为党做了不少国际统战工作。抗战期间，他用中华全国文艺抗敌协会的名义接待了美国的斯诺、史沫特莱，英国的奥文、伊修伍特、厄特莱，日本的绿川英子等朋友，使他们对抗战中的左翼活动有所认识，……老舍先生在美国的时候，是经常和斯诺先生来往的。解放以后，斯诺每来中国，必访问他，他必请斯诺吃几顿北京饭，家常饭，谈谈心。"④所以斯诺极有可能在原作者、译者和出版商之间起到穿针引线的作用。不过这一切都还只是推断，除了泰勒，至今还没有发现当事人留下文字叙述来作为《骆驼祥子》翻译起因的佐证。

对于赵武平先生提出关于伊凡·金翻译《骆驼祥子》起因的疑问，我们还可以做一些更大胆的推断。有人认为沃德（中文名华瑞德，笔名伊凡·金）是间谍，

① 桑禀华：《美国人眼中的中国小说：论英译中文小说》，载中国作家协会外联部编《翻译家的对话》，北京：作家出版社，2011 年，第 122 页。

② Hench, J. B., *Books as Weapons: Propaganda, Publishing, and the Battle for Global Markets in the Era of World War Ⅱ*, Ithaca: Cornell University Press, 2010, p. 39.

③ 冯亦代：《记泰勒一家人》，载邓九平编《冯亦代文集 散文卷 1》，北京：中国友谊出版公司，1999 年，第 87-88 页。

④ 曹禺：《我们尊敬的老舍先生：纪念老舍先生八十诞辰》，《人民日报》，1979 年 2 月 9 日。

那么他是否为了套取情报而故意接近与当时中国左翼关系甚密的斯诺夫妇，主动提出翻译萧军的《八月的乡村》以及老舍的《骆驼祥子》呢？译者之意不在译，在乎情报也？斯诺妻子海伦·斯诺（Helen Snow）在她的回忆录《旅华岁月》（*My China Years*）中提到，沃德表达出对她夫妇二人感情甚佳的羡慕，以及对中国事物的极大兴趣，她甚至将沃德称为"挚友"，可惜笔者对他们的交往并没有寻找到更多的资料。当然或许还有另一种可能：事情并没有那么戏剧性，沃德因为工作关系结识了斯诺夫妇，并且与他们一样，都热爱文学，并且对中国时政和战局感兴趣。

还有一种可能性是伊凡·金接触了 1943 年日本东京新潮社出版的《骆驼祥子》的日译本。这个日译本是《骆驼祥子》的第一个外译本，译者是竹中伸，该译本由周作人作序，竹中伸翻译的版本在战后的 1948 年与 1952 年又再版。竹中伸还翻译过《离婚》（1952 年）、《老张的哲学》（1953 年）、《正红旗下》（1981 年）、《黑白李》（1981 年）、《牛天赐传》（1982 年），合译《四世同堂》（中）（1983 年）。老舍的作品所描写的市民生活，对日本读者有很强的吸引力。日本常把"老百姓"称为"庶民"，就是城市贫民或城市下层人民，这是一个人数众多的社会阶层。中国的城市贫民和日本的城市贫民的社会地位、心态、命运、风俗、习惯等等，有许多相似之处。

> 日本此时刚从战争污泥中拔出腿来，处在意识反省和经济极度破坏后的恢复时期，人们的贫困生活和思想苦闷与老舍所描写的底层人民的苦难遭遇和《四世同堂》对日本军国主义的批判多有契合，读起来自然较适宜他们的口味；而老舍自身的不舍追求精神和如祥子的拼命为生存顽强拉车的精神，无疑对他们也是一种吸引和精神支撑力量。[①]

美国主动译入的第三部老舍长篇小说是《猫城记》。《猫城记》描述了一段科幻历险："我"驾驶的飞机坠毁于火星，误进猫国，记述在猫国种种见闻：猫人食"迷叶"上瘾，教育失败，官员腐败，最终被邻国消灭。《猫城记》创作于 1932 年，并在《现代》上连载。发表之初受到关注，但是由于其批判性被放大，在国内停印，影响渐趋消失。1964 年美国密歇根大学中国研究中心（Center for Chinese Studies，the University of Michigan）出版了詹姆斯·E. 杜尔文（Jame E. Dew）的

---

① 曾广灿：《老舍研究在日本和南洋》，《社会科学战线》，1996 年第 6 期，第 189 页。

英译本①，1970 年，美国俄亥俄州立大学出版社出版了威廉·A. 莱尔（William A. Lyell）的英译本。②这部在国内知名度远远小于《骆驼祥子》的小说，却是老舍在国外译本第二多的作品（仅次于《骆驼祥子》）。③老舍之子舒乙也曾提到："一般读者忽视了《猫城记》，很遗憾。这部作品在国外很有名，被定为世界上最优秀的 3 部长篇讽刺小说之一。在国外，老舍的《猫城记》是和《骆驼祥子》并驾齐驱的。"④⑤吕恢文的描述（截至 1986 年论文发表）更为客观，从译本数量上判断，《猫城记》在短短六年连续出版两个译本的确仅次于《骆驼祥子》，但是从发表的译本评论和销售状况来看⑥，这部作品在美国大众读者中的影响显然远远小于《骆驼祥子》。

老舍自己对《猫城记》评价却很低："《猫城记》，据我自己看，是本失败的作品。它毫不留情地揭示出我有块多么平凡的脑子。写到了一半，我就想收兵，可是事实不允许我这样作，硬是把它凑完了！"⑦赵家璧先生在《老舍和我》一文中，引用了当时老舍寄给他的《猫城记》新序中的一段话。

在我的十来本长篇小说中，《猫城记》是最"软"的一本。原因是：1. 讽刺的喻言需要最高机智与最泼辣的文笔；而我恰好无此才气。2. 喻言中要以物明意，声东击西，所以人物往往不能充分发展——顾及人（或猫）的发展，便很容易丢失了故意中的暗示；顾及暗示，则人物的发展受到限制，而成为傀儡。《猫城记》正中此病，我相信自己有一点点创造人物的才力，可是在《猫城记》中没有充分地施展出来。⑧

相当一部分西方学者也认为这部小说并不具有什么文学价值。白芝从文学创作角度评论：继《大明湖》之后，《猫城记》是老舍的又一次失败。⑨兰比尔·沃

---

① Lao Sheh, *City of Cats*, trans. by Dew, J. E., Center for Chinese Studies, The University of Michigan, 1964.

② Lao She, *Cat Country: A Satirical Novel of China in the 1930's*, trans. by Lyell, W. A., Columbus: Ohio State University Press, 1970.

③ 吕恢文：《〈猫城记〉在国外》，《北京社会科学》，1986 年第 4 期，第 122 页。

④ 李培、李荣华：《老舍〈猫城记〉中预言在"文革"中成现实》，《南方日报》，2009 年 2 月 11 日。

⑤ 笔者与《猫城记》第一位译者杜尔文在邮件中提及这一说法，杜尔文认为《猫城记》在普通读者之中的影响远不如《骆驼祥子》，他认为或许舒乙访美之时接触的多是来自美国的大学中文学专业的反馈，因此印象或有偏差。

⑥ 基于图书馆搜索的译评数量。

⑦ 老舍：《我怎样写〈猫城记〉》，载《老牛破车》，上海：人间书屋出版社，1941 年，第 43-44 页。

⑧ 赵家璧：《老舍和我》，《新文学史料》，1986 年第 3 期，第 102 页。

⑨ Birch, C., Lao She: The Humourist in His Humour, *The Chinese Quarterly*, 1961, Vol. 8, p. 48.

勒（Ranbir Vohra）的表述更为直接：作为一部文学作品，《猫城记》无论多么糟糕，仍提供了大量宝贵的信息（a wealth of information）。①不仅评论者和文学研究者的观点如此，《猫城记》的第一位译者杜尔文也在译序中列出了该作品的若干缺陷。

　　　　该作品在风格上极为重复甚至混乱。整部小说本应该有更加仔细的构思，跟西方文学界那些更加高明的讽喻作者相比，作者的讽喻不够微妙和细致。也没有提出中国问题的解决方法。（Nor did publication of the work cure China's ills.）②

　　《猫城记》写于 1932 年③，比《骆驼祥子》创作早 4 年，《骆驼祥子》首个英译本早在 20 世纪 40 年代就已出版，《猫城记》的第一个节译本则迟至 20 世纪 60 年代才问世④，时隔 6 年又出新译本。美国出版商为何在当时选择这部既没有知名度也并非新作的小说译为英文？张彦（Ian Johnson）在莱尔译本序言中如是写道："猫城探险是 20 世纪 30 年代中国的实况报道，老舍也希望读者如此解读。"⑤

　　《猫城记》两个英译本出版时间分别是 1964 年与 1970 年，正处于被费正清称为"外界对中国了解最少的时期"⑥。毛思迪（Steven W. Mosher）指出，1949—1972 年是西方对中国的敌视期（the age of hostility），而孔华润（Warren I. Cohen）在 1989 年出版的著作中将美国对中国的态度（American views of China）划分为五个阶段：敬重期（deference）（1784—1841 年）；鄙视期（contempt）（1841—1900 年）；家长期（paternalism）（1900—1950 年）；恐惧期（fear）（1950—1971 年）以及尊重期（respect）（1971—）。⑦与毛思迪相比，孔华润的划分较为细致，并非简单的"爱""恨"的二元对立，具有较高参考价值。《猫城记》首个英译本产生于"恐惧期"。对某个民族和国家的恐惧可能由两种原因造成：或是对方势力强大而具有威胁性；或是因其神秘性，对对方知之甚少。随着中华人民共和国的成立，

---

① Vohra, R., *Lao She and the Chinese Revolution*, Cambridge: Harvard University Press, 1974, p.61.

② Lao Sheh, *City of Cats*, trans. by Dew, J. E., Center for Chinese Studies, The University of Michigan, 1964, p.8.

③ 《猫城记》于 1932 年 8 月至 1933 年 4 月首次在《现代》杂志连载。

④ 在英译本译序中杜尔文标明的时间是 1958 年，也就是说翻译的时间早于出版时间 6 年。

⑤ Johnson, I., *Introduction to Cat Country*, Melbourne: Penguin Books, 2013, p. 11.

⑥ Fairbank, J. K., *The United States and China*, Cambridge: Harvard University Press, 1983, p. 358.

⑦ Arkush, R., Lee, L. O.-F., *Land Without Ghosts: Chinese Impressions of America from the Mid-Nineteenth Century to the Present*, Berkeley: University of California Press, 1989, p.301.

西方人心中又闪回"危险"①。这种"闪回"的原因有几种，大环境方面，敌对的意识形态，如苏联共产主义与美国自由主义，造成了双方互相产生负面印象。与文化差异不同，意识形态的差异会引起政治对立甚至军事冲突。具体来说，20世纪50年代，中华人民共和国开始了社会主义建设，中国人民都积极加入建设新中国的行列。一批在1949年前于西方留学的中国知识分子，接受了西方个人主义思想、自由主义思想等，当时，西方媒体自以为是地认为，中国迫切需要改造知识分子所谓的资产阶级思想，以便使其更好地适应社会主义的国家建设。这在一定程度上引发了西方的恐慌情绪。"美帝国主义是敌人"这一口号也加深了中西方之间的隔阂。西方媒体称中国是红色势力扩张的一部分。实际上，中国选择社会主义道路恰逢西方对共产主义恐惧加剧的时期。战后欧洲共产主义的崛起让美国恐慌，而中华人民共和国在此时成立，西方将共产主义在东方的壮大视为威胁，一些西方政客和媒体常利用这种恐惧心理，将其作为政治手段来制造恐慌，这种做法是不客观且不公正的。

　　1972年尼克松访华之前，中国对美国来说，是神秘的。《猫城记》在这样的背景之下被译入，对美国来说喜忧参半。喜的是，他们认为自己获得了有关中国"现状"的真实资料；忧的是，他们在《猫城记》译本中发现了政治他者的"现状"，似乎印证了他们的恶意揣测，恐惧有增无减。美国在特殊时期迫切希望了解中国的状况，而他们的了解仅限于很少的渠道，了解的动机又较为复杂与微妙，一方面希望知道真实的状况，并希望这个状况与自己先前的想象契合；另一方面又希望发现出乎意料的内容，越"糟糕"越好。这种愿望在《猫城记》中得到回应。西方评论者认为，《猫城记》描述了一个令人担忧、极度悲观的图景：一个国家（中国）在死亡线上挣扎。该小说是作者作品中最具政治性的一部。②老舍曾表示该小说的创作源于对国民党军阀混战的中国现状的担忧与失望，小说中的猫国统治者其实暗指黑暗腐败的国民党。③时过境迁，《猫城记》被译为英文的20世纪60年代，小说创作的时代背景已不复存在，而西方评论者和译者将小说内容与时代背景错位衔接，将小说中的各种细节描写与中国20世纪60年代的现状直接对等，更可证明翻译《猫城记》背后的动力和原因。

　　《猫城记》被译为英文还因为西方文学向来偏爱带有批判性的作品，有学者认

---

① Willgoos, R. G., America's Changing Views of China: Through the Eyes of Janus, *Forum on Public Policy: A Journal of the Oxford Round Table*, 2007, p.116.

② Vohra, R., *Lao She and the Chinese Revolution*, Cambridge: Harvard University Press,1974, p.61.

③ Johnson, I., *Introduction to Cat Country*, Melbourne: Penguin Books, 2013, p.9.

为老舍的《猫城记》是一部具有先驱性的优秀讽刺作品，且与西方文学创作手法有着共通之处。杜尔文英译本的编辑（James Irving Crump，Jr.）在前言中写道：《猫城记》从讽刺手法等方面来说虽有种种不尽如人意，但至少老舍是一个独立、坦诚的批评家（at least a free agent and frank critic of his country）①，莱尔在他的译本介绍中指出老舍在《二马》和《猫城记》中都体现出对自己国家人民的批判。②日本学者日下恒夫认为，从《猫城记》开始，老舍将目光从普通人平凡事的小天地转向国家大事的世界，从幽默诙谐的格调朝严肃沉思的风格转换。③老舍的写作采取了当时西欧最新的"反乌托邦"的方法，与同时期赫胥黎的《美丽新世界》（Bravo New World）颇有相似之处。他认为这体现了老舍作为不同凡响的优秀作家的力量和他对西欧文学潮流的精深理解。葛浩文认为老舍在中国传统的说书艺人和查尔斯·狄更斯（Charles Dickens）的共同影响下开始其幽默讽刺作家的笔耕生涯。葛浩文认为《猫城记》译本（1970 年）不仅是现有老舍小说英译本中的最佳之作，而且还是所有现代中国小说译本中最耐人研读的作品之一。他认为老舍运用了斯威夫特式（Swiftian）的笔法来讽刺当代的中国社会。④白芝认为《猫城记》与吴敬梓和鲁迅的作品一样鞭挞了"民族性"上的所有种种弱点。⑤2013 年莱尔《猫城记》译本再版之时，张彦认为，虽然老舍最有名的作品是《骆驼祥子》与《茶馆》，《猫城记》却是老舍最花费心血的作品，它是中国现代小说中最值得注意、最复杂且具有预言性的作品之一。⑥

　　对于翻译要求颇高甚至挑剔的葛浩文对莱尔 1970 年的英译本评价也很高：是对中国小说生动、合乎语言习惯和忠实于原文的译著，犹如中国现代文学译林中的一只珍异之鸟。他认为《猫城记》一书具有双重价值：作为个人对 1930 年中国所处困境的看法，该小说本身即为现代社会政治史上各类作品中的里程碑，而莱尔译笔之高明又使该译著成为未来从事翻译者的一个范例。⑦

---

① Lao Sheh, *City of Cats*, trans. by Dew, J. E., Center for Chinese Studies, The University of Michigan, 1964.

② Lao She, *Cat Country: A Satirical Novel of China in the 1930's*, trans. by Lyell, W. A., Columbus: Ohio State University Press, 1970, p.16.

③ 日下恒夫：《老舍与西洋：从〈猫城记〉谈起》，《复旦学报（社会科学版）》，1986 年第 6 期，第 36-39 页。

④ 霍华德·戈德布拉特（葛浩文）：《评沃勒·兰伯尔的〈老舍与中国革命〉一书及小威廉·A.莱尔的〈猫城记〉译本》，李汝仪译，《徐州师范学院学报（哲学社会科学版）》，1985 年第 1 期，第 119-120 页。

⑤ Birch, C., Lao She: The Humourist in His Humour, *The Chinese Quarterly*, 1961, Vol. 8, p. 48.

⑥ Johnson, I., *Introduction to Cat Country*, Melbourne: Penguin Books, 2013, p.9.

⑦ 霍华德·戈德布拉特（葛浩文）：《评沃勒·兰伯尔的〈老舍与中国革命〉一书及小威廉·A.莱尔的〈猫城记〉译本》，李汝仪译，《徐州师范学院学报（哲学社会科学版）》，1985 年第 1 期，第 117-121 页。

再来看看《猫城记》英译本的两位译者。1964 英文版译者杜尔文，1958—1983年学习、任教于密歇根大学，教授汉语和语言学课程，1965 年获密歇根大学语言文学博士学位，博士论文题为《元杂剧对话中的动词词组构成》（"The Verb Phrase Construction in the Dialogue of Yuan Tzarjiuh"），余英时是论文答辩组成员之一。杜尔文撰写过几本汉语言研究方面的专著，从时间上看，他翻译《猫城记》是在1958 年，出版却到了 1964 年，由密歇根大学中国研究中心出版，译本与其他两部作品编辑在一起，作为一本不定期学术期刊（occasional paper）出版。该研究中心是全美国重要的中国问题研究中心，这个学校的中国问题以现当代问题为主，美国国务院的中国顾问，很多来自这个学校。

1970 年莱尔重译了《猫城记》，莱尔在斯坦福大学从教 30 年，教授中国语言文学课程，主要研究方向是中国现代文学。莱尔本科学习法语和英语专业，毕业后进入空军耶鲁大学语言中心，在那里以最优成绩修完汉语言课程，后被派到朝鲜战场做汉语翻译，并几度被授予奖章，退役之后，继续在芝加哥大学学习汉语并获得博士学位，其间获得资助在中国台湾学习三年中国哲学与文学。之后先后在芝加哥教师学院（1962 年）、俄亥俄州立大学任教（1963—1972 年），1972 年到斯坦福大学，翻译过鲁迅、老舍与张恨水的作品。1970 年翻译《猫城记》的时候，莱尔应该是在俄亥俄州立大学任教，并且译本由俄亥俄州立大学出版社出版。莱尔译本有着长达 35 页的介绍，详细介绍了老舍的生平、文学生涯和《猫城记》，这是一个更具有学者气质的译本，他在介绍的最后一段写道：普通人对时代的看法很少会记录在历史书中，因此就需要在文学作品中寻找，了解生活在某个时代的真实感受，与那个时代的人们分享人性的经历。[1]相比《猫城记》第一个译者杜尔文，莱尔最终的导向是文学作品，而不是中国的政局。[2]

1980 年首次被翻译成英文并在美国出版的《二马》，是老舍客居伦敦时创作的最后一部长篇小说，开始于 1928 年，完成于 1929 年，早于《骆驼祥子》（1936年完成并在国内首次出版）、《离婚》（1933 年在国内首次出版）与《猫城记》（1932年在国内首次出版）。《二马》最初由《小说月报》第 25 卷第 5 号（1929 年 5 月）开始连载，同年第 20 卷第 12 号续完。小说讲述了 1926 年一对中国父子在英国伦敦的遭遇和经历：老马先生为继承哥哥的遗产，即一家小古玩铺子，带着儿子小

---

① Lao She, *Cat Country: A Satirical Novel of China in the 1930's*, trans. by Lyell, W. A., Columbus: Ohio State University Press, 1970, p. 42.

② 后文将详细陈述。

马，漂洋过海到了伦敦，经在中国传教的伊牧师介绍，寄居在温都太太家里。老舍在《二马》中体现了他具有深度的文化人性观，深刻地探讨了中西文化壁垒和沟通。《二马》的翻译，既有对前部翻译小说的延续之处，又有差异。延续的是，老舍仍然将主人公置于他们难以掌控的人生境遇[①]，同样也部分延续了老舍幽默与讽刺的写作手法。然而这部小说与最初被主动翻译成英文的作品，《骆驼祥子》和《离婚》之间存在的差异也一目了然，它并不以老舍所擅长的北京文化为背景，也并非刻画城市平民的生活与精神世界。因此可以说，老舍小说英译活动中，文本选择地逐步走向多样化。

旅居伦敦近 4 年，老舍有机会深入了解英国这个国家以及中国人在他们眼中的形象。他不仅接触到英国的知识分子，也接触到商人和普通民众，以及从中国回去的传教士和商人，老舍对 20 世纪 20 年代前后的中国和西方现实有着自己独到的观察和体悟，老舍在《老牛破车》里的文章《我怎样写〈二马〉》中写道：

> 在材料方面，不用说，是我在国外四五年中慢慢积蓄下来的……写这本东西的动机不是由于某人某事的值得一写，而是在比较中国人与英国人的不同处，所以一切人差不多都代表着些什么；我不能完全忽略了他们的个性，可是我更注意他们所代表的民族性。[②]

老舍深切感受到在英国人的眼中，中国人的形象非常不堪，而值得一提的是，老舍是从人性的角度来分析与理解偏见的形成，摆脱了经济政治种族等客观决定论。他认为这种偏见来自对传统的附着、肤浅的比较以及偏狭的民族主义。

> 比较是件容易作的事，连个小孩也能看出洋人鼻子高，头发黄；因此也就很难不浮浅。注意在比较，便不能不多取些表面上的差异作资料，而由这些资料里提出判断。脸黄的就是野蛮，与头发卷着的便文明，都是很容易说出而且说着怪高兴的；越是在北平住过一半天的越敢给北平下考语，许多污辱中国的电影、戏剧，与小说，差不多都是仅就表面的观察而后加以主观的判断。[③]

---

① Hegel, R. E., Review of *Ma and Son, Chinese Literature: Essays, Articles, Reviews*, 1982, Vol. 4, No. 2, pp. 299-300.

② 老舍：《我怎样写〈二马〉》，载《老牛破车》，上海：人间书屋出版社，1941 年，第18-19 页。

③ 老舍：《我怎样写〈二马〉》，载《老牛破车》，上海：人间书屋出版社，1941 年，第19 页。

正因为如此，老舍能用幽默笔触来展现这种"偏见"，没有流俗于另一种狭隘的"民族主义"。

> 自然，猛一看过去，他们确是有这种讨厌而不自觉的地方，可是稍微再细看一看，他们到底还不这么狭小。我专注意了他们与国家的关系，而忽略了他们其他的部分。幸而我是用幽默的口气述说他们，不然他们简直是群可怜的半疯子了。幽默宽恕了他们，正如宽恕了马家父子，把褊狭与浮浅消解在笑声中，万幸！[①]

当我们谴责西方对中国的偏见与歧视之时，也许有时忽略了人性中的比较嗜好与主观判断的弱点以及社会发展中客观标准与价值观的混乱阶段。越是依赖外界客观标准与比较结果来实现自我认知的人，或者价值观越为混乱的社会，越会造成认知失调[②]，就越容易陷入肤浅表面的比较。老舍作为一个作家的伟大之处就在于他洞悉了人性共通之处，这种弱点是全人类所共有并且要从人性的角度去分析与理解，也要从人性的角度去化解。

老舍东西方文化的人性观还体现在他不仅展现了英国人心中的中国形象，他还将当时的英国人形象传递给中国读者，即他们在物质和文明上比较先进，强调独立、秩序、理智和进取，拥有较强的国家观念，但同时又傲慢和自大，甚至偏狭和固执。另外，老舍没有将文化贴上统一的民族标签，而是将文化内部的不同层面充分展现出来，没有哪一种文化是铁板一块，英国文化也有不同层面，其中存在着对立和矛盾。上了年纪的英国人的传统观念与年轻人的想法之间有差异的现象，也存在于中国文化之中，这就是不同文化之间的共通之处。有了这些共通之处，有了人性的共通，文化之间的壁垒就有了打破的可能，不同文化没有绝对的对立关系。这是很有深度的文化观。最后，老舍在中英文化的比较中进行文化自省，点出中国旧文化中重仕轻商以及无为混世的负面生存哲学。这种文化自省能够积极有效地对待文化歧视。

《二马》在 1980 年首次被译为英文，名为 *Ma and Son*，译者是珍·M. 詹姆

---

① 老舍：《我怎样写〈二马〉》，载《老牛破车》，上海：人间书屋出版社，1941 年，第 21-22 页。

② 认知失调，由美国社会心理学家利昂·费斯汀格（Leon Festinger）提出。人类在自己的信念受到挑战时，认知系统会进行一些处理。"认知失调理论"主要是解释当个体知觉有两个认知（包括观念、态度、行为等）彼此不能调和一致时，会感觉心理冲突，促使个体放弃或改变认知中的其一，迁就另一认知，以恢复调和一致的状态。

斯①，她也是在 1979 年出版《骆驼祥子》重译本的译者。②约翰·马尔尼（John Marney）在书评中指出这一部写于 20 世纪 20 年代反映"中国人如何看待英国人怎样看待中国人"（Chinaman's view of the Englishman's view of the Chinaman）的小说早就应该跟西方读者见面，时隔半个多世纪，作品中纯熟的反讽与国家主义说教现在看起来非常奇怪。③而在另一篇书评中，何谷理（Robert E. Hegel）指出《二马》原著并不是老舍最好的作品，可詹姆斯译文却是忠实而流畅的，因此值得一读，不过她选择的出版社是位于旧金山的中国研究资料中心（Chinese Materials Center），何谷理认为这样一来，除了中国研究方面的学者和图书馆之外，其他更多的读者，如西方文学方向的学生或者普通大众读者很难接触到译本④，这大概也能解释为什么 1980 年出版的译本，到了 1982 年才刊出评论。从语言方面来说，虽然何谷理认为詹姆斯译本忠实流畅，但英国批评家马尔尼指出原著涉及当时的北京方言和后爱德华时代（post-Edwardian）⑤的英国女房东和她女儿的语言，美国译者詹姆斯虽然有中英文语言顾问傍身，可是译作读起来绝对是中时代美国（Middle American）英语。⑥总结以上，虽然说《二马》是美国主动译入的老舍作品，可是并没有像《骆驼祥子》两个译本（1945 年、1979 年）那样获得基本一致的好评，也没有像《猫城记》译本（1964 年、1970 年）那样引起西方文学和非文学界的注意，反而暴露出几个翻译环节的重要问题：文本选择的时机滞后；译文语言不够地道；出版社选择导致译本接受面狭窄以及译本定价过高。⑦《二马》其他的英译本包括黄庚（Kenny K. Huang）和大卫·冯德威（David Finkelstein）的 *The Two Mas*（香港联合出版公司，1984）、尤利叶·吉姆逊（Julie Jimmerson）的 *Mr. Ma & Son: A Sojourn in London*（外文出版社，1991），以及威廉·多比尔（William Dolby）的 *Mr. Ma and Son*（企鹅丛书，Penguin Books Australia，2013）⑧。

---

① 当时在爱荷华大学读中国艺术史专业，1983 年获博士学位，后留任爱荷华大学亚太研究中心。

② 重译本译名为 *Rickshaw.*

③ Marney, J., She, L., James, J. M., *Ma and Son, World Literature Today*, 1982, Vol. 56, No.1, pp. 176-177.

④ Hegel, R. E., Review of *Ma and Son, Chinese Literature: Essays, Articles, Reviews*, 1982, Vol.4, No.2, pp.299-300.

⑤ 爱德华时代（Edwardian era 或 Edwardian period）指 1901—1910 年英王爱德华七世在位的时期。爱德华时代和维多利亚时代中后期被认为是大英帝国的黄金时代。

⑥ Hegel, R. E., Review of *Ma and Son, Chinese Literature: Essays, Articles, Reviews*, 1982, Vol.4, No.2, pp.299-300.

⑦ 译本简装本当时定价 21.8 美元（相比其他相当长度的翻译小说定价确实过高）。

⑧ 据说多比尔 20 世纪 60 年代就已经翻译了《二马》，参见"纸托邦"官网对该译者的介绍：https://paper-republic.org/translators/william-dolby/.

诚然，从文化渊源上来说，中国和英国应该比美国更关心这部小说，但是最早的《二马》英译本是由美国译者翻译的，在美国出版。

从译者身份来看，20 世纪 40 年代后半期《骆驼祥子》和《离婚》的英译者伊凡·金虽然从事外交工作，文学翻译活动也参杂了时政信息传播的任务，但他的翻译活动多少还属个人行为，文本选择也与系统从事文学翻译的人士脱不开关系，如斯诺。伊凡·金的文学翻译活动更多地与商业出版紧密联系，是战后美国出版业繁荣发展背景下的一个成功案例，他的译本 1947 年还被转译为法语，名为《北京苦力祥子》，而从 1964 年《猫城记》第一个译本开始，老舍小说英译就已经慢慢脱离商业出版，步入中国研究的学科分支之下，二战之后与冷战之时美国各界渐渐认同其文化外交与政府外交不可分割，文学翻译有了政府支持的国别研究中心的参与，被赋予了更多的政治任务，销路与盈利并不是最重要的关注点。从 1970 年《猫城记》第二个译本开始到 1980 年《二马》的翻译和 1979 年《骆驼祥子》的重译，老舍小说英译渐渐回归到文学本真上，或者说中美文学交流的本真上来，几位译者都是文学研究者和译者，商业出版方面不算热销与成功，也渐渐褪下充当中国研究资料的任务，这大概也是老舍作为一个作家的初心所在。老舍的小说观是世界的，国外学者认为作为一个本能的热爱和平、厌恶政治、厌恶对立的作家，老舍的作品更多的是对普遍的人性与社会作道德思考和关注。①

直到 2013 年，葛浩文重译的《骆驼祥子》还会引起读者很多反响，在购物平台亚马逊（Amazon），葛浩文所译《骆驼祥子》得到众多好评，除了对翻译进行评论之外，大部分读者对小说本身进行了评论。比起北京文化，读者对小说的情节与主题更有共鸣，认为这是一部揭示现实和人性的深刻作品，却没有任何说教成分。甚至有读者说到祥子面临的社会转型困境也是他们现在所面临的。引用一位读者的评论，这是一部"悲伤的启示录，让人难以忘怀"②，一部经典的作品，不论时局环境如何变幻，总能引起读者的共鸣。

然而翻译文学中的商业和学术一直作为一对矛盾体存在，桑禀华指出，教师（教授中国文学的教师）和学者，也应该和译者一样，都能影响学生和读者的意见，同样也跟翻译者一样有能力来帮助或反对商业化、美国化，以及扭曲甚至毁灭文

① 龙敏君：《老舍研究在国外》，《新疆师范大学学报》（哲学社会科学版），2000 年第 4 期，第 71-77 页。
② 详见 https://www.amazon.com/Rickshaw-Boy-Novel-She-Lao/product-reviews/0061436925/ref=cm_cr_getr_d_paging_btm_1?ie=UTF8&reviewerType=all_reviews&sortBy=recent&pageNumber=1.

化差异的倾向。①和桑禀华一样的中国文学研究者和教师，加入到翻译老舍小说的队伍中来，他们不同于葛浩文这样行走于商业与学术之间的职业译家，他们内心不纠结地忠于原作，不用考虑译作的热销和接受面，就像前文所引《二马》英译的译评对译作的出版社选择和定价提出的质疑。这一批译者代表了文学本真化和专业化的一面。不论如何，中国文学真正地被世界接受和喜爱，任重而道远，说到底，还是要把力气花在作品创作上，真正世界性的作品，不会让译者为难，只需忠实翻译，就能够获得接受。不论老舍的初心如何，客观上，老舍小说英译本构建的中国文化形象总体上经历了从异化到同化，从融合到疏离，再到融合的变迁，随着国际形势的变化，其间经历了波动和起落。美国译介老舍小说并非偶然单纯的文学交流活动，而与更为宏观的历史语境紧密联系。

---

① 桑禀华：《美国人眼中的中国小说：论英译中文小说》，载中国作家协会外联部编《翻译家的对话》，北京：作家出版社，2011年，第121-124页。

# 第四章　社会心理创伤与小说译本的慰藉

中国现代文学英译研究，多关注西方通过翻译活动如何构建中国形象，将中国文学西传置于被动单一的研究模式之中。事实上，国别文学不仅是他者眼中的被动存在，更是以多种方式参与世界文学构建及社会思潮变动。20 世纪中期，美国经历了在二战中与中国合作，其主动译入老舍长篇小说，表面上带着共情态度对中国文化和政治形象进行塑造，实质上更是读者在译作中寻求慰藉与信息递解，弥合战争创伤，同时提升对自我与世界的认知。因此翻译文学的阅读体验最终是自我指向与精神契合，而非他者指向的形象构建及信息获取，这也是翻译文学与非文学作品的根本区别所在。

## 第一节　东方文化形象转变初期

美国对中国的认识和了解，最初是从茶叶、丝绸和药品这些商业来往开始的。伴随着商业活动应运而生的当然还有关于中国的各种著述。从商业交往最初到二战之前，中国在西方（从欧洲到美国）的形象经历了正面与负面交错的起起落落。哈罗德·R. 伊罗生（Harold R. Issacs）认为，在与中国交往的漫漫历史长河中，他们对中国的印象起起落落，两种形象从人们大脑里进进出出。①周宁认为中国人的形象在美丽与可怕两个极端起伏，西方人很难客观理性地看待中国，他们对中国的认知或许就是一种纯粹的想象，跟事实本无关系。②或许事实怎样并不重要，普通大众没有机会也似乎无意去探求真正的中国形象，作家甚至可以在作品中大肆利用这种极端的中国形象博人眼球。1750 年之前，中国只是一个地理名词，西方人对中国的了解只来自零散的书本和游记里的只言片语，这些描述往往带着

---

① Issacs, H. R., *Scratches on Our Minds: American Images of China and India*, New York: The John Day Company,1958, p.64.

② 参见周宁：《天朝遥远：西方的中国形象研究》，北京：北京大学出版社，2006 年，第 112-113 页。

浓厚的个人感受，如果个别记载里对中国的描述充满了溢美之词，那么很快这个形象就会传播开来，而到了 19 世纪，中国在西方的形象又陷入低谷，20 世纪的中国形象更加多变，更加起伏不定。

近代到近现代之交，美国读者对中国了解的途径主要有两种，一是商人、传教士、外交官，以及之后的汉学家（相当一部分从传教士和外交官转变而来）的翻译作品和著作；二是以赛珍珠和林语堂为代表的作家作品，他们的作品针对美国读者，介绍中国社会和文化。也就是说，美国普通民众对中国并没有直接了解，基本通过在中美交往"前线"的小部分特殊群体获得间接的二手信息和评说。

那么这些"前线"群体关注的是中国哪些方面，又会向美国民众传递怎样的信息呢？近代及之前前往中国的美国人，无一例外都是为了挣钱或者寻求舒适生活，他们在悠闲的生活之余，最乐于研究和收藏的就是中国的奇风异俗和"奇珍异宝"，女人的小鞋、鸦片烟枪、砍头图片等。当然层次更高的美国文化人到了中国也会研究古代艺术、绘画和政治体制，不过与前者一样，都是为了访古与猎奇[1]，因此他们的著述难免都与此有关，这些著述塑造与勾勒出西方人眼中的中国形象。

除了兴趣使然，利益瓜葛也让身处中国的美国人与中国封建体制合谋，维护既有体制与遗风旧俗。"当时在中国的洋人，从外交官、商人到传教士，都是一切旧秩序的维护者。原因很清楚，他们自身同中国的旧秩序是唇齿相依的。"[2]因此其著述自然也是指向历史上一以贯之的主题，不会关注当下社会斗争与未来命运，不会涉及中国的思想进步。

另外，由于汉语学习的特殊方式，这个群体接触到的中国文本有限且片面，有的为了名利双收，日后将这些教材翻译成英文，通常还要在翻译时进行加工，迎合美国市场需求。萧乾回忆说，"就我所知道的一些所谓汉学家来说，颇有几位是这么起家的：一个旅华的洋人——传教士、商人、海关职员或寓公，每月花上不多几个钱（通常是每小时两角五分）请上一位中国'先生'来教中文。办法是他拿一本书——古典的或现代的——作为'教材'。然后，先生讲——有时还是用'土'英语来讲，学生记。几年之后，那本书经过加工就在国外出版了。译者当然是那位洋学生，序跋中绝口不提那位'先生'；版税更不用说，扫数进入洋荷包。

---

① Anonymous, Review of *Living China*, *The China Critic*, Feb. 4, 1937.

② 萧乾：《斯诺与中国新文艺运动：记〈活的中国〉》，《新文学史料》，1978 年第 1 期，第 214 页。

再过若干时日，那位洋人就已挤入'汉学家'或'中国通'的行列了"。[①]

　　那么之后美国读者的第二个信息来源，以赛珍珠与林语堂为代表的，能用英文表达，与世界交流对话的中国文化写作者，又向美国传递了何种中国形象呢？他们是否能够向西方传达中国的进步思想和社会发展情况呢？以赛珍珠为例，她的作品《大地》于 1931 年出版，在美国影响深远。另外她还翻译了《水浒传》，林语堂称赞赛珍珠的翻译是她"以中国的名义贡献给世界的最优美的礼品之一"。可见赛珍珠的著作与翻译目光还是投向中国的旧体制与过去，当时有人对赛珍珠提出批评，指出她"留恋中国传统而对于中国现代性变迁持反感的态度"[②]。《大地》最早的中文译者之一伍蠡甫曾发出一系列拷问：《福地》（《大地》）"所错综起来的是：中国现实社会下的一切——荒灾的频仍，农民知识的浅陋，男子的贪鄙吝啬，女子的卑抑，兵匪等的威胁，以及不可胜数的水深火热。然而这些是不是事实呢？作者在揭穿这一切之后，是否抱着一般白色优越的心理，以侵略中国来救中国呢？"[③]1933 年 11 月鲁迅在致姚克的信中谈道："中国的事情，总是中国人做来，才可以见真相，即如布克夫人，上海曾大欢迎，她也自谓视中国为祖国，然而看她的作品，毕竟是一位生长于中国的美国女教士的立场而已，所以她之称许《寄庐》，也无足怪，因为她所觉得的，还不过一点浮面的情形。只有我们做起来，方能留下一个真相。"[④]

　　郭英剑指出："赛珍珠文化思想主要由两部分组成：一为东方文化（主要为中国传统文化），一为西方文化，她所受双重文化都对其思想有着至关重要的作用，对其创作也有极大的影响。"[⑤]赛珍珠自小生活在中国，熟悉中国人的生活，因此这些熟悉的生活素材成为她创作的主要内容，但她毕竟接受了很多西式的教育，西方的价值观深深影响着她对这些生活的思考和评价。也可以认为，赛珍珠是以隐性的西方思维方式展现显性的中国题材。

　　之后，赛珍珠大力支持并促成了林语堂的英文著作《吾国与吾民》的出版，从 1935 年 9 月到 12 月，该书在美国印刷了七次，赢得美国各界一片赞誉。《中国评论周报》（The China Critic）则指出林语堂的"吾民"指的是中国的知识阶级，

---

　　① 萧乾：《斯诺与中国新文艺运动：记〈活的中国〉》，《新文学史料》，1978 年第 1 期，第 218 页。

　　② 邓丽兰：《略论〈中国评论周报〉（The China Critic）的文化价值取向：以胡适、赛珍珠、林语堂引发的中西文化论争为中心》，《福建论坛（人文社会科学版）》，2005 年第 1 期，第 46 页。

　　③ 伍蠡甫：《评〈福地〉》，载郭英剑编《赛珍珠评论集》，桂林：漓江出版社，1999 年，第 16 页。

　　④ 鲁迅：《致姚克》，载《鲁迅全集 第 12 卷》，北京：人民文学出版社，1981 年，第 272-273 页。

　　⑤ 郭英剑：《对赛珍珠研究的几点思考》，《河南师范大学学报（哲学社会科学版）》，1992 年第 4 期，第 40 页。

而不是广大的普通民众。他所描述的中国人民的保守性也是不准确的。<sup>①</sup>国内一些评论者也将林语堂塑造为一个有独特艺术风格但却思想落后的保守主义者。林语堂生长于传教士家庭，接受教会学校教育，受到基督教影响，看重和谐的家庭生活，对他人的关怀与爱、平等；之后又接触道教，崇尚超脱、性灵和自然，向往东方恬静的田园牧歌式生活，对中国传统文人闲适文化十分倾慕与留恋，他幽默而性灵的作品深受明清小品文的影响，林语堂还翻译了沈复的《浮生六记》、张潮的《幽梦影》。他的著述中穿插、引用大量明清小品文与性灵作品片段，例如，借用郑板桥家书，赞美田园生活；通过明代陆深的《致友人书》，来阐释田园思想与乐天主义；借苏东坡的《记承天寺夜游》倡导知足与至善至美；运用陶渊明的《责子诗》与庄子的《齐物论》探讨人的主观性；通过李笠翁的《意中缘》和《闲情偶寄》反映道家思想。之后所著《生活的艺术》更是增加了翻译分量，节译了庄子、老子、陶渊明、金圣叹、袁中郎、张潮、屠隆等作者的作品。总之，林语堂构建的中国文化形象是高雅美好又闲适的，在当时高度工业化的西方，林语堂笔下的东方文明与休闲哲学激发与唤醒了读者对"自然"的渴慕。不论是赛珍珠的"落后乡土中国"还是林语堂的"闲适中国"，都再一次印证与迎合了西方对遥远国度或正面或负面的想象。

　　从商业交往最初到二战之前，中国在西方（从欧洲到美国）的形象经历了正面与负面交错的起起落落，但总体来说，在西方人眼中，中国只是一个盛产茶叶丝绸的遥远国度，有着或可怕或美好的传说，并没有现实的战略意义，他们没有必要也没有契机去深入了解中国的现状与思想。二战后期到二战结束，新的世界格局和国际合作需求让美国人认识到了解其他国家的必要性和重要性，这种了解，是将对方作为真切的实体存在，而不是遥远的想象存在。中国作为盟国，因为受到日本侵略而引起美国民众的同情，希望了解中国的美国人不再满足于阅读那些经过"阐释"的关于中国的书籍、那些为了迎合外国人与印证外国人评判所写的书、那些充满异域风情与奇风怪俗的书，而是希望看到中国人为中国人写的作品，尤其文学作品。<sup>②</sup>

　　1936 年斯诺编译出版了《活的中国：现代中国短篇小说选》，收录了鲁迅、柔石、郭沫若、茅盾、巴金等 15 位左翼作家的作品及斯诺撰写的《鲁迅评传》等。

---

　　① 邓丽兰：《略论〈中国评论周报〉（*The China Critic*）的文化价值取向：以胡适、赛珍珠、林语堂引发的中西文化论争为中心》，《福建论坛（人文社会科学版）》，2005 年第 1 期，第 47 页。

　　② Anonymous, Review of *Living China*, *The China Critic*, Feb. 4, 1937.

1942 年伊凡·金翻译了萧军小说《八月的乡村》，由斯诺撰写介绍。这些作品都反映了中国在现代化进程以及抗战过程中的巨变与发展。萧乾指出，斯诺"从中国事态的表层进而接触到中国人民的思想感情，使他在对中国现实的认识上，来了个飞跃"。[①]1945 年 11 月 21 日的《远东观察》（又译为《远东调查》，*Far Eastern Survey*）刊登文章《关于中国该读什么》（"What to Read on China"）（图 4-1）[②]，关于中国的书籍出版倾向于科学观察、资料梳理与细致分析，许多美国读者已经不满足于肤浅的了解，而是希望通过中国人民的生活现实来了解中国，其中所列书籍包括地理、科技、工业、政治、制度、社会、文学等领域。《圣彼得堡时报》1955 年 12 月 4 日在介绍伊凡·金小说《黎民之儿女》的报道中提到，小说作者认为大部分中国小说都对东方文化有着错误或者过于多愁善感的描述。[③]

至此我们可以看出，美国对中国的了解需求，逐渐从儒家经典过渡到描写现当代人民状况的书籍；从精英文化过渡到民众生活；从精神慰藉过渡到底层人民的坚强与奋斗的激励；从想象虚指过渡到实体存在，从乡村转向城市生活与工业化。总的来说，是时候该了解与时俱进的中国，而不是费尽心机把中国存放在古董盒子里。

**SELECTED REFERENCES ON CHINA**

Buck, Pearl S. *Tell the People*. New York: John Day, 1945. 84 pp. $1.50.

Bynner, Witter. *The Way of Life According to Laotze*. New York: John Day, 1944. 76 pp. $1.00.

Cheng, Chi-yu. *New China in Verse*. Berkeley, Calif.: Gulick, 1944. 120 pp. $2.00.

Cressey, George B. *Asia's Lands and Peoples*. New York: McGraw Hill, 1944. 608 pp. $6.00.

——. *China's Geographic Foundations, a Survey of the Land and Its People*. New York: McGraw-Hill, 1934. 436 pp. $4.00.

Crow, Carl. *China Takes Her Place*. New York: Harper, 1944. 282 pp. $2.75.

Fei, Hsiao-tung. *Peasant Life in China: A Field Study of Country Life in the Yangtze Valley*. New York: Dutton, 1939. 300 pp. $3.50.

Forman, Harrison. *Report from Red China*. New York: Holt, 1945. 250 pp. $3.00.

Goodrich, L. Carrington. *A Short History of the Chinese People*. New York: Harper, 1943. 260 pp. $2.50.

Hogg, George. *I See A New China*. Boston: Little Brown, 1944. 211 pp. $2.50.

Lattimore, Owen. *Solution in Asia*. Boston: Little Brown, 1945. 214 pp. $2.00.

Lattimore, Owen and Eleanor. *The Making of Modern China*. New York: Norton, 1945. 207 pp. $2.50.

Lin, Yu-tang. *The Vigil of a Nation*. New York: John Day, 1944. 260 pages. $2.75.

Lin, Yueh-hwa. *The Golden Wing, a Family Chronicle*. New York: Institute of Pacific Relations, 1944. 275 pp. $2.50.

McNair, Harley Farnsworth. *Voices from Unoccupied China: Lectures in Harris Foundation, 1943*. Chicago: University of Chicago Press, 1944. 100 pp. $1.50.

Pan, Stephen C. Y. *China Fights On*. New York: Fleming H. Revell, 1945. 188 pp. $2.50.

Quong, Rose. *Chinese Wit, Wisdom and Written Characters*. New York: Pantheon Book, 1944. 68 pp. $2.75.

Rosinger, Lawrence K. *China's Crisis*. New York: Alfred Knopf, 1945. 259 pp. $3.00.

——. *China's Wartime Politics, 1937-1944*. Princeton: Princeton University Press, 1945. 127 pp. $2.00.

Rowe, David Nelson. *China Among the Powers*. New York: Harcourt Brace, 1945. 205 pp. $2.00.

Shaw, Lau, pseud. (Shu Ch'ing Ch'un). *Rickshaw Boy*, translated by Evan King. New York: Reynal and Hitchcock, 1945. 315 pp. $2.75.

Shih, Kuo-heng. *China Enters the Machine Age*, translated by Hsiao-tung Fei and Francis L. K. Hsu. Cambridge: Harvard University Press, in cooperation with the Institute of Pacific Relations, 1944. 206 pp. $2.50.

Stein, Gunther. *Challenge of Red China*. New York: McGraw-Hill, 1945. 490 pp. $3.50.

Sun Fo. *China Looks Forward*. New York: John Day, 1944. 275 pp. $3.00.

Teng, Ssu-yu. *Chang Hsi and the Treaty of Nanking, 1842*. Chicago: University of Chicago Press, 1944. 191 pp. $4.00.

Tsang, Chih. *China's Postwar Markets*. New York: Institute of Pacific Relations, 1945. 259 pp. $3.50.

Wales, Nym, pseud. (Helen Foster Snow). *The Chinese Labor Movement*. New York: John Day, 1945. 235 pp. $2.75.

Wang, Chi-chen, translator. *Contemporary Chinese Stories*. New York; Columbia University Press, 1944. 242 pp. $2.75.

——. *Traditional Chinese Tales*. New York: Columbia University Press, 1944. 225 pp. $2.75.

Yang, Martin C. *A Chinese Village, Taitou, Shantung Province*. New York: Columbia University Press, 1945. 275 pp. $3.00.

图 4-1　《关于中国该读什么》（"What to Read on China"）

① 萧乾：《斯诺与中国新文艺运动：记〈活的中国〉》，《新文学史料》，1978 年第 1 期，第 213 页。

② Ewing, E., What to Read on China, *Far Eastern Survey*, 1945, Vol.14, No.23, p.340.

③ Anonymous, Robert Spencer Ward Knows Oriental as Few Americans, *St. Petersburg Times*, Dec. 4, 1955.

# 第二节　文本价值与社会思潮

## 一、文本主题共性与文学价值

　　1945 年 9 月，刊登在由全美英语教师委员会（National Council of Teachers of English）出版的《英语杂志》（*The English Journal*）的一篇简要书评中，对《骆驼祥子》英译本 *Rickshaw Boy* 做了这样的介绍：一个北平本地男孩的故事，充满人性又令人感动，出自一位感性的中国作家之手。这是一个关于中国人、关于贫穷，关于克服重重困难的故事，是八月份"每月读书俱乐部"精选之作。①在这篇简单介绍中，我们可以看到城市（北平）、人性、贫穷、克服困难这几个关键词。

　　首先是小说背景，城市与工业化的中国。故事发生的地点是北平，"它美丽，它衰老，它活泼，它杂乱，它安闲，它可爱"，这是小说的重要背景。"他（祥子）的唯一的朋友是这座古城。"城市，是美国读者对中国当时社会非常不了解的一个生活背景，他们的印象还停留在林语堂笔下的古代文人墨客所生活的田园乡村，或者赛珍珠笔下的当代农村。城市化是中国社会现代化一个重要的标志，以骆驼祥子为代表的农民，从农村来到城市谋生，遇到种种现实的挫折和内心的焦灼。城市作为小说背景无疑为美国读者带来了一丝新鲜感，甚至是共鸣。

　　其次是人性。在中国现代文学史上，胡适、刘半农、鲁迅等作家都从不同侧面写到了人力车夫，但他们是以知识分子居高临下的观察和道德评价，对这个职业或扩而大之对下层劳动者给予同情或赞美，都没有真正深入一个车夫实实在在的生活和内心中去。车夫这个中国近代城市化进程中所产生的新职业真正以丰满的形象立足于文坛，是老舍的功劳。1945 年 9 月 2 日《华盛顿邮报》一篇名为《中国故事想象力惊人》（"Chinese Tale Strikes Directly at Imagination"）的评论文章中，也提出相同观点。文章指出，西方读者大而化之地将亚洲国家，如印度、中国的人民定义为"百万饥饿民众"，并没有把他们真正当作人类的一个个"个体"，他们知道那些民众所遭受的饥荒，他们的无知和不安全感，但是忘了他们也是有血有肉的男男女女，而老舍的《骆驼祥子》则让西方读者走出这一陷阱，把底层劳动人民当作活生生的个体展出来。正如胡适、鲁迅这样的知识分子一样，西方读

---

① Anonymous, A Story of the Chinese, of Poverty, of Obstacles to be Overcome, *The English Journal*, 1945, Vol.34, No.7, pp.407-410. Published by: National Council of Teachers of English.

者将底层的中国人民都看作"他者",而不是感同身受地认为他们是和自己一样的具有人性的"个体"。出身传教士家庭的约翰·J.埃斯西（John J. Espey）在他的评论中写道："这位作家却能够意识到国家是由个体构成的,并且这些个体是活生生的人。"① 《骆驼祥子》这样的作品能够打动读者,引起他们情感上的共鸣,美国的评论家甚至认为这部作品是对世界民主发展的巨大贡献。②

最后是激励性的小说主题。祥子在陌生的城市艰难地生活,克服重重困难,一而再再而三地与命运做抗争,他的坚韧和为了追求自由幸福所付出的努力,会引起西方读者的同情和共鸣,尤其是在二战末期和战争刚刚结束之时。让读者受到鼓舞的是,这是一个平凡普通劳动者的故事,并不像一些华丽的文学作品中的那些主人公经历了突然的巨变。刘禾在她的《跨语际实践:文学,民族文化与被译介的现代性（中国,1900—1937）》中提到老舍小说中的 individualism（个人主义）、modernism（现代性）等世界性话题探讨。在保持本土特色的同时,深入挖掘人性的共通之处,使得《骆驼祥子》可以与西方读者进行深入平等的精神对话,赢得读者的理解与尊重。③作家不仅仅是一个社会问题的写作者,发展历程的记录者,还是人类共同话题的写造者。另外,具有人性共通的作品,具有较高可译性,这直接影响译文的质量与接受。

撇开特有的时代背景以及第一位译者伊凡·金实用主义的译外之意,《骆驼祥子》的第二位译者詹姆斯 1979 年在她的译序中列出该小说的几大主题,让我们可以更为清楚地看到西方读者,包括译者以及专业的文学研究者对《骆驼祥子》本身的文学价值的探讨。她指出,小说探讨了人与机器之间的密切关系,以及这种关系的演化。这种关系是经济性的——需要数月、数年的精打细算才能租车;或是成为车主——物理性的;小说的另一个重要主题是主人公经济生活的不确定性;小说还探讨了人物个性和他们与经济之间的关系,特别是对风险的忍耐、对劳苦的忍耐以及武断品质、人格尊严。最后,孤独、个人主义也是小说的重点主题。④

---

① Kao, G., *Two Writers and the Cultural Revolution: Lao She and Chen Jo-his*, Hong Kong: The Chinese University Press, 1980, p.38.

② Anonymous. Chinese Tale Strikes Directly at Imagination, *The Washington Post*, Sep. 2, 1945.

③ 参见刘禾:《跨语际实践:文学,民族文化与被译介的现代性（中国,1900—1937）》,宋伟杰等译,北京:生活·读书·新知三联书店,2002 年,第 111-115 页。

④ Lao She, *Rickshaw: The Novel Lo-t'o Hsiang Tzu*, trans. by James, J. M., Honolulu: University of Hawaii Press, 1979.

　　高克毅（笔名乔治高，George Kao）在《老舍在美国》一文中提到他很早[①]就注意到《骆驼祥子》并且感觉这部小说会符合美国读者的兴趣，曾经想过将它译为英文，可是抗日战争爆发之后，他就转而关注抗日宣传作品，将文学追求暂时搁置一边。[②]我们不禁想知道如果早在 1937 年左右，乔治高就将《骆驼祥子》译为英文，并且忠实译出小说的悲剧结尾，是否会像 1945 年出版的 *Rickshaw Boy* 一样反响那么热烈？除了小说本身的文学价值，译本的接受环境也不可忽略。1937 年抗日战争全面爆发，与 1945 年二战末期，美国读者对中国以及世界其他国家的态度发生了怎样的变化？

## 二、从革命文学到自由主义作家

　　时任美国驻华大使馆文化联络员的威尔马·费正清（费慰梅[③]）和美国在重庆设立的新闻处服务的费正清在促成老舍访美一事上起了重要作用。费正清先后求学于威斯康星及哈佛大学，1929 年获罗兹奖学金，赴英国牛津大学求学。为收集博士论文资料，费正清于 1932 年初赴北京学习中文，1932 年初夏在北平与费慰梅结婚，1935 年离开中国回牛津，1936 年开始在哈佛大学执教。1941 年前往华盛顿，开始在美国情报协调处（COI）研究分析部的远东小组工作，1942 年被派往中国工作，1943 年 12 月回到华盛顿，1945 年再度来华，担任美国新闻处（USIS）的领导工作。[④]

　　老舍赴美项目，全称"国际教育和文化交流计划"，归美国国务院负责，肇始于 1940 年。[⑤]珍珠港事件后，美国加强援助中国抗战，首次于西半球以外增添了对华关系项目，邀请教育、公共健康、卫生、农业和工程学诸多领域的精英去美国做学术交流。[⑥]1942 年 9 月，费正清代表美国政府，经印度和中国昆明，抵达

---

① 大约在 1936—1937 年《骆驼祥子》连载在《宇宙风》半月刊之时，乔治高正在攻读哥伦比亚大学硕士学位，后于 1937 年开始任职于设在纽约的中国新闻社，负责对美文宣事宜，担任《中国之声日报》（*The Voice of China*）编辑，内容主要根据战时陪都重庆电台所播资料。

② Kao, G., *Two Writers and the Cultural Revolution: Lao She and Chen Jo-his*, Hong Kong: The Chinese University Press, 1980, p.38.

③ 费正清的妻子，著有 *Liang and Lin: Partners in Exploring China's Architectural Past*（参见费正清：《中国建筑之魂：一对外国学者眼中的梁思成与林徽因夫妇》，成寒译，上海：上海文艺出版社，1995 年）。她和丈夫的中文名为林徽因所取。

④ 邓鹏：《费正清评传》，成都：天地出版社，1997 年，第 313-314 页。

⑤ 赵武平：《老舍美国行之目的》，《文摘报》，2013 年 10 月 12 日。

⑥ 颜坤琰：《老舍离渝赴美的背后故事（上）》，《新民晚报》，2015 年 11 月 7 日。

重庆，直接介入对华文化关系规划。在费正清斡旋和推动下，从 1943 到 1947 年，26 位中国学者和文艺家，分 4 批受邀赴美，文艺家破例受邀请，也是费正清的主意。①费正清为何将老舍作为文艺界第一位邀请到美国，有人认为是他个人偏爱，有人认为是《骆驼祥子》英译本在美国的影响力，再者，就是俄国人捷足先登，邀请左翼领袖人物郭沫若和茅盾等，相继访问苏联。②当时，老舍自由主义作家的身份或许正合费正清心意。

其实更早一些的抗日战争时期，美国所译介的中国现代文学也是以左翼文学为主，尤其以斯诺组织编译的《活的中国：现代中国短篇小说选》为代表。斯诺当年为什么要编译这本书？1930 年以后，斯诺遍访了中国各大城市和东北三省，了解了中国的大量情况，同时也接触到许多中国的文学作品，"看到了一个被鞭笞着的民族的伤痕血迹，但也看到这个民族倔强高贵的灵魂"，从而产生了要把中国的文学作品，特别是五四运动以来的新文学介绍给西方读者的想法。③除了选择鲁迅本人的作品，斯诺还听从鲁迅的建议，选择新出现的左翼作家的作品。斯诺找到他在燕京大学的学生萧乾，请其帮助介绍中国作家，并协助完成翻译工作。萧乾与好友杨刚经过精心选择，写出 15 篇作品的故事梗概交给斯诺，斯诺非常满意。这些作品包括柔石的《为奴隶的母亲》，茅盾的《自杀》《泥泞》，丁玲的《水》《消息》，巴金的《狗》，沈从文的《柏子》，孙席珍的《阿娥》，田军的《大连丸上》《第三枝枪》，林语堂的《忆狗肉将军》，郁达夫的《茑萝行》，张天翼的《移行》，郭沫若的《十字架》，沙汀的《法律外的航线》，并附有作者小传。当时的译评写道：这本书极为重要，目的是让读者通过翻译作品了解中国的革命文学，而斯诺认识到这一必要性并且付诸行动与努力。④夏志清在纪念王际真与乔治高的一篇文章中写道：大家亟须了解战时中国的小说创作。但这时，日本已经占领上海和香港，从内地转运书籍和杂志去纽约非常困难。幸而，1935 年在纽约和王际真相识，1936 年和林语堂相识的乔志高正在重庆的中华新闻社分社做编辑，把一些受欢迎的小说提供给王际真。其中的一些被翻译成英文，16 篇结集为《中国战时小说》（*Stories of China at War*，哥伦比亚大学出版社，1947），王际真译出了 10 篇，其中包括茅盾很精致的小说《报施》，首次在纽约杂志 *Medmoiselle* 上与读者见面

---

① 颜坤琰：《老舍离渝赴美的背后故事（上）》，《新民晚报》，2015 年 11 月 7 日。

② 赵武平：《老舍美国行之目的》，载《阅人应似阅书多》，北京：生活·读书·新知三联书店，2015 年，第 62-63 页。

③ 吴葆：《曾经有过斯诺的〈活的中国〉》，《光明日报》，2001 年 12 月 20 日。

④ Taylor, G. E., Snow, E., Book Review of *Living China*, *Pacific Affairs*, 1937, Vol.10, No.1, pp.89-91.

（1945 年 4 月）。①

　　但无论是身处中国亲历革命的斯诺还是怀有五四情结的王际真，与美国普通读者对中国现代文学的理解还是有所不同，斯诺和王际真翻译编辑的中国现代小说集，对西方读者来说更像是真实的社会纪录，从一定意义上来说，仍旧延续了西方读者的旁观心理，而所谓的共情与同理心，多多少少还只是译者的一厢情愿。生于美国的"二代移民"乔治高，对中国现代文学的理解，似乎在引导西方读者的同时，更能把握他们的脉搏。1915 年，三岁的乔治高，随父母返回上海居住，之后就读于圣约翰大学与燕京大学，1932 年返美。父母所受美国教育对他影响颇深，童年与青少年时期他在上海经历了西化又文明的丰富多彩的生活，乔治高对中国境遇的理解不同于斯诺与王际真，关于中国他拥有的多是正面美好的回忆，内心认同美国文化，按照夏志清的说法，他更喜欢林语堂。即使从哥伦比亚大学毕业之后任职纽约中华新闻社，编辑《战时中国》，乔治高也不是中国苦难的亲历者和革命的呐喊者，他觉得这是个理想的工作，可以利用自己在新闻和国际关系方面所受的训练，发挥自己中英文写作的特长。②他对于中国境遇的理解多半是基于人性，因此早在《骆驼祥子》刚刚发表之时，他就敏锐地感觉到美国读者会感兴趣，几年后的事实证明了他的判断。

　　抗日战争结束之后，美国的关注点集中在解放战争。先来说费正清，作为中美关系研究者和美国政治家，他是影响美国对解放战争态度的重要人物之一，他曾经为斯诺的《西行漫记》（*Red Star Over China*）撰写前言，也曾预测中国共产党的胜利。比起政客，费正清倒更像是一位学者，他并不热衷于选择政治立场，而是从人民福祉与世界和平的角度看待问题。在《美国与中国》（*The United States and China*）的序言中，费正清不无恳切地写道："与任何一位真诚的教授一样，我写这本书是为了让美国人民了解中国，为了让他们和平友好共处。"③老舍也很少谈论政治和主义，却关心民众的苦难和国家的未来。这大概也是费正清看重老舍的原因之一。

　　二战期间及之后，美国除向国民党政府提供军事支持抵抗日本侵略外，在教育、农业、工程技术领域也给予了资助。④费慰梅在她的著述中提及了这些文化

　　① 夏志清、董诗顶：《王际真和乔志高的中国文学翻译》，《现代中文学刊》，2011 年第 1 期，第 98 页。

　　② 夏志清、董诗顶：《王际真和乔志高的中国文学翻译》，《现代中文学刊》，2011 年第 1 期，第 98 页。

　　③ Fairbank, J. K., *The United States and China*, Cambridge: Harvard University Press, 1983, p.15.

　　④ Fairbank, W. J., *America's Cultural Experiments in China (1942-1949)*, Washington: Bureau of Educational and Cultural Affairs, 1976, p.15.

资助，包括邀请学界和文艺界人士去往美国，还有国民党政府官员的官僚作风以及双方的种种误解，这些造成了极大的时间、资源和人力的浪费，一些专家抱怨自己的一技之长无用武之地，还不如回祖国做贡献。[①]国民党政府要求前往美国访问的学界人士临行前接受为期两周的政治学习和军训，这些人士在办理护照过程中遇到重重困难。费慰梅认为以上举措促使这些知识分子与国民党渐行渐远。作为负责交流项目的文化官员，费正清夫妇亲身经历了国民党政府的效能低下与腐败专制，这或许成为费正清后来预测在解放战争中，中国共产党会胜利的原因之一。费慰梅在她的书中评论：无处不在的腐败、致命的通货膨胀、政治上的无政府主义，让当时的国民党官员分身乏术，派来的美国专家，即使初衷良善、专业高超、耐心坚韧，也毫无用处。[②]也就是说，在社会政治动荡之时，文化学术交流的作用其实微乎其微，这就是残酷的现实。

多元系统论提出，当一个国度的文学发展处于转型甚至真空时期，文学翻译是高产阶段，如中国新文化运动和白话文运动以及现代文学的发端时期。这些时期的文学翻译多半是出于文学的原因，致力于文学体系发展与文学交流本身。但是，当政治动荡、战争爆发之时，文学交流包括文学翻译则显得力不从心，此时的文学翻译又会呈现出另一种景象：被赋予文学之外的功用，包括信息传递与意识形态传播。但是文学作品的接受土壤根本还是对文学本身和人性探究的关心和热爱，即使选择文本的那一部分话语权力掌握者将文学作品与政治与战争捆绑在一起，他们也难以操控文学翻译的接受，因此那些蒙上非文学因素，为一时之需的文学翻译作品很难流传成为经典。

这从一个角度解释了抗日战争时期的中国现代文学英译主要以左翼文学为主，但是除了在学界，国外的普通大众读者并没有对之产生多大反响，而到了抗日战争结束，美国读者得以摆脱政治与战局的负累，并且试图让心灵从战后疮痍中恢复过来，这客观上使得他们能够真正从文学和人性的角度去看待中国现代文学，选择无党派或者中立作家的作品，选择探寻人性的作品，如老舍的《骆驼祥子》和《离婚》，当然战后美国的经济商业繁荣与大发展，图书出版行业的商业运作也是译本畅销的重要原因之一。日本学者石垣绫子曾撰文回忆，老舍初到美国做了不少演讲，可是老舍认为听众并不是真正对中国和中国所受的抗战之苦感兴

---

① Fairbank, W. J., *America's Cultural Experiments in China (1942-1949)*, Washington: Bureau of Educational and Cultural Affairs, 1976, p.58.

② Fairbank, W. J., *America's Cultural Experiments in China (1942-1949)*, Washington: Bureau of Educational and Cultural Affairs, 1976, p.80.

趣，更多的是对他这个黄皮肤的畅销书作者感到好奇。[①]虽然此话是抱怨，可又从另一个侧面反映出，文学作品包括畅销书在普通读者面前就是作为文学作品独立存在的，没有附加更多政治和战争的额外蕴意。到了冷战时期，文学翻译又不得不再一次披上政治斗争的战袍，担当信息传播的重任，《猫城记》在此时被推上翻译舞台并非因为其文学价值，同样没有获得小说该有的最好归宿：经典的大众读物。冷战结束之后到 21 世纪之前，文学翻译的本真又得到喘息机会，而同时继政治斗争和军事竞争之后，文化竞争又被提上日程，在文化身份、身份认同等等术语概念出现与满溢的年代，《二马》是一本合时宜的小说。总有一些文化先行者，总有一些国际政治家，能够及时嗅到战局与时代的变化，能够在第一时间准确地判断哪些作品是需要翻译的，哪些作品是可以翻译的。至于到底是翻译引领了时局变化、文化潮流波动，还是后者推动前者的进行，则难以说得透彻。翻译史研究不可高估翻译活动在历史进程中的作用，也不可忽略它的推动效果。

## 第三节　相互矛盾的翻译手法交杂使用

### 一、情节内容的删改与主题的偏离

我们首先将伊凡·金的译本与原著做一个整体比较。如前所述，《骆驼祥子》至今共有四个英译全译本和一个话剧改编本英译本。1979 年夏威夷大学出版社出版的珍·M. 詹姆斯的译本 *Rickshaw: The Novel Lo-t'o Hsiang Tzu*，1981 年印第安纳大学出版社和外文出版社出版的施晓菁的译本 *Camel Xiangzi*，2010 年美国哈珀柯林斯公司出版的葛浩文的译本 *Rickshaw Boy*，虽译者水平有高低之分，语言风格有差异存在，但小说情节均忠实于原著。

沃勒依据珍·M.詹姆斯 1979 年的译本 *Rickshaw: The Novel Lo-t'o Hsiang Tzu* 对《骆驼祥子》的故事做了概述。

　　老实勤劳的农村小伙祥子带着梦想来到北京：他要有一辆属于自己的黄包车，只有这样，他才能过上独立自由的生活。但是在这个道德缺失、没有公正的社会里，生活一次又一次地欺骗祥子，夺走他的劳动果

---

① 石垣绫子：《老舍在美国生活的时期》，夏姐翔译，《新文学史料》，1985 年第 3 期，第 157-160 页。

实，摧毁他涉世之初的体面和自尊，挫败他的精神，最终将他弃于腐朽人性的废物堆之上，这是北京的黑暗面："这堕落的，自私的，不幸的，社会病胎里的产儿。"[①]

而在译评者裴德安（Alexander Brede）的概括中，1945 年伊凡·金译本则是一个颇为不同的故事。

> 老实的他（祥子）带着希望与梦想来到北京。但是在努力想要获得一辆属于自己的黄包车的过程中，他慢慢变得贪婪，封闭自我，屈从于人力车夫的贫穷和低下的生活状态。他刚刚购置的黄包车被匪兵没收了去，好不容易攒钱又买了一辆，却又被偷走。祥子的天真善良和无知，让他受了一个富有心计的女人引诱，被迫与她结婚，让他感到羞耻又失去自由。他的妻子有些钱,给他买了辆车,最后却又不得不卖掉为了给妻子办丧事。想要往前走竟是这样的难，常常还是白费工夫，于是祥子无奈总结：白天拼命工作，晚上随意享乐才是唯一的生活之道。他走上了人力车夫的"不归路"。但是一个激进学生的善良、妓女小福子的真爱，与岳父的相遇，帮助他重拾信心与梦想。这一切的经历最终让他回归人性。[②]

伊凡·金的翻译（其译本封面见图 4-2）让《骆驼祥子》变成一部温情小说，将现实无奈的悲剧结尾变成浪漫美好的大团圆结局，这一改变后来引起文学评论

---

[①] Vohra, R., *Rickshaw: The Novel Lo-t'o Hsiang Tzu* by Lao She, *The Journal of Asian Studies*, 1980, Vol.39, No.3, pp. 145, 589-591. 原文：The honest, hardworking country-boy Hsiang Tzu comes to Peking with one ambition: he must acquire a rickshaw of his own so that he can live a life of freedom and independence. But the immoral, unjust society in which he lives repeatedly cheats him of the fruits of his labor, destroys the high sense of propriety and individual dignity with which he starts life, debases his spirit, and finally discards him on the rubbish heap of decadent humanity that forms the darker side of Peking life, a "degenerate, selfish, unlucky offspring of society's diseased womb".

[②] Brede, A., Rickshaw Boy. *The Far Eastern Quarterly*, 1946, Vol.5, No.3, pp.341-342. 原文：He (Xiangzi) comes to Peking honest, hopeful and ambitious. But in his struggles to acquire his own rickshaw, he becomes greedy and grasping, living wholly within himself, and succumbs to the destitute economic and social circumstances of the rickshaw pullers. No sooner has he bought a rickshaw than marauding soldiers confiscate it. His savings for another one are stolen. Naive, conscientious, and ignorant of designing women, he is seduced and tricked into a degrading marriage which shames and enslaves him. His wife has some money, which buys him a rickshaw; but this one, ironically, he must sell to pay for her funeral. Trying to get ahead becomes too difficult and seems futile; so he concludes there is nothing in life but hard work by day and dissipation by night. He is on the "dead-end road" of the rickshaw man. But the kindness of a radical student, a genuine affection for Little Lucky One, a prostitute, and an encounter with his father-in-law help to restore his self-confidence and ambition. The total of his experiences succeeds in humanizing him.

家诸多争议和批评。1950 年上海晨光出版公司出版的《骆驼祥子》校正本中，作者老舍在自序中写道："一九四五年，此书在美国被译成英文。译笔不错，但将末段删去，把悲剧的下场改为大团圆，以便迎合美国读者的心理。译本的结局是祥子与小福子都没有死，而是由祥子把小福子从白房子中抢出来，皆大欢喜。译者既在事先未征求我的同意，在我到美国的时候，此书又已成为畅销书，就无法再照原文改正了。"①除了老舍所说的"迎合读者的心理"，刘绍铭认为伊凡·金的改写还有出于个人偏好的缘由："译者……如果不是为了迎合读者口味（市场经济），可能就是（假公济私），以节删或改写的方式来满足私愿。伊凡·金大概读了不少'花好、月圆、人寿'的中国旧小说，不忍看到苦命的祥子余生孤苦伶仃，动了菩萨心肠，置译者操守不顾，一念之间就让小福子起死回生。"②原著中的祥子在结尾时因绝望而自暴自弃，伊凡·金把这些关键文字都删去，小福子因为受不了妓院恶人的折磨，自杀而死，而伊凡·金译文的结尾却是祥子救回了小福子，两个人从此过上自由的生活。老舍和刘绍铭所说的"迎合读者的心理和口味"和"市场经济"，在当时到底是怎样的情形呢？连 1955 年修改本中老舍自己也删去了祥子堕落的某些情节，不让他真正绝望。③

图 4-2　伊凡·金译本封面

① 老舍：《骆驼祥子》，杭州：浙江教育出版社，2017 年，第 001-002 页。

② 刘绍铭：《翻译与归化》，《苹果日报》副刊，2012 年 2 月 12 日。

③ 1955 年人民文学出版社的《骆驼祥子》，老舍在后记中说明：现在重印，删去些不太洁净的语言和枝冗的叙述。

　　此外，伊凡·金还在第 22 章加入了两个新的角色，一个是高喊"出版自由！""言论自由！""打倒密探！""反对奸诈政客，反对出卖正义！""消除政府腐败！"[①]等革命性口号的清华大学女学生，并且用自己的善良感化了祥子，给他带来重新开始的希望。事实上，老舍对青年学生并没有寄予这些期望，无论是在《赵子曰》还是《离婚》中，老舍都在批判或讽刺青年学生，称那些激进的为"学生政客"，揭露他们的肤浅和鲁莽。《骆驼祥子》中的阮明就是其中一员，他因为老师"曹先生"没让他考试及格就对他进行报复，还将曹告到密探那里，而伊凡·金增加的清华大学女学生这个角色，不仅果敢而且富有同情心和智慧。当祥子嫌路远懒得拉她去清华大学，这位女学生却没有放弃，反而直视祥子说出下面一段话。

　　　　"我知道很远，也知道你也需要挣这笔钱，只要你愿意拉我，你要多少路费我都付。"她三言两语，却充满对祥子的同情，让他没法拒绝。[②]
　　　　当警察斥责祥子挡了汽车的道，女学生从黄包车上跳下来帮他说话："是汽车司机的问题，……车夫根本就没错。"[③]

　　这位女学生对祥子的"感化"体现了个人改变命运的力量，与老舍在原著中表现的个人在社会环境中的无力感恰恰相反。老舍要让祥子独自在命运中摔打，而译者却总是为他寻求帮助和引导，除了清华大学女学生，还有小马的祖父，老一代的人力车夫，也对祥子的人生进行了指导，告诉他哪条路是错的。伊凡·金增加的另一个角色，名叫 One Pock Li，一个十足的卑鄙小人[④]，他为了六个大洋就像密探举报了阮明、清华大学女学生和另一个同学，而事实上在原著中，这是祥子所为。[⑤]增加的这个角色也是为祥子最后的转变做铺垫：祥子变成了一个自省的人，他并没有对生活感到绝望，而是突然意识到，钱不是一切，他更应该为

---

　　① 原文："Freedom of publication!","Freedom of speech!"and "Overthrow the secret police! Oppose crooked politicians and the sale of justice! Drive out corruption from the government!"(Lau Shaw, *Rickshaw Boy*, trans. by King, E., New York: Reynal & Hitchcock, 1945, pp. 375, 376).

　　② 原文："I know how far it is, and how much you need the money. I'll pay whatever you ask." She spoke so simply and yet with so much sympathy that Happy Boy could not refuse her. (Lau Shaw, *Rickshaw Boy*, trans. by King, E., New York: Reynal & Hitchcock, 1945, p.335).

　　③ 原文：The driver was in the wrong, ... It was not the rickshaw man's fault at all. (Lau Shaw, *Rickshaw Boy*, trans. by King, E., New York: Reynal & Hitchcock, 1945, p.338).

　　④ 参见 Lau Shaw, *Rickshaw Boy*, trans. by King, E., New York: Reynal & Hitchcock, 1945, p.378.

　　⑤ 绝望之后堕落的祥子。

钱之外的东西努力工作，比如对正义的信仰和人类的福祉。不过老舍笔下连肚子都填不饱的车夫恐怕难有如此的"觉悟"。

内容上的删改还包括伊凡·金将小说中部分群像描写和景色描写删去。在译作中，这些描写从小说情节中被抽离出来被删掉，例如，在小说的开头，老舍花了三页的笔墨来描写北京的人力车夫，从而引出祥子这一角色。

> 北平的洋车夫有许多派：年轻力壮，腿脚灵利的，讲究赁漂亮的车，拉"整天儿"，爱什么时候出车与收车都有自由；拉出车来，在固定的"车口"或宅门一放，专等坐快车的主儿……①

在第一章，老舍对北京的地理位置和景致进行描写，穿插在对人力车夫的介绍之中，与这一走街串巷的职业描写相映成辉。

> 此外，因环境与知识的特异，又使一部分车夫另成派别。生于西苑海淀的自然走西山，燕京，清华，较比方便；同样，在安定门外的走清河，北苑；在永定门外的走南苑……②

而译本直接切入对祥子的介绍，或许对译者来说，一本关于个人主义的小说，群像描写显得不那么必要。北京城的景色描写，对于老舍小说来说绝对是最具特色的方面之一，体现了地域文化与小说人物不可分割的特性，而人力车夫的行走地图和北京城的景致和人文描写在这部小说里达到高度契合，例如，在下面一段，这些地名和方位让熟悉北京城的读者，与祥子一起在脑中迅速绘成虚拟地图，形成读者与人物的高度共情。

> 这里是磨石口——老天爷，这必须是磨石口！——他往东北拐，过金顶山，礼王坟，就是八大处；从四平台往东奔杏子口，就到了南辛庄。为是有些遮隐，他顶好还顺着山走，从北辛庄，往北，过魏家村；往北，过南河滩；再往北，到红山头，杰王府；静宜园了！找到静宜园，闭着眼他也可以摸到海甸去！③

---

① 老舍：《骆驼祥子》，长沙：湖南文艺出版社，2017年，第1页。
② 老舍：《骆驼祥子》，长沙：湖南文艺出版社，2017年，第3页。
③ 老舍：《骆驼祥子》，长沙：湖南文艺出版社，2017年，第16页。

美国文学当中也有将人物行动与路线与景致描写密切结合的例子，比如公路文学，《在路上》便是一例，书中主人公为了追求个性，与几个年轻男女沿途搭车或开车，几次横越美国大陆，最终到了墨西哥，目的是追求个性与寻找自我，小说中展现的美国辽阔大地上的山川、平原、沙漠、城镇不可或缺，作者通过自然流露的平实描写，努力让读者通过文字体验到他曾经体验过的感受。难以想象，如果一本公路小说在译成其他语言时，其中的景色描写被删去，那将是怎样的结果？

而伊凡·金则将上一段中包含诸多北京地名这一段全部删去。同时被删去的还有一些景色描写，如祥子在丢了第一辆黄包车之后，看到的景色是这样的。

> 太阳平西了，河上的老柳歪歪着，梢头挂着点金光。河里没有多少水，可是长着不少的绿藻，像一条油腻的长绿的带子，……这些，在祥子的眼中耳中都非常的有趣与可爱。[1]

在经历了最初的挫折之后，祥子并没有丧失希望，凝视着北京城的样子仍然能够给他带来些许的安慰。译者却认为这样的景色描写多余，将更多的精力集中在故事情节之上。

内容的删改导致伊凡·金译本与原著在主题和人物蕴义上有了几个方面的偏差，主要表现在个人主义与救赎两个方面。

首先，个人主义的成败。关于个人与社会、个人与命运的关系，小说原著的最后一章有这么一段话：

> 体面的，要强的，好梦想的，利己的，个人的，健壮的，伟大的，祥子，不知陪着人家送了多少回殡；不知道何时何地会埋起他自己来，埋起这堕落的，自私的，不幸的，社会病胎里的产儿，个人主义的末路鬼！[2]

伊凡·金译本是这样结束的：

① 老舍：《骆驼祥子》，长沙：湖南文艺出版社，2017年，第29页。
② 老舍：《骆驼祥子》，长沙：湖南文艺出版社，2017年，第203-204页。

> 微凉的夏夜里，他一边跑着，一边感觉到怀里的身体轻轻动了一下，慢慢地向他依偎得更近。她还活着，他也活着，他们自由了。①

"个人主义的末路鬼"与"他们自由了"代表两种截然不同的结局。在译本中被祥子救下抱走的小福子，原是祥子的邻居，为了养活两个弟弟还有一无是处的醉鬼父亲，被迫做了妓女，在原著中终因无法忍受虐待而自杀，祥子从此一蹶不振，仿如行尸走肉。老舍对祥子的个人主义和个人追求并不抱有希望，尤其是在那样一个缺乏公正的黑暗世道，个人的力量实在太过微弱。不过老舍并没有试图开出一副政治药方，去提倡革命或者其他更好的办法，他只是旁观着祥子一步步走向失败与绝望，正如白芝所说，在这场与背叛、贫穷、疾病的斗争中，在这场为了保全尊严和力气而进行的挣扎中，祥子注定了要失败。②在读者看来，祥子的失败是不可避免的，生活就是如此，青春逝去、梦想破灭，世界就是如此残酷，《骆驼祥子》就是这样一部悲剧。

对人生哲学进行深刻思考的悲剧或许有着很高的文学价值，可是对于刚刚经历二战，创伤尚未恢复的美国读者来说，伊凡·金或许认为太残酷。比起悲观与愤世，他们更渴望生命与团圆。乔治高认为，很多人都欣然接受了译本的幸福结局，认为祥子成功地从妓院解救了小福子是小说的高潮③，这是个人主义的最终胜利。

老舍认为个人的努力奋斗是徒劳，原著中小马的爷爷，代表老一代的人力车夫说过这样一段话：

> "你想独自混好？"老人评断着祥子的话："谁不是那么想呢？可是谁又混好了呢？……我算是明白了，干苦活儿的打算独自一个人混好，比登天还难。一个人能有什么蹦儿？看见过蚂蚱吧？独自一个儿也蹦得怪远的，可是教个小孩子逮住，用线儿拴上，连飞也飞不起来。赶到成了群，打成阵，哼，一阵就把整顷的庄稼吃净，谁也没法儿治它们！"④

---

① 原文：In the mild coolness of summer evening the burden in his arms stirred slightly, nestling closer to his body as he ran. She was alive. He was alive. They were free. (Lau Shaw, *Rickshaw Boy*, trans. by King, E., New York: Reynal & Hitchcock, 1945, p.384).

② Birch, C., Lao She: The Humourist in His Humour, *The Chinese Quarterly*, 1961, Vol. 8, p. 52.

③ Kao, G., *Two Writers and the Cultural Revolution: Lao She and Chen Jo-his*, Hong Kong: The Chinese University Press, 1980, p.38.

④ 老舍：《骆驼祥子》，长沙：湖南文艺出版社，2017年，第205页。

沃勒认为这是老舍思想的转折点，因为他在作品中第一次明确提到了穷苦的人们应该团结起来：《骆驼祥子》是老舍第一次将底层人民作为描述对象，这标志着老舍已经不再相信个人力量能够挽救中国，他暗示改变中国社会的唯一途径是通过集体的行动。[1]

这种"个人主义"的瓦解在西方读者看来难以接受，伊凡·金不愿意冒险去挑战他们对个人主义的信念，如果保留原著的悲剧结尾，读者仍然会为祥子感到难过，可是信念会遭受冲击。祥子的胜利让读者心生温暖且坚定信念，译者的改写，读者并没有觉察，连译本评论者都没有看出破绽：改写做得很有技巧，将原著中的段落和语句调换位置并且加入衔接——彻底改变了老舍原来的结局。[2]虽然祥子这个人物的文学价值就在于老舍严格地控制了自己作为作者对角色的感情：如果作者稍微放任对祥子的感情，那么这个角色就被哀怨的同情和伤感的情绪所包围[3]，译者却无意保留这种文学价值，他对祥子寄予感情，让读者沉浸在对祥子的同情之中，以至于最后看到祥子和小福子的圆满结局都大为感慨与喜悦。他对祥子处境的描写带入了更多的个人情绪，试比较下面的原文与译文。

（个别的解决，祥子没那么聪明。全盘的清算，他没那个魄力。于是，一点儿办法没有，整天际圈着满肚子委屈。）正和一切的生命同样，受了损害之后，无可如何的只想由自己去收拾残局。那斗落了大腿的蟋蟀，还想用那些小腿儿爬。祥子没有一定的主意，只想慢慢的一天天，一件件的挨过去，爬到哪儿算哪儿，根本不想往起跳了。[4]

根据译文回译如下。

一只斗落了大腿的蟋蟀，还想用那些小腿儿爬。祥子象极了那蟋蟀，又或是其他受了重创的生命，无可奈何，却独自坚韧地慢慢一天天，一件件地挨过去。他没法设定远大目标，爬到哪里算是哪里，却也让他知

---

① Vohra, R., *Rickshaw: The Novel Lo-t'o Hsiang Tzu* by Lao She, *The Journal of Asian Studies*, 1980, Vol.39, No.3, p.145.

② Vohra, R., *Rickshaw: The Novel Lo-t'o Hsiang Tzu* by Lao She, *The Journal of Asian Studies*, 1980, Vol.39, No.3, p.145.

③ Birch, C, Lao She: The Humourist in His Humour, *The Chinese Quarterly*, 1961, Vol. 8, p.52.

④ 老舍：《骆驼祥子》，长沙：湖南文艺出版社，2017年，第76页。

足，对于一只没了腿的蟋蟀，曾经*那么勇敢*，如今也不能再去想往起美美地跳到空中了。①（笔者回译）

原著中的祥子的绝望麻木和自我放弃在译文中被淡化。老舍的语气透着疏离与决绝，"正和一切的生命同样"，祥子的遭遇如冬之酷寒夏之炎热一般不可避免，世事皆如此。译者则将原文隐喻变成明喻，将喻体移至开头，通过"受了重创"（原著中是"受了损害"）这样的字眼让蟋蟀的可怜形象首先映入读者脑中，继而将祥子比作蟋蟀。另加上诸如"坚韧""知足""勇敢"这样正面的评价词语，表达对祥子的理解和同情，也在引导读者做出同样的反应。这才是美国读者所期待的个人主义和优秀品质，译者笔下的祥子让他们同情，更重要的是让他们理解和尊敬。

另一个偏离是译者对于有关曹先生的情节处理以及对于救赎这一主题的处理。《骆驼祥子》原著中的曹先生是一个对穷苦民众不乏同情的教授，他把祥子"作为一个人来对待"，祥子曾经为他工作，将他当作孔子一般的圣贤之人。不过老舍并无意让曹先生来充当祥子的拯救者，作为一个人道主义者②和思想温和的教授，曹先生并不能改变祥子的命运，或许他能够让祥子某时的境遇变得少许容易，可是归根结底他并无能力改变贫穷和社会不公的根源，或者他也不曾想过要去改变：

> 因此在小的事情上他都很注意，仿佛是说只要把小小的家庭整理得美好，那么社会怎样满可以随便。③

不得不说老舍在此体现的深度。曹先生曾经带给祥子一线光明却不能让世界

---

① 译文原文：A fighting cricket that has lost one of its big legs in combat still thinks to crawl on the little legs that are left it. Happy Boy was exactly like a cricket or any other living thing when it has been grievously wounded and knows there is nothing that can help it but still seeks with pitiful tenacity itself or somewhat getting slowly through one day after the other, of bearing as well as he could each period of pain the passing days brought to him. He would not hold before himself any distant objective but would be content to reach each day the stage to which this crawling pace would bring him. For him there could be no more thought of the strong leaping stride, of the fine far hop up into the air, than there could be for the legless cricket, once so brave. (Lau Shaw, *Rickshaw Boy*, trans. by King, E., New York: Reynal & Hitchcock, 1945, p. 134)

② 人道主义（humanitarianism）是重视人类价值，特别是关心最基本的人的生命、基本生存状况的思想。在西方，人道主义起源于欧洲文艺复兴时期，该主义的核心是重视人的幸福，后来也延伸为扶助弱者的慈善精神。

③ 老舍：《骆驼祥子》，长沙：湖南文艺出版社，2017年，第57页。

洒满阳光。曹先生在被密探追捕的时候，只顾自己和家人逃走，对为他工作的祥子没有任何交代和安排，待到风声过后他回到住处，也没有想起去寻找祥子，直到有一天祥子偶然碰见曹先生，才有机会提起要回去为他拉车。老舍认为，对于一个缺乏正义的社会，具有自身局限的人道主义者，并不能成为救世主。

在伊凡·金的译文里，曹先生不仅是祥子的救赎者，还是他的思想导师。人道主义不仅可以帮助困苦之人改变物质的贫穷，还可以帮助他们扫除精神的荒芜。虎妞去世之后，祥子去找曹先生寻求建议，曹先生却先主动解释了自己被密探追捕的来龙去脉，而这在原著中是没有的情节。译者想展示曹先生不告而别是迫不得已，加上事后主动解释，说明他是一个负责任的雇主。祥子向曹先生表达自己对于密探强行没收他所有财物感到不解与愤慨，他认为自己没招谁没惹谁。曹先生此刻一番话试图让祥子化解困惑与怨恨，这段话完全是译者所加：

> 对，你说的没错——美国人有句俗话：你碰巧"在现场"，就这么倒霉。这不是你的错，你是按我说的回来了，所以责任在我。[1]

曹先生对着祥子引用美国人的俗话实在是有些怪异，更有趣是的，原著中密探寻曹先生未果，恰巧碰上来到曹家的祥子，夺走了他的随身财物，面对祥子无辜的质问："我招谁了我？"密探无赖地回答："你谁也没招；就是碰在点儿上了！"[2]老舍显然认为这种自认倒霉的宿命论只不过是欺凌霸弱之人给出的无赖的精神麻醉剂，没想到在译文中竟被曹先生用来安抚祥子，同时曹先生还主动提出要补偿祥子的损失。

> 我每月给你加几块钱工资，直到把你的损失都补回来。[3]

曹先生成了救赎者，更重要的是，他阻碍祥子去认清事实真相。祥子的遭遇并不是因为所谓的倒霉和不碰巧，而是老舍认为的社会不公和道德缺失。曹先生

---

① 原文：Yes, that's correct — you just happened to be "on the spot", as the Americans say, and you had to take what you got. It wasn't your fault. You remember I asked you to go back, so the responsibility is mine. (Lau Shaw, *Rickshaw Boy*, trans. by King, E., New York: Reynal & Hitchcock, 1945, p.358.)

② 老舍：《骆驼祥子》，长沙：湖南文艺出版社，2017年，第97页。

③ 原文：And I'll give you a few dollars extra each month until I've made good the savings that were stolen from you. (Lau Shaw, *Rickshaw Boy*, trans. by King, E., New York: Reynal & Hitchcock, 1945, p.360)

与美国来华传教士颇有几分相似，一面为贫苦的人们排解生活困难，一面向他们传播宗教信仰，让他们获得精神上的平静。处于糟糕境遇的人们很难拒绝这种帮助。译本结局中的祥子救出小福子，然后双双为曹先生工作，从此过上了幸福的生活。这样的帮助和救赎，还是没有让祥子和小福子真正从人格上独立起来。无论是在经济上还是在精神上，他们与曹先生这样的救赎者始终是不平等的依附关系。曹先生深信自己对祥子怀有的善意，正如老舍的另一部小说《二马》里面的那个在中国传教 20 年的牧师，称自己十分了解中国，也很爱中国人民。回到英国之后，当他夜不能寐，便起身满含热泪地向上帝祷告让英国去殖民中国，好让那些黄皮肤黑头发的灵魂早日升入天堂。《骆驼祥子》的译者伊凡·金也为祥子善意地安排了一位救赎者，老舍则认为当社会允许个人自我救赎之时，才会有真正的大团圆结局。伊凡·金心目中的美国读者，并不会像老舍那样理解与关心中国社会的问题根源所在，他们更关心祥子，作为一个个体的经历，在美国读者那里能引起怎样的共鸣。

不过一本翻译小说如果只具有共鸣价值，对读者来说也会缺失异域风情。因此在对主题进行归化的同时，伊凡·金非常聪明地对老舍小说中丰富的文化项进行了百科全书式的释译，或者称为深度翻译。

## 二、文化项的深度翻译：百科全书式的解释与注释

深度翻译可以理解为译者采取的一种翻译策略，也可以用来描述译本的形态。一般是指带有丰富的脚注、尾注、附录、解释等副文本（para-text）的一种译文。深度翻译对应的英文是 thick translation，张美芳译为"丰厚翻译"。Thick 是借用 thick description 中 thick 的含义，因此"深度翻译"这一译法是由"深度描写"（thick description）延伸而来。深度翻译不仅仅是一种技术层面的翻译方法，更体现一种翻译理念：翻译深度有赖于译者对原文的态度，翻译目的以及读者对于源语文化与译语文化差异的认识等等主观因素。与劳伦斯·韦努蒂（Lawrence Venuti）的归化、异化研究相似，深度翻译的研究应当从表象转向理念，从翻译方法透视翻译思想。

深度描写是由著名人类文化学创始人克利福德·吉尔兹（Clifford Geertz）①从哲学家吉尔伯特·莱尔（Gilbert Ryle）那里借用到人类学日志撰写研究中来的一

---

① Geertz, C., *The Interpretation of Cultures. Selected Essays.* New York: BasicBooks, 1973, pp.6-7.

个术语。莱尔研究两个孩子向对方互眨眼皮这一行为，认为人们观察到的只是孩子眼皮的动作，但动作的背后却有着各种含义与目的：可能是传递某种信息，可能是有意模仿并嘲弄他人的动作等等。吉尔兹认为只有知道充分具体的语境之后，才能确定人类行为背后的（文化）含义。人们观察到同样只是表面的动作，但是人类学日志却有不同的记载方式。倘若只记载"两个孩子的上下眼皮快速接触，眨眼"，这便是浅度描写（thin translation），如果日志中写道"其中一个孩子准备在众人面前模仿另一个人眨眼的样子，而现在他正在演习……"这便是一种深度描写，当然还可以继续深入细致下去。从这一对比可以看出，深度描写并不仅仅是一个详细程度的问题，更是一个表象与内涵、形式与内容的问题。吉尔兹认为人类学日志不仅仅是客观地记录人类行为的表象、形式，统计数量，更应当是解释人类行为所体现的人性和文化含义，以达到人与人之间与文化间的相互理解。

这与翻译有着类似的目的。翻译不是将原文中的文化术语、文化现象、文化行为直接录入译文中，寻找形似的译语对应，而是要达到让读者真正理解译语文化的目的。深度翻译首先是由夸梅·安东尼·阿皮亚（Kwame Anthony Appiah）提出，他提出将深度翻译用于外国文学教学中，将其称为"学术翻译"（academic translation），因为这一翻译提供了大量的词汇解释，丰富的文化与语言语境。[①]这一翻译方法能够解决直译无法解决的问题，阿皮亚认为深度翻译是具有特殊用途的翻译。西奥·赫尔曼斯（Theo Hermans）则提出深度翻译对于翻译研究术语翻译的重要意义。他列举出若干"信、达、雅"的英文翻译，批判这些英文翻译只不过是一种用英语文化的翻译标准来替代或者改写（overwrite）中国的翻译标准，只有通过深度翻译才能揭示"信、达、雅"这三个翻译标准的真正含义，但赫尔曼斯并没有给出他自己的译文。

从深度描写到深度翻译，它们之间一个共同的理论基础不容忽视——解释学。人类学日志撰写与翻译都是一种解释活动：人类学日志撰写解释的是人类行为的文化含义，而翻译是解释原语文本内容的文化含义。解释学是关于与文本相关联的理解过程的理论[②]，或者说是关于解释和"文本"（text）意义的理论或者哲学。[③]深度描写之前的人类学日志撰写并不是将文化含义作为描写的对象，而是倾向于运用自然科学的观察、记录和统计的方法。但是人类行为因为带有人的主

① Appiah, K. A., Thick Translation, *Callaloo*, 1993, Vol. 16, No. 4, p. 812.

② 保罗·利科尔：《解释学与人文科学》，陶远华，袁耀东，冯俊，等译，石家庄：河北人民出版社，1987年，第41页。

③ 王岳川：《现象学与解释学文论》，济南：山东教育出版社，1999年，第167页。

观能动性，与自然现象有着本质的区别，人类学日志的撰写更具有人文科学的性质，而威廉·狄尔泰（Wilhelm Dilthey）则认为解释学为人文科学提供像自然方法论一样有效的方法论基础。人类学日志撰写也因此经历了解释学转向。此后解释学经历本体论转向，由马丁·海德格尔（Martin Heidegger）开始，理解的本质是作为"此在"的人对存在的理解。理解不再被看作一种认识的方式，而是看作"此在"的存在方式本身。① 翻译是一种解释行为，是对原文本的含义进行理解与解释，并转换成另一种语言以达到让另一文化读者理解的目的，彰显目的语文化与源语文化的差异，使得译语读者在更深层次理解自身。深度翻译与直译相对，摒弃形式对等而内容相左的翻译方法；与归化与替代相对，体现文化差异，更是体现了翻译的解释特征。

　　一直以来由于深度翻译被当作一种翻译方法，其定义也流于形式。按照阿皮亚②的定义，一篇译文或一个译本带有丰富的副文本就是深度翻译。副文本包括前言、后记中对原作者和作品的介绍与译本情况的详细说明，附录中的词汇表（glossary），正文中大量的脚注、尾注。段峰认为严复翻译的赫胥黎（Thomas Henry Huxley）的 *Evolution and Ethics* 的中译本《天演论》就是深度翻译，因为译本中有超过一半的篇幅是评注与注释。③ 张谷若翻译的《苔丝》有 438 个注释，辜鸿铭将《中庸》翻译为英文，译本也附有大量的注解④，都可以被称为深度翻译。张佩瑶对《中国翻译话语英译选集（上册）：从最早期到佛典翻译》进行研究，总结了三种具体的深度翻译（丰厚翻译）中国传统译论的方法，包括语境化、解释说明和前景化⑤；该选集编者前言提出了佛经翻译以来的中国翻译理论的 6 种特征，译本后还附有 20 多篇相关的文章。这种定义方法限于形式上的判断，还存在模糊的量化问题，阿皮亚使用的 rich 一词以及张佩瑶的翻译"丰厚"一词，都具有模糊性，丰厚与不丰厚之间没有明确界限。深度翻译研究不应当量化标准，也不应当仅仅以 para-text 的形式来定义。我们更需要质化的定义，从深度翻译的本质特征来进行定义，深度翻译的范畴才具有充分的理据。赫尔曼斯提出了一些深

① 王岳川：《现象学与解释学文论》，济南：山东教育出版社，1999 年，第 196 页。

② Appiah, K. A., Thick Translation, *Callaloo*, 1993, Vol. 16, No. 4, p. 817.

③ 段峰：《深度描写、新历史主义及深度翻译：文化人类学视阈中的翻译研究》，《西华师范大学学报（哲学社会科学版）》，2006 年第 2 期，第 93 页。

④ 王辉：《后殖民视域下的辜鸿铭〈中庸〉译本》，《解放军外国语学院学报》，2007 年第 1 期，第 64-65 页。

⑤ 张佩瑶：《从"软实力"的角度自我剖析〈中国翻译话语英译选集（上册）：从最早期到佛典翻译〉的选、译、评、注》，《中国翻译》，2007 年第 6 期，第 38-39 页。

度翻译的本质特征：①它（深度翻译）体现了翻译、解释、描写表现在同一个对话空间中；②它突出了译本对于异同的构建特征；③它对于细微差别的兴趣大于抽象的概括；④它是一种译者"显身"的翻译，突出译者的主动地位，打破了对于中性、透明描写的幻想，将叙述者的声音引入描述，同时配上了明确的观点。[①]赫尔曼斯对深度翻译特征的叙述可以总结为：深度翻译是一种解释；深度翻译体现出译语文化与源语文化之间的差异；深度翻译避免概括与抽象的翻译，而注重细节的表达；深度翻译体现出译者的主体性。根据赫尔曼斯的描述，我们可以将深度翻译定义为：体现译者主体性、注重细节表现、突出译语文化与源语文化差异的一种解释性翻译。超越了量化与形式的深度翻译定义，更能够揭示深度翻译的本质，使得我们判断深度翻译的标准具有了理论基础。伊凡·金英译本 *Rickshaw Boy* 在美国大受欢迎的原因，除了上文所述，为迎合二战结束后人们期盼团圆与重生的心理，将悲剧结局改为大团圆之外，还有一个重要的因素就是译文中从头至尾贯彻的深度翻译。译本没有一处注释，也没有前言与后记，并不符合形式与量化的深度翻译定义，但仔细阅读译本，我们发现它完全符合前文提出的深度翻译质化定义和特征描述，我们可以从以下几个方面考察。

（一）译者主体性的表现

译本中处处体现伊凡·金作为译者的主体性。他没有止于与原文的形式和内容的对等，而是将自己理解的"前结构"带入译文中，并结合译文读者的可能期待，对原文进行解释性翻译，如下例。

> you just happened to be "on the spot", <u>as the Americans say</u>, and <u>you had to take what you got.</u>[②]

译者在结束了原文句子的翻译之后又加上了自己的补充"as the Americans say, and you had to take what you got"，让读者听到译者的"声音"。再看一例，老舍在原著中提及春宫这一情节，但只用一句话代过：她看过春宫，虎妞就没看过。诸如此类的事，虎妞听了一遍，还爱听第二遍。[③]译者花费诸多笔墨详细解释"春

---

① Hermans, T. *Cross-cultural Translation Studies as Thick Translation*. http://journals.cambridge.org/article_S0041977X03000260.

② Lau Shaw, *Rickshaw Boy*, trans. by King, E., New York: Reynal & Hitchcock, 1945, p.358.

③ 老舍在后来的版本中删去了这一情节。

宫"以及虎妞的经历与心态,对这一部分进行了深度翻译。下面一段内容在原文中并不存在。

> Little Lucky One had seen one of those books entitled "The Palace of Springtime" which are shown to virgins on their wedding night before their husband takes them, and in which in a long series of beautiful paintings are shown all the ways in which virile strength may approach the soft cushion that so tingles to receive it and absorb its heat. Because Tiger Girl had first given herself a long time ago and without formality to a man who was practically a stranger, she had never looked inside "The Palace of Springtime" and she must needs hear in detail from her more fortunate friend about every position and posture, and about what he does when she does this, and what she does when he does that.[①]

译者的这一段凭空增加的译文满足了西方读者了解中国奇闻轶事的好奇心。西方对于东方观点,在早期西方传教士等人的撰述以及与东方伊斯兰教的接触中逐渐产生并得到发展,最终固定为一种原型,东方是一个难以理解的(unfathomable)、充满异国情调的(exotic)、情欲的(erotic)地域,那里是神秘故事的居所。[②]上述译例印证了东方人在西方观念中的形象。伊凡·金的解释与增加的内容并非缺乏真实性,但是译者根据自己的理解用如此大段的文字将这一词语在文学作品中突显出来,对老舍小说的情节进行了焦点调整,这就反映出译者的视角并非忠实于原文,而是以译者自身的文化身份对原文进行干预,在翻译的最终产品中体现出来。

(二)避免归化,彰显文化差异

伊凡·金对原文中出现的中国特有的文化项、文化活动、成语、习语都进行了耐心细致的解释,避免运用译语文化中的类似对应词汇进行替换,因为文化项为中国特有,寻找到的对应词只会简化、篡改原语表达的文化内涵。不少译者为了达到高效的意义传达,顾及译文的形式简洁,无奈地剥夺原语文化项的文化内

---

① Lau Shaw, *Rickshaw Boy*, trans. by King, E., New York: Reynal & Hitchcock, 1945, p.270.

② Sardar, Z., *Orientalism: Concepts in the Social Sciences*, Buckingham: Open University Press, 1999, p.3.

涵，而伊凡·金则选择牺牲译文的简洁，甚至打断故事情节，进行解释，译本 *Rickshaw Boy* 中最为突出的是饮食、节日风俗的深度翻译。我们可以通过对比另一位美国译者詹姆斯的翻译来考察伊凡·金的深度翻译。如下例中伊凡·金对"蜜供"这个中国传统食品名称进行了长达三行的解释，交代与食品相关的典故，为典型的深度翻译，而詹姆斯则简单地运用西方食品名称来代替。[1]

> 街上慢慢有些年下的气象了。在晴朗无风的时候，天气虽是干冷，可是路旁增多了颜色：年画，纱灯，红素蜡烛，绢制的头花，<u>大小蜜供</u>，都陈列出来……[2]

[1] New Year's paintings, gauze lanterns, red and white candles, silk flowers to wear in the hair, and <u>honey-covered dough cakes</u> all came out in rows.[3]

[2] New Year paintings, gauze lanterns, tall wax candles of red and white, colored flowers of silk for women to wear in their hair, <u>big and little likenesses of the Heavenly Messenger who bears reports on earthly happenings to the Throne of God, with his lips smeared with honey so that he would say nothing but sweet things about the members of the household where his likeness was hung</u>—all these were arrayed before the shop fronts.[4]

独立来看，伊凡·金将原文中更多的文化内涵传递到译文中，使得译文读者能够更多地了解中国文化，尤其是老舍作品中这种文化意义更加重大。但是有些时候过于冗长的深度翻译暂时偏离了故事情节。1945 年，二战刚刚结束，中国坚韧的抗战精神赢得了美国和西方人短暂的尊重，普通读者有了对中国进一步了解的愿望，伊凡·金在老舍的小说中找了丰富的文化资源，不放过每一个向西方读者介绍中国文化的机会。如前所述，伊凡·金并非文学家或者职业翻译者，他曾任美国外交官员，早年写过评论战争战术方面的书，对文化、政治的敏感度和兴趣高于作品文学性本身，因此在翻译《骆驼祥子》时对中国特有的文化内容进行

---

① 参看画线部分。

② 老舍：《骆驼祥子》，长沙：湖南文艺出版社，2017 年，第 67 页。

③ Lao She, *Rickshaw: The Novel Lo-t'o Hsiang Tzu*, trans. by James, J. M., Honolulu: University of Hawaii Press, 1979, p. 76.

④ Lau Shaw, *Rickshaw Boy*, trans. by King, E., New York: Reynal & Hitchcock, 1945, p.117.

深度翻译。或许在译者看来，《骆驼祥子》不仅是一部文学作品，更是西方读者了解中国社会和文化的一个窗口。这进一步说明，深度翻译是由译者的翻译思想、目的以及读者接受背景共同决定的。

（三）避免音译与直译，开拓原文本文化价值

伊凡·金对《骆驼祥子》中人物和地点名称等专有名词都采用了解释的翻译方法，避免直译，充分表现出这些专有名词的文化含义和其他意义。老舍所取的人物名称在小说中都具有一定的文学意义，如果音译会使这些意义丧失殆尽。例如，故事中的三个主要人物的名字——祥子、虎妞、小福子，詹姆斯全部采用音译，与伊凡·金的解释性翻译形成对比[①]，伊凡·金虽然只用了几个单词进行解释，但仍然不失为一种深度翻译，因为它试图将专有名词的含义表现出来。

地名翻译也是如此，伊凡·金将"宣武门"翻译为"the Gate of Martial Display"，向译文读者展现了简单音译传达不了的文化含义。类似例子不胜枚举。译者为读者提供了尽可能多的文化语境，将读者置于中国文化氛围之中。此外，伊凡·金对人物动作和对话中使用的歇后语、俗语等也进行了深度解释，决不避开理解难点，如下文。

　　有急等用钱的，有愿意借出去的，周瑜打黄盖，愿打愿挨！[②]

[1] There were those who needed the money and those who were willing to lend it. It was mutual aid![③]

[2] When you had on one hand a person who had money and was willing to lend it, and on the other a person whose need for money wouldn't wait, it was like Chou Yü and Hwang Kai in the story of "The Three Kingdoms". Chou struck his friend Hwang to prove to an enemy general that

---

① 祥子：Hsiang Tzu（詹姆斯译），
Happy Boy（伊凡·金译）；
虎妞：Hu Niu（詹姆斯译），
Tiger Girl（伊凡·金译）；
小福子：Hsiao Fu Tzu（詹姆斯译），
Little Lucky One（伊凡·金译）。
② 老舍：《骆驼祥子》，长沙：湖南文艺出版社，2017年，第61页。
③ Lao She, *Rickshaw: The Novel Lo-t'o Hsiang Tzu*, trans. by James, J. M., Honolulu: University of Hawaii Press, 1979, p. 69.

they were no longer friends; one was happy to strike and the other to be struck, so what could be wrong with it, whatever the bystanders thought?[①]

　　伊凡·金的深度翻译没有另设注释，而是融合在正文中，形成了新的行文风格，评论者给予高度评价，认为他的译文"让读者忘记了语言媒介，口语化的表达充分表现出汉语词组的鲜明特色"[②]。伊凡·金的深度翻译表现出他有意识利用原文丰富的文化资源，将小说同时作为向西方读者展现中国现状与文化的"教材"，开拓了原本的文化价值。当然，我们不能将此简单归为译者对中国和中国文化的热爱。译者的前理解和偏见一定会介入理解的过程，要使译文内容符合西方的中国形象，译者便会有选择地解释、突显，即深度翻译他认为或是吸引西方读者，或是印证西方的中国形象的内容。例如，译者对中国传统文化中的迷信、性观念也进行了深度翻译。

　　《骆驼祥子》原著的主题与译者的改写与对倾向主题的加强，使得其英译本 *Rickshaw Boy* 成为受到二战末期美国读者欢迎，为他们带来思想与心灵共鸣的一本小说，也深入远在海外的美国军营，给战士们带来增长见识且有趣的阅读体验。一本中国小说能够给异域读者带来或多或少的心灵慰藉，是小说本身价值的重要再现。

① Lau Shaw, *Rickshaw Boy*, trans. by King, E., New York: Reynal & Hitchcock, 1945, p.105.
② Kao, G., *Two Writers and the Cultural Revolution: Lao She and Chen Jo-his*, Hong Kong: The Chinese University Press, 1980, p.38.

# 第五章　文化震荡与译本赋予的心理缓适

二战之后的美国社会除了需要疗愈心灵创伤，还经历着各种现实转变与思潮变化，无论是战后通俗文学的流行，还是女性面临的职场与婚姻问题，退伍士兵经受职业与家庭的考验，共同助推了这一时期老舍的《离婚》被在美国译成英文并出版。《离婚》有两个全译本，一是伊凡·金 1948 年译本 *Divorce, Translated and Adapted from the Pekinese of Venerable Lodge*，另一个是郭镜秋翻译的 *The Quest for Love of Lao Lee*，由美国雷纳-希区柯克公司在同一年出版。小说《离婚》创作于 1933 年，讲述一群国民政府公务员在家庭、工作、官场琐事方面的烦恼，这些"烦恼"不瘟不火却慢慢侵蚀灵魂。1948 年，在《骆驼祥子》的英译本 *Rickshaw Boy* 大获成功之后，伊凡·金翻译了老舍的长篇小说《离婚》。

## 第一节　文本选择中的取与舍

雷纳-希区柯克公司最初选择翻译《离婚》还征询了老舍本人的意见。以下是老舍为 1947 年上海晨光出版公司出版的《离婚》所做新序里的一段。

> 到美国之后，出版英译《骆驼祥子》的书店主人，问我还有什么著作，值得翻译。我笑而不答。年近五十，我还没有学会为自己大吹大擂。后来，他得到一部《老张的哲学》的译稿，征取我的意见。我摇了头；译稿退回。后来，有人向书店推荐《离婚》，而且《骆驼祥子》的译者愿意"老将出马"，我点了头。现在，他正在华盛顿作这个工作。几时能译完，出书；和出书后有无销路。我都不知道。①

虽然征询老舍意见，但最初提出翻译《离婚》的，按照赵家璧的推测，还是伊凡·金。

---

① 老舍：《离婚》，上海：上海晨光出版公司，1947 年，第 2 页。

从这里看，《离婚》这个新译的选题是《骆驼祥子》英译本原译者向原出版社主持人提出而得到同意的。①

至于伊凡·金是如何获得《离婚》原文，为何选择翻译《离婚》，又不得而知，不过起码说明《离婚》的翻译是美国主动选择的。

首先来看被老舍否定的《老张的哲学》，考察一下它与《离婚》有何异同，从中应该可以看出美国人选择背后的缘由。《老张的哲学》是老舍创作的第一部长篇小说，发表于 1926 年，老舍 1925 至 1930 年在英国教书期间，大量阅读英文小说，夏志清认为这部小说深受狄更斯小说的影响，甚至说是对狄更斯小说的模仿。②虽然老舍在《写与读》中写道："在我的长篇小说里，我永远不刻意的摹仿任何文派的作风和技巧；我写我的。"③可是文学研究者和评论者仍然要在他的小说里寻找英国小说的影子。毕竟在《我怎样写〈老张的哲学〉》一文中，老舍说到在动笔之前"刚读了 Nicholas Nickleby（《尼考拉斯·尼柯尔贝》）和 Pickwick Papers（《匹克威克外传》）④等杂乱无章的作品，更足以使我大胆放野"⑤。

《老张的哲学》奠定了老舍以后的小说创作以市民，特别是以北京市民为描写对象的基础。徐文斗认为，老舍选中了这样一个能够发挥他创作优势的描写对象，并且取得了优异成绩，为我们画出了一幅旧中国市民生活和思想变迁发展的巨幅画卷，不仅构成了老舍小说风格的重要部分，而且也扩大了现代文学的描写领域。⑥对于西方读者来说，首先，老舍小说的确带领他们从林语堂、赛珍珠的中国田园乡村走进了城市和现代化肇端。除了以城市为背景的小说创作，《老张的哲学》从一个新的角度反映了 20 世纪 20 年代末到 20 世纪 30 年代初中国社会的侧面。其次，老舍不仅从普通市民的生活遭遇中，描绘了他们的悲惨生活，而且触及了他们的精神悲剧，与《骆驼祥子》一样，人性主题也是吸引西方读者的重要原因之一。再次，也是从《老张的哲学》开始，老舍便一直在作品中不断深入地探索国民性问题，展现底层人物的精神负担和美好品质。最后，小说的悲喜剧和讽刺手法，也在之后的《离婚》与《骆驼祥子》中得以承续。

---

① 赵家璧：《老舍和我》，《新文学史料》，1986 年第 3 期，第 96 页。

② Hsia, C. T., *A History of Modern Chinese Fiction*, 3rd. edn, Bloomington and Indianapolis: Indiana University, 1999, p.166.

③ 老舍：《写与读》，长沙：湖南人民出版社，1986 年，第 70 页。

④ 均为狄更斯的作品。

⑤ 老舍：《老牛破车》，上海：人间书屋出版社，1941 年，第 4 页。

⑥ 徐文斗：《〈老张的哲学〉：老舍小说创作的奠基石》，《东岳论丛》，1986 年第 4 期，第 88-93 页。

那么出版社征询意见时，老舍为何否定《老张的哲学》？显然老舍选择并非出于美国接受环境的考虑，他在《我怎样写〈离婚〉》一文中表达了他对《离婚》这部作品的满意：一是"匀净"，二是"有控制的幽默"①。老舍在不同场合多次表示《离婚》是自己最满意的作品，而《老张的哲学》是一部作者青涩时期的不成熟之作，老舍刚随意读了几部英文小说之后，决定采用"那想起便使我害羞的《老张的哲学》的形式"。加上又是拖拖拉拉写了一年时间，自然不如那早有计划在先一气呵成的《离婚》来得"匀净"。但是不管作者如何考虑，在译者和出版社看来，《老张的哲学》和《离婚》是有着共通之处，加上后者得到原作者的肯定，继《骆驼祥子》之后又决定翻译《离婚》。译者和出版社的选择，是从美国出版市场的接受环境出发。《骆驼祥子》的热烈反响对《离婚》被选择英译，应该说起了重要参考作用，但《离婚》本身又具有一些特殊品质让译者和出版商判断美国读者会喜欢。

## 一、译者眼中的《离婚》：新旧文学之间的承续

1917 年到 1949 年，中国现代文学反复出现的主题有三大类：战争、革命和城市化。革命和战争改变了中国农村和城市的面貌，左翼作家将城市描绘为无产阶级革命的发源地，现代性作家则将现代城市描写为新发现与陷阱并存的令人兴

---

①　"在下笔之前，我已有了整个计划；写起来又能一气到底，没有间断，我的眼睛始终没离开我的手，当然写出来的能够整齐一致，不至于大嘟噜小块的。匀净是《离婚》的好处，假如没有别的可说的。我立意要它幽默，可是我这回把幽默看住了，不准它把我带了走。饶这么样，到底还有'滑'下去的地方，幽默这个东西——假如它是个东西——实在不易拿得稳，它似乎知道你不能老瞪着眼钉住它，它有机会就跑出去。可是从另一方面说呢，多数的幽默写家是免不了顺流而下以至野调无腔的。那么，要紧的似乎是这个：文艺，特别是幽默的，自要'底气'坚实，粗野一些倒不算什么。Dostoevsky（陀思妥耶夫斯基）的作品——还有许多这样伟大写家的作品——是很欠完整的，可是他的伟大处永不被这些缺欠遮蔽住。以今日中国文艺的情形来说，我倒希望有些顶硬顶粗菲顶不易消化的作品出来，粗野是一种力量，而精巧往往是种毛病。小脚是纤巧的美，也是种文化病，有了病的文化才承认这种不自然的现象，而且称之为美。文艺或者也如此。这么一想，我对《离婚》似乎又不能满意了，它太小巧，笑得带着点酸味！受过教育的与在生活上处处有些小讲究的人，因为生活安适平静，而且以为自己是风流蕴藉，往往提到幽默便立刻说：幽默是含着泪的微笑。其实据我看呢，微笑而且得含着泪正是'装蒜'之一种。哭就大哭，笑就狂笑，不但显出一点真挚的天性，就是在文学里也是很健康的。唯其不敢真哭真笑，所以才含泪微笑；也许这是件很难做到与很难表现的事，但不必就是非此不可。我真希望我能写出些震天响的笑声，使人们真痛快一番，虽然我一点也不反对哭声震天的东西。说真的，哭与笑原是一事的两头儿；而含泪微笑却两头儿都不站。《离婚》的笑声太弱了。写过了六七本十万字左右的东西，我才明白了一点何谓技巧与控制。可是技巧与控制不见得就会使文艺伟大。《离婚》有了技巧，有了控制；……"（老舍《我怎样写〈离婚〉》，载《老牛破车》，上海：人间书屋出版社，1941 年，第 54-56 页。）

奋的迷宫，鸳鸯蝴蝶派作家也致力于描绘现代城市的方方面面。①在老舍的小说中，我们可以找到以上三种"城市化"的影子，但他主要还是现代性作家，又兼具从细微入手来描述城市化。不过翻译《骆驼祥子》和《离婚》的伊凡·金，对于中国现代文学的发端和流派也许并不了解，他20世纪20年代来到中国广东开始学习汉语，后又去往北京继续学习。他是通过何种方式学习汉语，在翻译这两部小说之前，他接触过哪些中文小说？关于以上问题，没有著述可以引证，只能从当时的大背景着手。20世纪上半叶，"十里洋场"的上海、南国门户的广州、外国使团驻扎的南京、北平以及抗日战争时期的重庆，对外国人进行的汉语教学都已经是司空见惯的现象，只不过没有人把它当作一项事业予以鼓励和提倡，当然更不会有什么教学的组织机构和组织形式。②在对外汉语教学正式作为一种职业之前，在华外国人的汉语学习以个体自学为主，还通常会聘请一位家庭教师协助。③后来英美在北京的传教机构联合在中国办学教授汉语给他们的传教士以及后来的外交人员、商业人员等。1913年，华北协和语言学校④在北京成立，这是民国时期最早的语言学校之一。1925年，华北协和语言学校的新校区在"东四头条五号"建成，秋季学期投入使用。校址原是一座旧王府，面积26亩，共有15幢建筑。1925年夏，华北协和语言学校与燕京大学合并，易名"燕京华文学校"（Yenching School of Chinese Studies），简称"华文学校"。随着1927年开始国内局势动荡，很多在华外国人纷纷回国，1930年，因为受加州各界人士的资助以及成为与加州各大学交流的平台，学校的英文名改为 College of Chinese Studies Cooperating with California College in China，中文名仍沿用"华文学校"⑤。美国将军史迪威（Joseph Stilwell）、包瑞德（David D. Barrett）和外交官范宣德（John C. Vincent）、谢伟斯（John S. Service）等风云人物都曾在该校学习过中文。⑥美国的中国问题专家费正清曾于1932年在这所学校学习语言。这所学校由于优良的教学方法和生活条件早已名声在外，成为年轻学者们的不二选择。⑦

如果假设伊凡·金于20世纪30年代初到达北平，就有可能在华北协和语言

---

① Huang, N., *War, Revolution, and Urban Transformations: Chinese Literature of the Republican Era, 1920s — 1940s*, in Zhang, Y.(Ed.), *A Companion to Modern Chinese Literature*, Hoboken: Wiley, John, Sons, 2015, pp. 67-75.

② 程裕祯：《新中国对外汉语教学发展史》，《国际汉语教学动态与研究》，2005年第2期，第53-60页。

③ 马国彦：《民国时期对外汉语教师角色考：从华语学校说开去》，《中华读书报》，2014年1月22日。

④ 该校创办《华语学校刍刊》。

⑤ 李孝迁：《北京华文学校述论》，《学术研究》，2014年第2期，第110-112页。

⑥ 吴永平：《老舍英文论文〈唐代的爱情小说〉疑案》，《中华读书报》，2006年3月15日。

⑦ 顾钧：《第一批美国留学生在北京》，郑州：大象出版社，2015年，第27页。

学校学习过。1955 年 12 月 4 日《圣彼得堡时报》发表了一篇文章，题为《美国少有的东方知情人》，文中指出伊凡·金申请并被派到北京任语言官，在城外佛庙里居住两年学习中文，其间只说中文。这是一个非常奇怪的经历，我们难以想象一个美国政府派驻北京的语言官居住在一个佛庙里学习中文。

华北协和语言学校规定，学制 5 年，完成前 4 年学习可得到证书，第 5 年学习一经完成，便可获得毕业文凭。第 1 年和第 2 年部分时间，用于掌握汉语基础知识，所有课程都是必修，旨在培养学生的理解和会话能力，先练听、说，再学读、写。之后，学生可根据个人需要选修课程，如"中国文学"、"汉文圣经"和写作等。①根据华北协和语言学校毕业的学生回忆，以及从该校期刊《华语学校刍刊》来看，第一部分主要是强化式学习。②如果当时的学生费正清、韦慕庭（Martin Wilbur）是学有所成美国未来的汉学家，那么同在一所学校学习过的伊凡·金，则是停留在汉语语言使用的阶段，也就是说除了前两年的汉语基础课程之外，他对之后三年的中华文化课程知之甚少。伊凡·金对中国文学的了解也有可能起源于 20 世纪 30 年代初华文学校安排的讲座，其中三个专门讲授中国文学的作家和学者值得注意，他们是赛珍珠、老舍和翟孟生（R. D. Jameson）。1932 年 2 月赛珍珠做了三次有关中国小说的演讲：前两次分别题为"East and West and the Novel"（《东方、西方与小说》）、"Sources of the Early Chinese Novel"（《早期中国小说的发源》），第三次是 2 月 29 日朗读了一部分她翻译的《水浒传》（1933 年出版）。老舍曾经受邀于 1932 年 2 月至 3 月在该校做过演讲，题目是"唐代的爱情小说"，因为考虑到听众的中文水平有限，老舍演讲所用的是英文，题为"T'ang Love Stories"。1932 年 3 月 21 日、3 月 28 日和 4 月 4 日，清华大学外国文学系教授翟孟生在华文学校先后做了三次有关中国民俗学的讲座，通过分析《中国灰姑娘》（*The Chinese Cinderella*）、《狐妻》（*The Fox Wife*）和《受迫害皇后》（*The Persecuted Queen*）三个故事，对所提出的民俗学观点给予具体说明。③

---

① 李孝迁：《北京华文学校述论》，《学术研究》，2014 年第 2 期，第 111-112 页。

② "在开始的几个星期，我们听不到一句英语，所有的人坐在一个教室里听老师慢慢地说汉语，他一边说，一边会指着脸上和身体上的器官——鼻子、眼睛、嘴巴、胳膊，或者会介绍人称代词——我、他、他们的用法，或者用动作来演示动词的意思。课后我们有个别的辅导，在一个小房间里，一个老师对一个学生，帮助我们复习已经学过的东西。这些辅导老师一般年纪较大，而且不会说一句英语。对于我这样此前没有学过口语和汉字的人来说，我从这一说话练习中获益良多。说话对我们来说最难的是记住——不，是内化——每一个多音节字和词组的发音的声调。"（Wilbur, C. M., *China in My Life: A Historian's Own History*, Armonk: M. E. Sharpe, Inc, 1996, pp. 27-28）

③ 李孝迁：《北京华文学校述论》，《学术研究》，2014 年第 2 期，第 120 页。

从教材和讲座内容来看，华文学校所教授的文学基本都是中国传统文学，《华语学校刍刊》所选文学作品也基本都是旧小说、诗歌。伊凡·金所接触的中国文学基本都是旧文学然后直接跳至革命文学，如萧军的《八月的乡村》。《离婚》从标题看是婚恋话题，在伊凡·金看来很显然偏向旧文学，刘绍铭所推测他将《骆驼祥子》更改为喜剧结局的原因还是有根据的，并非戏言。

## 二、二战后初期美国的婚姻状况与《离婚》英译

伊凡·金选择《离婚》，还有大时代背景。1941 年 12 月 7 日日本偷袭珍珠港，美国卷入二战，本土民众的生活发生巨大变化，美国人越来越关注电台新闻，他们时刻留意海外战事情况，连公众娱乐活动也被赋予了鼓舞士气和缓解战争焦虑的功能。1945 年至 1948 年，冷战之风还没有吹遍普通读者心头，战争与政治主题离美国老百姓渐行渐远，他们需要更为轻松的话题来配合经济的高速发展与生活质量的提高，加上出版商业化大发展与文化产业的蓬勃发展，在各个流派的文学作品中，现代通俗小说渐渐兴起，一方面与传统通俗小说，如历史言情、硬派侦探、西部小说等等接续，一方面与严肃小说汇流，通俗小说的质量有所提高。不论对战后现实社会的感受如何，失望也好，沉沦也罢，精于挖掘人性又有着切合时宜话题的文学作品一定是受到普通读者的欢迎，至于后来的垮掉的文学、嬉皮士风格都留待那些善敏的先觉派来开创吧。

此外，美国妇女的劳动和支持在二战中也起到了巨大作用，二战之后女性的就业率不断提高，社会地位和家庭地位也持续提高。随着女性社会化程度的提高，婚姻也就出现了之前未曾有过的问题，婚姻中的平等和对家庭的时间付出等等。在大批女性作家为婚姻中的自由平等摇旗呐喊之前，男性作家对婚姻的看法也必然不会被忽视。老舍的《离婚》确实是从男人的角度来看待婚姻，但是一般被解读为对人性的挖掘，小市民生活的无奈和纠结心态的把握。这是一种大而化之的评论，如果说有什么文学作品能把中国男人在婚姻生活中的心态展现得淋漓尽致，那么非钱钟书的《围城》和老舍的《离婚》莫属，而相较《围城》里对男性知识分子的调侃，《离婚》中展现的男人心让人拍案叫绝。

老舍在 20 世纪 30 年代写《离婚》并不超前，离婚在 20 世纪 20 至 40 年代的中国虽谈不上风行，也绝不是罕见情况。从《青年友》1931 年第 4 期第 71 页上刊登的一则短文可以看出，一年仅上海的离婚事件达到 853 起，理由大多是意见不合，其中男方主动离婚者 177 件，女方主动者 138 件，双方协议者 538 件（图

5-1）。可见中国夫妇当时对婚姻的态度和处理方法算得上自由和平等。20 世纪 20 至 40 年代发行的主要期刊上刊登的关于离婚文章达到 3530 篇①，一部分关于离婚合理性的论争，如上海的《妇女杂志》，一部分从法律角度谈论离婚事件，如北京的《法律评论》、南京的《司法公报》，还有一部分是介绍欧美的离婚状况以及离婚后子女抚养的办法等等，其中 20 世纪 30 年代关于离婚的文章数量最多，达到 1575 篇。1934 年的《北辰杂志》第 2 期刊登了文章《中国近年来之离婚问题》，开篇写道：离婚问题，在中国民法实施以来，是发生效力最快的一个，大学的教授去离婚，溥仪的妃请求离婚，任何一个报纸上都有某某先生与某某女士离婚的通告，必要见到离婚的案子，甚至乡村里的愚夫愚妇有时口角起来，便要到县公署去打离婚的官司，离婚问题，简直有平民化、普遍化的趋势了，似乎近年来的人拿离婚做了家常便饭，说婚变婚，说离便离。可见老舍在 1933 年写《离婚》并不算超前之举。当时中国的离婚话题讨论可谓是与国际接轨。

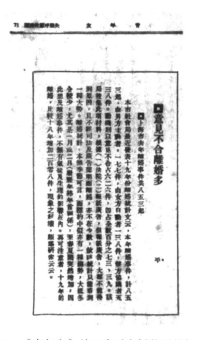

图 5-1　《青年友》关于当时离婚状况的报道

1946 年《家》第 10 期，刊登了一篇关于美国离婚潮的改译文章。②从中可以

---

① 《民国时期期刊全文数据库》（1911~1949）的检索结果。
② 原文刊登在 1946 年 1 月 19 日的《美国自由周刊》，作者 Amram Scheinfeld。

看出两点：第一在离婚问题上，中国对美国的关注有加；第二，美国在二战后初期，离婚成为一大问题。文章中提到，美国闪电式的战时婚姻在 1946 年纷纷解体，除了本身婚姻基础薄弱，还有丈夫前线征战与妻子分开时日之久，一方或双方皆有出轨之举，或者丈夫带着战争创伤归家又得不到妻子的理解，或者不理解在家独自担当的妻子在出去工作之后发生的性格转变，凡此种种导致几万对夫妇宣告拆伙，平均每两到三对夫妻就有一对会走上离婚法庭，离婚率又创下新高。《离婚》的英译，单从书名上看在战后初期的美国应当会有很大受众。

## 三、译者个人境遇

此时的伊凡·金显然已经被《骆驼祥子》的热销和丰厚的稿酬以及由此带来的名声深深打动，很想趁热打铁再译一部老舍的作品。来看看伊凡·金当时的经济状况。据《圣彼得堡时报》一篇文章①介绍，沃德（伊凡·金本名）曾经在中国条件艰苦又危险的地方工作，最后在迪化病倒，后来又做了手术，不久退休回国，美国国务院向他提供完全残疾退休金，条件是他的写作要得到国务院批准，但是沃德拒绝了。他和妻子虽然在 1941 年就已结婚，有两个孩子，但是到了 1955年才新购了一套房产，一家人才算刚刚安定下来。可以看出沃德的经济状况并不好，工作缘由一直奔波海外，退休之后又没有收入来源，仅靠妻子作为艺术商人的收入维持生活，妻子的收入状况不得而知，但是 1945 年《骆驼祥子》英译本热销百万册的稿酬，很大一部分又拿来成立沃德自己的出版社（King Publication Incorporated），在美国办出版社，如果没有房产的抵押，只能拿出现有资金。因此写书译书的稿酬成为沃德唯一的经济来源。这也能够在一定程度上解释沃德为什么要和老舍争夺《离婚》的翻译版权，大幅度改编原著，败诉之后又另外成立自己的出版社，将译本改头换面重新出版，显然是有悖常理之举，背后唯一动力就是经济效益。

沃德的前阅读经验既是一种制约也是一种推动力，让他锁定《离婚》这部小说，二战后初期美国的离婚问题又为这部小说的接受设定了有利环境，沃德本人的经济状况促动他立即动笔翻译，并且采用了更为归化的改译方法，完全以书籍市场为导向。在美国从事出版 30 年的出版人安德烈·希夫林（André Schiffrin）在他的著述《出版业》（*The Business of Books*）中讲述了半个多世纪以来美国出版

---

① Anonymous, Robert Spencer Ward Knows Oriental as Few Americans, *St. Petersburg Times*, Dec. 4, 1955.

业的变化：20世纪上半叶出版人坚信让读者接触真正的好书才是出版的使命；20
世纪下半叶出版业在盈利的驱使下沦为第二个娱乐业。伊凡•金的翻译活动正处
于这种转变时期。

# 第二节　文化归化与译本重建

《离婚》的两个全译本，一是伊凡•金1948年译本 *Divorce*，由金出版社出版，
另一个是同年郭镜秋翻译的 *The Quest for Love of Lao Lee*，由出版商雷纳-希区柯
克公司出版。伊凡•金继《骆驼祥子》之后，再一次对《离婚》进行了大幅的改
译。伊凡•金戴着具有浓厚的美国社会文化色素的眼镜，对《离婚》的固有色或
过滤，或遮盖，或重新涂染，使一场渗透着悲剧因素、令人笑得有点酸味的离婚
讽刺剧，变成了带有美国幽默色彩的轻松小闹剧。[①]当时在美国访问讲学的老舍
读了伊凡•金译本之后对他的大幅改写很不满意，于是找了在国内就曾相识的郭
镜秋，委托她将《离婚》重译为英文，两个译本在同一年出版。老舍通过法律手
段保护自己的版权，发表声明抵制伊凡•金的 *Divorce* 为《离婚》的英译本，因
此该译本只能在伊凡•金自己创立的出版社出版，署名原作者是 Venerable Lodge
（古屋），同时也注明是改编与翻译（Translated and Adapted from the Pekinese of
Venerable Lodge）。郭译本虽忠实于原著，可是销路并不佳，倒是伊凡•金的译本，
销路却好得多。

## 一、主题的偏离

在《离婚》原著中，除了婚姻中夫妻本身出现问题，中国传统婚姻的不自由
是婚姻不幸福的主要原因之一，也是当时相关民法实施之后离婚率大增的原因，
中国婚姻除了法律还有道德制约、颜面问题，以及追求平稳的传统，以子女为重
的特点，所以离婚在中国还存在重重内在和外在障碍，老舍在《离婚》中探讨的
就是这些障碍，这部作品又一次体现了民族个性：妥协、敷衍和折中，在折中下
求得息事宁人，在折中下将人情安排在最走得通的余裕里。[②]这与美国婚姻问题
的根源很不一样，这大概也是伊凡•金在翻译之时对情节进行删改的原因之一，

---

① 马祖毅、任荣珍：《汉籍外译史》，武汉：湖北教育出版社，1997年，第399页。
② 尹雪曼：《老舍及其〈离婚〉》，《文艺月刊》，1936年第1期，第176-178页。

他要将《离婚》美国化。

　　原著中的主人公老李，为了儿女双全的"可爱家庭"而将自己"卖给魔鬼"，"因儿女而牺牲一切生命的高大理想与自由"，还自我安慰"这都是值得的"，另一方面却渴望结束并不幸福的婚姻，这是非常典型的中国旧时婚姻，也是老舍笔下中国知识分子在庸常的世俗与浪漫的理想之间焦灼挣扎这一内心矛盾的集中表现。这大概是二战之后的美国读者并不感兴趣的沉重话题，战后美国社会女性独立以及各种思潮涌现，婚姻状况动荡不安，伊凡·金的译本对二战后美国婚恋文化震荡起到一定的心理缓适作用，将离婚这一原本沉重的话题变得轻松诙谐。一群怯于或者懒于改变的公务员，在伊凡·金的译笔之下实现了离婚梦想，主人公老李与"乡下的那个不够体面的妻"离了婚，娶了他暗恋的邻居马太太，他的妻子也嫁给了老李的好友丁二爷。原著中保守又备受内心煎熬的人物，在译著中获得了神奇的力量，以一种开放轻松又果敢的态度对待婚姻和性的问题，原著中妥协敷衍折中的小人物在译文中变成了自由决绝随性的生活勇者。

## 二、原著的"匀净"与译者矛盾的翻译手法

　　伊凡·金在《离婚》翻译中仍然沿用了《骆驼祥子》翻译时的矛盾翻译手法：对文化项进行深度翻译，情节内容却又多处改动，其译本字数比郭镜秋译本多。矛盾的翻译手法，使得译文失去了老舍引以为豪的"匀净"，即"在下笔之前，我已有了整个计划；写起来又能一气到底，没有间断，我的眼睛始终没离开我的手，当然写出来的能够整齐一致，不至于大嘟噜小块的。匀净是《离婚》的好处，假如没有别的可说的"[①]。这种一气呵成的顺畅，时时被伊凡·金冗长的深度翻译打断。

　　　　以天气说，还没有吃火锅的必要。但是迎时吃穿是生活的一种趣味。张大哥对于羊肉火锅，打卤面，年糕，皮袍，风镜，放爆竹等等都要作个先知先觉。"趣味"是比"必要"更文明的。[②]

　　　　From the standpoint of the weather, it was still not the time when it could be regarded as necessary to eat mutton cauldron, but to anticipate the season in the things one ate and the clothes one wore was one of the flovors

---

① 老舍：《老牛破车》，上海：人间书屋出版社，1941年，第54页。
② 老舍：《离婚》，北京：中国国际广播出版社，2013年，第11页。

of living. In the eating of mutton form the fire-cauldron, in the making salt <u>bread or the year end pastry, in the donning of a fur gown or the wearing of glasses against the wind, in the setting off of fire crackers, and in the many other thing for which custom decrees a special time,</u> Elder Brother Chang held the "he who was first in knowledge should be first in saving the things to come". For him, "flavor"ans "interest" were much more energizing and zestful than "necessity".①

上段译文中画线部分是对文化项的增量解释，消解了原文一气呵成的流畅简洁。试比较郭镜秋译本。

There was no need to eat steaming ho-kuo at this time of year. <u>It was not cold enough, although to eat and dress according to the season was one of the pleasures of life. Big Brother Chang was always ahead of the times, whether it be mutton ho-kuo, mixed noodles, New Year cake, a fur coat, goggles, or exploding firecrackers.</u> 'Pleasure' was more interesting than "necessity".②

同样可看下例。

张大嫂作菜，让客人，添汤，换筷子——老李吃高了兴，把筷子掉在地上两回——自己挑肥的吃，夸奖自己的手艺，同时并举。③

Elder Sister Chang had prepared the meal; now she moved without rest about the round copper cauldron that stood in the middle of the table, fired by the burning charcoal in its base, and with the chimney that obtruded above the ceater of the cauldron itself belching bright sparks of fire. She tended everything carefully, adding broth when more was needed, and keeping her chopsticks busy putting in more of the fresh vegetables — that were arranged in plates around the base of the cauldron — when there was

① *Divorce,* trans. by King, E., St. Petersburg: King Publications Inc., 1948, p.20.

② Lau Shaw, *The Quest for Love of Lao Lee,* trans. by Kuo, H., New York: Reynal & Hitchcock, 1948, p.14.

③ 老舍：《离婚》，北京：中国国际广播出版社，2013 年，第 14 页。

need that the broth be bought to a proper flavor. She also took care of the quest, serving him more when he seemed to hesitate to take more himself, and seeing that the chopsticks were changed when that was necessary.

Old Li ate with high elation, picking carefully from the samovar as many fatty pieces of mutton as he could find. Twice he dropped his chopsticks on the floor but he still felt that the artfulness and the expertness with which he managed, generally speaking, to hold two such contrary objects as a pair of chopsticks in the same hand, and even to lift them up and use them to live with, represented a degree of dexterity which he, for one, could not praise too highly.[①]

这更是文化百科全书的语言,读者则需不断从原本连贯的小说情节中"出戏"与驻足停留来欣赏这长段的文化解释。试比较郭镜秋的译文:

Mrs. Chang was proud of her cooking, and she was the perfect hostess with a fine sense of being polite to a guest, even if it was only Lao Lee, the man from the country. She picked out the fat pieces of mutton for herself, and left the lean tasty ones for her guest. Meanwhile she modestly complimented herself on the expert way she handled the dinner.[②]

老舍之女舒悦曾经撰文详细分析了伊凡·金译文对原文的改动,她提到老舍主张他的文字具有性格化、地方性和哲理性的三者统一,将这三者有机统一才能塑造鲜明的人物形象。所谓性格化就是每一个人物的语言要有自己的特点。[③]而伊凡·金译本中,未受过教育的家庭主妇与中年男性公务员说的话没什么差别;至于老舍语言鲜明的北京地方特色,伊凡·金译本也少有传递,当然地方特色在翻译中难以表达,但是译者如果努力,至少读者可以感受到这种标记性偏离。一个著名例子是张谷若翻译的《苔丝》,他在译文中使用了山东方言增加乡土气息,虽然在有效性方面引起一些争议,但体现了译者对原著语言特色的尊重。哲理性则是富有人生哲理精彩幽默的语言,老舍对《离婚》中"有控制的幽默"比较满

---

① *Divorce*, trans. by King, E., St. Petersburg: King Publications Inc., 1948, pp. 26-27.

② Lau Shaw, *The Quest for Love of Lao Lee*, trans. by Kuo, H., New York: Reynal & Hitchcock, 1948, pp. 17-18.

③ 舒悦:《评老舍小说〈离婚〉的伊文·金译本》,《中国翻译》,1986 年第 5 期,第 46 页。

意，他认为没有变成"顺流而下的野腔滑调"就是一种进步，其中的"哲理性"就是"控制"的一种体现，于轻松幽默的话语中蕴含深刻的人生哲理，幽默是为了透视人性和生活本质，体现人性关怀，但原文的幽默语言在译文中也被大量删除。所以老舍要愤然与译者对簿公堂，自己寻人来重新译过。

不过伊凡·金的改译本却比郭镜秋译本更受欢迎。权威的美国科克斯书评（*Kirkus Reviews*）①对郭译本的评论是：一个小小的故事，对美国读者并没有什么吸引力。读书俱乐部②也没有收录，因此很难具有大的市场。③老舍与伊凡·金对簿公堂，最后判决只准在伊凡·金自己成立的书店里销售，却比郭镜秋译本热销得多④，这与赵家璧的回忆吻合，老舍在与他的通信中提到：我自己出了全译本，可是并不卖。⑤美国《圣彼得堡时报》（1955）则指出伊凡·金《离婚》译本 *Divorce* 广受评论家的接受和好评，并成为收藏品。

郭静秋译本出版的 1948 年 10 月，即使《骆驼祥子》的余热还未消退，美国战后社会思潮的变化与美国读者的心境也发生了变化，按照科克斯书评的说法，继《骆驼祥子》之后，老舍再一次让（中国和美国）读者感受到中国心灵的情感、矛盾、希望、期盼和困惑⑥，但是此时的美国读者大概更喜欢轻松娱乐的话题，于是出现伊凡·金应景的译本。虽然老舍通过法律手段夺回翻译版权，郭镜秋译本非常忠实，销路却不如伊凡·金的译本，对待婚姻妥协敷衍折中的态度终究没有自由决绝随性受美国读者欢迎，更不用说在二战后美国的婚姻文化震荡的时期用轻松的笔墨给读者们带来心理缓冲了。

---

① 科克斯书评：美国 Kirkus Service 公司所出版的书评期刊，于 1933 年开始发行，刊名为 *Kirkus Reviews*。

② 即"每月读书俱乐部"（Book of the Month Club），又译"每月一书俱乐部"。

③ "Slight story, with little to hold the average American reader. Lacking the impetus of book club choice, it is unlikely to have a large market." 参见 https://www.kirkusreviews.com/book-reviews/lau-shaw-2/the-quest-for-love-of-lao-lee/.

④ 钱念孙：《文学横向发展论》，上海：上海文艺出版社，1989 年，第 86 页。

⑤ 赵家璧：《老舍和我》，《新文学史料》，1986 年第 3 期，第 99 页。

⑥ "Once again Lau Shaw has written as a Chinese for Chinese, and succeeded- for Americans- in making one feel something of the emotions, the conflicts, the hopes and aspirations and confusions of the Chinese heart and soul." 参见：https://www.kirkusreviews.com/book-reviews/lau-shaw-2/the-quest-for-love-of-lao-lee/.

# 第六章　"无知的帷幕"与小说译本的信息递解

20世纪五六十年代，西方读者对中国的认知经历了显著变化。中国长期以来在西方视野中保持着神秘色彩，英国作家詹姆斯·希尔顿1933年创作的《消失的地平线》塑造了西方对东方的浪漫想象。随着新中国的建立，西方对中国的认知开始呈现多元化发展趋势。

这一时期，国际格局经历深刻调整。美国国内对新中国的态度存在不同声音，受国际形势和国内政治因素影响，中美官方交往未能立即建立。20世纪50年代的朝鲜战争，在一定程度上影响了中美双方的民间交流。此后美国介入越南事务，使得中美关系正常化进程相对延缓。

1964年，中国第一颗原子弹爆炸成功，这一科技成就引起国际社会广泛关注。随着中国的发展变化，西方社会对中国产生了更多了解的需求。在此背景下，增进对中国真实情况的认知显得尤为重要。了解中国的真实情况迫在眉睫。

## 第一节　"无知的帷幕"与信息获取方式

### 一、对二手信息的依赖：国外记者的见闻实录

冷战时期，美国了解新中国的渠道有限。1963年纽约弗雷德雷克·普拉格（Frederick Praeger）出版社出版了赫伯特·帕辛（Herbert Passin）的《中国的文化外交》（*China's Cultural Diplomacy*），南加州大学国际研究所（Uuniversity of Southern California International Academy）的理查德·L. 沃尔克（Richard L. Walker）在书评中指出该书研究内容并不充分，而作者提出的理由是国别研究在彼时有诸多不便，信息不畅是其一，限制也颇多，对他国所见所闻十分有限。作者在书中指出当时的文化交流单向度高[①]，在这样极为受限的情况之下，美国还

---

[①] Walker, R. L., Review of *China's Cultural Diplomacy* by Herbert Passin, *American Sociological Review*, 1963, Vol. 28, No. 6, pp. 1044-1045.

是想方设法去探究新中国的真实情况，很大程度上不得不依赖来自其他国家的信息，包括欧洲国家和加拿大。

　　除了采信欧洲作家对"流亡者"的采访资料，美国出版界也非常注重那些能够亲自到访中国的作者所出著述。1959 年美国出版了彼得·施密德（Peter Schmid）1957 年的德语著述 *China，Reich der neuen Mitte*（《中国，新中央之国》）①的英译本 *The New Face of China*，同年还出版了一本书名为 *What's Happening in China?*②前者是瑞士记者根据自己在 1955 年到访中国的见闻所写的纪实，后者为 1949 年诺贝尔和平奖获得者、苏格兰生物学家博伊德·奥尔男爵（John Boyd Orr）根据自己 1958 年到访中国的见闻与记者彼得·汤森（Peter Townsend）合作而成的一本书。瑞士记者较为全面地记述了中国当时的状况，既描述了当时中国社会积极的一面，如整洁的环境和诚实的民风，也提出了一些值得思考的问题，包括劳动分配、社会管理等方面的现象。奥尔男爵的著作则主要聚焦于 1958 年访华时的正面见闻，在序言中特别说明该书不涉及某些西方关注的议题。这两部作品在美国学界引发了不同反响。一些评论者认为施密德的记述更为全面客观，而《纽约时报》的一篇书评则对奥尔男爵著作的某些观点提出了商榷意见。③

　　冷战时期美国关于中国的书籍出版非常活跃，内容丰富，观点各异，但是美国读者对这些书籍，哪怕是亲自到访过中国的美国或者英国作者的书一般持较为谨慎的态度。当然，对夸赞中国的著述，美国评论者也不是一味给予否定。1959年，加拿大人约翰·图佐·威尔逊（John Tuzo Wilson）撰写的书《一个中国月亮》（*One Chinese Moon*）在纽约出版。刊登在 1959 年 12 月 13 日《纽约时报》的一篇书评对这本书充满了感激之情：感谢加拿大人让我们读到了几部深刻的著述，最近出版的《一个中国月亮》就是一本真实的旅游记述和客观而冷静（dispassionate）的报道。④作为加拿大地理学专业的科学家，威尔逊先参加了在苏联举行的学术会议，然后从莫斯科坐火车去往北京，他在中国逗留一个月，除了北京，他还去了兰州，有机会接触中国的地理学专家和普通群众。一方面他描述了在北京举行的由金门炮战⑤引发的反美游行，对于书中表现出的中国对美国的

①　Schmid, P. *China, Reich der neuen Mitte*, Frankfurt am Main, S. Fischer, 1957. 1958 年伦敦出版该书英译本，名为 *The New Face of China*.

②　Orr, B., Townsend, P., *What's Happening in China?*, Garden City: Doubleday, 1959.

③　Smith, R. A., Red Carpet Tourist: What's Happening in China, *New York Times*, Sep. 27, 1959, p.12.

④　Wilbur, C. M., Red China Through a Scientific Eye: One Chinese Moon, *New York Times*, Dec. 13, 1959.

⑤　1958 年，中国人民解放军福建前线部队对据守福建省金门岛的国民党军进行的惩罚性大规模炮击封锁行动，给国民党军队以沉重打击。

敌视，美国书评家读了之后表示痛心；另一方面，他认为北美对中国的了解受到了歪曲，这非常危险，而这些歪曲的形象则要归咎于部分具有仇恨情绪的媒体。在作者看来，虽然当时中国科技水平落后，但是教育却正在大步前进，中国人勤劳、热情、对未来充满信心，合作公社也并没有外界传言的那些负面情况。他在中国并没有见到美国媒体所描述的那种悲惨与野蛮，中国并没有如传言那样对外界厌恶排斥，而且苏联的影响也很小，最后他希望美国不要感情用事，应当以理智的态度处理中美关系。美国书评家对这本书给予充分肯定和信任，评价作者对所见所闻的记述持谨慎态度，认为作为加拿大人，作者能够冷静地看待中美关系。

## 二、从表层信息转入历史根源：引入与再版历史与文化类书籍

美国学界对中国的研究涵盖多个维度，其中英国学者丹尼斯·布拉德沃斯的《中国窥镜》是一部从历史文化视角探讨中国社会发展的学术著作。该书通过分析儒家与道家思想传统，构建了一个理解中国社会演进的分析框架。

作者在研究中指出，儒家思想重视社会秩序与道德教化，强调通过积极参与来促进社会改良；而道家思想则更关注个体与自然的和谐关系。著作还探讨了中国历史进程中改革思想的发展脉络，分析了不同历史条件下社会变革的实现方式。该书成为当时的美国畅销书，可见读者在接触大量煽动情绪的书籍之后，还是选择回归理性。面对那些令人将信将疑的信息片段及由此引发的排斥与恐慌，西方读者更要试图站在对方的历史语境中去理解现实，唯有这样才能克服心灵的恐惧，拨开负面的迷雾。而对于政治家来说，这也是最终选择理性的外交策略所必须经历的心路历程。

此外，再版过去刊行的那些具有影响力的关于中国的图书也不失为一种有效途径。1961 年美国再版了斯诺的《西行漫记》，这是继 1938 年和 1944 年之后，美国第三次出版该书，扉页上写道：今天，中国在世界事务中越发突显，任何关心国际时事的人都不能忽略这本记叙中国共产党诞生与发展的书。[1]这本书被称为 20 世纪 30 年代向西方读者介绍中国最有影响力的作品，与 1937 年和 1944 年版经典风格的封面相比，1961 年版的封面颇具冷战色彩。

另一本在冷战时期（1958 年）再版的关于中国历史和现状的经典作品是费正

---

[1] Snow, E., *Red Star Over China*, New York: Grove Press, Inc, 1961.

清的《美国与中国》，该书自 1948 年初版开始，在美国增订四版（1958 年，1971
年，1979 年，1989 年），重印数次，发行数十万册。1948 年 7 月《纽约时报书评》
（*The New York Times Book Review*）评论道：它是有思想的人案头必备之书。1949
年 1 月的发表在《美国历史评论》（*The American Historical Review*）中的一篇书
评写道："据我所知，没有哪一本书能够如此全面地研究中国历史，又能够将历
史与现实紧密联系起来。"①直到 1991 年《纽约时报》仍称其为关于中国历史、
文化及文明的最佳导论作品。美国外交官萨姆纳·威尔斯（Sumner Welles）在
该书第一版引言中的第一句话就是："哈佛大学出版社为外交政系列丛书的读者
们奉上的最适时、最重要的一本，莫过于费正清的《美国与中国》。"②1958 年再
版的《美国与中国》，内容上加入近十年来的中国近况，费正清在序言中写道：
美国人并不了解中国现实情况……对华策略僵持而缺乏新意……我们习惯了一
提到中国只看到共产主义。③费正清在《美国与中国》一书中认为：美国对华政
策必须建立在对中国历史深刻认知的基础之上，越是了解对方，越可能加强交
流，从而减少政策上的失误。④值得一提的是，1960 年《国际事务》（*International
Affairs*）一篇书评的结尾引用了费正清的一句话："我们要学会在同一个星球
共存。"

## 三、图书出版市场的兼容并蓄与报纸媒体的谨慎统一

20 世纪中叶的美国出版市场呈现出多元化的特点，出版商在选题策划时既考
虑市场需求，也反映社会思潮的多样性。这一时期关于中国的出版物尤其值得关
注，它们为研究者提供了观察当时美国社会认知的珍贵窗口。

出版业作为信息传播的重要渠道，其内容生产受到多种因素影响。一方面，
市场机制促使出版商关注读者兴趣；另一方面，不同思想流派的学者通过出版平
台表达各自观点。与新闻报道相比，图书出版能够呈现更丰富、更深入的讨论
空间。

---

① Rosinger, L. K., Fairbank, J. K., Review of *The United States and China* by John King Fairbank, *The American Historical Review*, 1949, Vol. 54, No. 2, pp. 364-365.

② Fairbank, J. K., *The United States and China*, Cambridge: Harvard University Press, 1983, p.11. 原文：The Harvard University Press can offer the readers of its Foreign Policy Library no more timely or important book than John King Fairbank's *The United States and China*.

③ Fairbank, J. K., *The United States and China*, Cambridge: Harvard University Press, 1983.

④ Fairbank, J. K., *The United States and China*, Cambridge: Harvard University Press, 1983, pp.365-366.

从出版内容来看,当时美国市场既引进了关于中国的研究著作,也翻译出版了不少历史文化类书籍。这种出版多样性反映了美国学界对中国认知的多维度探索。值得注意的是,许多严肃学者致力于通过扎实的田野调查和文献研究,为英语世界读者提供关于中国的一手观察资料。在中美交流有限的背景下,美国本土产生了众多关于中国著述可信度,以及中国是好是坏的论争。例如,1959 年 10 月 18 日《纽约时报》"给编辑的信"(Recent Letters to the Editor)栏目刊登了一封署名为罗伯特·布里顿(Robert Brittain)的读者来信,他在信中对前文提到的 *What's happening in China?* 一书的可信度提出自己的见解,他认为作者奥尔男爵足迹遍布中国大地,撰写一手资料,因此该书不像评论者所说的那样不可信与不值一读。①1964 年,由费利克斯·格林(Felix Greene)撰写的《中国未观察:无知的帷幕:如何误导美国公众对中国的认知》(*China Unobserved: A Curtain of Ignorance: How the American Public Has Been Misinformed About China*)②在纽约出版,书中狠狠质疑美国媒体和美国的中国问题专家的专业性和可信度。作者格林出生在英国,1957 年代表英国广播公司(British Broadcasting Corporation,BBC)到访中国,20 世纪 60 年代开始居住在加州,供职于《旧金山纪事报》(*San Francisco Chronicle*),他认为美国人被美国媒体和美国的中国问题专家所蒙蔽。美国媒体编造了一系列关于中国的负面报道,包括 20 世纪四五十年代的中苏关系、粮食问题、经济发展模式问题等,给出了歪曲、模糊、不充分的信息以及错误的预测。他进一步认为这些信息的误导,使得美国对华政策刻板又不理性。他将这些过失归咎于对中国问题发声的个人和机构,包括记者、专家以及媒体机构。他认为这些发声者很少掌握中国历史等充分知识③,对关于中国的著述也缺少合理的判断,当然还有的是出于政治原因故意歪曲。④且不论这本书本身所展现的中国是否真实,但他对美国媒体和中国研究的质疑声,说明当时美国政府和民众不乏对中国态度非黑即白的感情用事,又展现了一部分理性的声音,希望不要将中国形象过度政治化、极端化。

与图书出版市场百家争鸣的特点不同,美国主流报纸媒体 20 世纪五六十年代

① Brittain, R. Recent Letters to the Editor, *New York Times*, Oct. 18, 1959.

② Greene, F, *China Unobserved: A Curtain of Ignorance: How the American Public Has Been Misinformed About China*, Garden City: Doubleday, 1964.

③ 这也可能解释了上文所提及的《中国窥镜》成为当时畅销书的原因之一。

④ Boorman, H., China Unobserved: A Curtain of Ignorance: How The American Public Has Been Misinformed About China, *New York Times*, Aug. 23, 1964.

关于中国的新闻报道则较为一致，主要关注新中国的外部问题，即与其他国家的关系以及美国对华政策。美国的主流报纸都看重新闻报道的可靠性，因此不太可能像书籍出版市场那样做到百家争鸣，靠热点话题和鲜明观点来夺人眼球以增加销量。1950 年至 1970 年，《纽约时报》、《华盛顿邮报》与《洛杉矶时报》这三家全美影响最大的报纸，关于中国的新闻报道和时事评论，出现频率最高的标题关键词是 Red China（红色中国），美国媒体虽说自由度极大，但在冷战时期，还是具有基本的政治倾向，反映政府的对华政策，对中国内部状况的二手信息及观点极端的文章的采纳，态度还是比较谨慎，因此话题多集中于可以获得直接信息的中国外部活动，比如 20 世纪 50 年代中后期至 20 世纪 60 年代中期，关注新中国的国际关系，以及报道美国政府对华态度。1969 年 1 月 27 日，《洛杉矶时报》刊登一篇题为《重估对华政策正当时》（"A Reassessment of China Policy Would Be Timely"）的文章，指出世界不再是两极分化，美国应当顺势而为。[1]其实早在 1959 年，施乐伯（Robert Scalapino）[2]在《康伦报告》中就已经提出类似观点[3]，1960 年鲍大可（A. Doak Barnett）[4]在《中国与亚洲：对美国政策的挑战》（*Communist China and Asia，Challenge to American Policy*）中提出学术观点，认为中国作为亚洲重要政治实体的事实客观存在，建议美国政府在制定亚洲政策时予以充分考虑。[5]在美国对华政策上，报纸媒体报道既成事实，而此前长达几年的政策酝酿却需要专业中国研究学者的研究和论证。

## 四、信息采集传播转向"中国研究"

美国的媒体（图书出版和报纸）、民众和政府三方存在交织的关系。媒体记者

---

① Kraft, J., A Reassessment of China Policy Would Be Timely, *Los Angeles Times*, 27 Jan, 1969.

② 施乐伯，美国著名汉学家与政治学者，专长在于东亚政治与外交，是美中关系全国委员会（National Committee on United States - China Relations）的创办者与主席，该委员会在 20 世纪 60 年代推动中华人民共和国恢复联合国合法席位，20 世纪 70 年代对中美关系正常化发挥了重要作用。施乐伯也是加州大学伯克利分校东亚研究所的创办人，该研究所和哈佛大学费正清东亚研究中心同为美国重要的东亚研究机构。

③ 1959 年，美国参议院外交关系委员会主席詹姆斯·威廉·傅尔布莱特（James William Fulbright），委托完成《美国对亚洲的外交政策》研究报告（俗称《康伦报告》）。施乐伯负责撰写东北亚部分，他建议重新评估对华政策，主张与中国进行接触。

④ 美国记者、政治家，父母为来华传教士，1921 年生于上海，1936 年返美，1942 年毕业于耶鲁大学，1956—1958 年任美国国务院国外地区研究室主任，参与组建美国国务院中国问题顾问小组。1961 年起任哥伦比亚大学东亚研究所高级研究员，1966—1968 年兼任社会科学研究理事会中国政体研究项目主席。

⑤ 参考资中筠：《美国的中国问题学者与中美关系解冻》，《美国研究》，1997 年第 2 期，第 131-134 页。

研究普及型的著述对民众思想的引导作用，他们对中国历史文化政治的了解更为深入，观点也更为理性客观且具有前瞻性，而另一批媒体人关于中国现状的表层观察和报道，一方面迎合民众心理，另一方面又进一步激化民众的极端情绪。与民众相比，美国政府则扮演了双重角色，一方面依据自身利益、国内政治环境、民众意愿主导部分媒体的倾向，另一方面采信各方著述和信息来源以调整对华政策。对华问题的考量越来越理性的趋势也使得"中国研究"的角色越来越重要。政府最终需要更为专业的研究人员的建议，而民众也需要更为理性的引导。此外历史大背景也使得作为区域国别研究的"中国研究"渐趋重要和成熟。

国别研究在美国被称为区域研究（area studies 或 regional studies），是对某一国家或由某种政治、文化或地理因素联系起来的数个国家所构成的地域的研究，专注其特殊的地理、政治、文化和历史等方面。二战以及二战之后欧洲没落与美国经济发展直接导致美国的外交政策从"孤立主义"走向"国际主义"，从"理想主义"转向"实用主义"。美国现代区域研究历史发展经历了从 20 世纪 50 年代初产生，到 20 世纪 60～70 年代的蓬勃发展，再到冷战后 20 世纪 90 年代的衰落和 21 世纪的重新崛起等几个阶段。二战后，美国政府和学界达成了一个共识：为了在下一次战争中取胜，美国必须走出西方中心论的自我束缚，特别是西方世界以外的国家和地区。冷战的迅速到来使这种观点得到了社会的响应。以福特基金会、洛克菲勒基金会和卡耐基基金会为主的民间基金会开始关注国际问题和国别研究，在政府的协调下，它们与中央情报局等机构密切合作，努力填补美国政府和社会对西方以外国家和地区的知识的匮乏。

然而区域研究框架之下的中国研究的发展也并非一路平坦。20 世纪 50 年代早中期随着麦卡锡主义兴起，美国掀起了排外运动，涉及美国政治、教育、文化等领域的各个层面。刚刚取得一些进步的中国研究也受到了巨大冲击和影响，民间学术团体"太平洋国际学会"（Institute of the Pacific Relations，IPR）[①]接受调查，费正清和斯诺都是成员。费正清被怀疑是共产党，受到审查，行动受到限制，去日本访学的计划未能实施。费正清受到极大震动，他认为麦卡锡主义是由美国国内自身的恐惧和病态心理所引发的，美国民众对中国的了解极度匮乏，因此他认为自己有责任去教育美国民众。在对中国现状和历史都不了解，只能依赖诸如欧

---

① 太平洋国际学会是美国学者组成的一个活跃于 20 世纪 20 年代中叶至 50 年代后期，以亚太地区政治、经济、社会、外交、文化、民族等问题为关注内容的国际性民间学术团体，学会"以研究太平洋各民族之状况，促进太平洋各国之邦交"为宗旨。学会是非政府组织，强调"完全系个人的自由活动"。学会设有研究委员会，制订研究计划，与各分会开展合作，研究资金主要来自美国洛克菲勒基金会、卡耐基钢铁公司和卡耐基基金会的赞助。

洲记者负面报道之类的二手信息的情况之下，走向非理性的主观想象和极端情绪将是必然。费正清下定决心，开始计划在哈佛大学筹建近代中国研究项目，这就是之后著名的"东亚研究中心"。20 世纪 50 年代中期麦卡锡主义的失败，使得美国更加认识到了解中国、研究中国的必要性。

一百多个大学的区域和国别研究项目获得资助，从而加速了各大学国别研究或区域研究中心的设立。一批美国大学的"中国研究中心"应运而生，他们与"哈佛-燕京学社"（Harvard-Yenching Institute，1928 年成立）这样的汉学研究机构不同，与"雅礼协会"（Yale-China Association，1901 年成立）等沟通民间交往的中国学研究协会也不同。这些新起的国别研究中心，关注点从古典方面转向现代，注重对东方语言人才的培养，为从事区域研究打下基础，其研究具有较强的政策主导性，其成果对政府决策起到参考作用。资中筠认为美国各类对政府政策直接、间接起咨询作用的机构，就对华政策而言，活动比较突出的是"美中关系全国委员会"（National Committee on United States-China Relations）和"大西洋理事会"（Atlantic Council）①，一些名牌大学的研究所也在不同程度上参与，而其中最主要、最集中的还是哈佛大学。②《当代中国：研究指导》（*Contemporary China: A Research Guide*）一书在 1967 年，由斯坦福大学胡佛战争、革命与和平研究所③出版。

## 第二节　中国研究与《猫城记》的两次英译

国别研究的兴起必定会推动文学翻译活动的发展。国别研究和区域研究的内容相当广泛，大卫·L. 桑顿（David L. Szanton）等 2003 年所著《知识的政治职能：区域研究与各门学科》（*The Politics of Knowledge: Area Studies and the Disciplines*）一书中采用了阿兰·坦斯曼（Alan Tansman）的概括：区域研究内容

---

① 大西洋理事会是华盛顿主要智库中持续关注中国研究的机构之一，部分研究成果曾为中美关系提供政策参考。1961 年成立时以研究北约与跨大西洋安全为核心，后逐步将研究范围扩展至全球战略议题，包括亚太地区与中国研究。冷战时期因跨大西洋议题研究获得政策影响力，其关于美欧协调、对苏战略的报告常被决策层引用；后延续这一角色，就美中关系等议题提供分析。

② 资中筠：《美国的中国问题学者与中美关系解冻》，《美国研究》，1997 年第 2 期，第 131-134 页。

③ 胡佛战争、革命与和平研究所（The Hoover Institution on War, Revolution, and Peace），简称胡佛研究所（Hoover Institution），是美国著名的公共政策智囊机构。于 1919 年创建。该机构对美国新保守主义和自由意志主义运动有主要影响。

包括长期和专业性地学习和掌握所研究国家或区域的语言；深入实地的调查研究；对所研究国家或地域的历史、社会观点、资料和评注材料的密切关注；超越对细节的描述性研究，测试、完善、批判和发展以实地研究资料为基础的宏大理论（grand theory）；多学科的有时甚至要跨越社会科学与人文科学界限的研讨。区域研究的目的在于根据区域的地理和历史状况，针对区域内国家、社会、各种集团的实际情况，系统地收集资料和信息，明确和把握所研究区域的总体特征，进而预测其未来的发展动向。因此翻译被研究对象国家的小说，也应该包含在国别研究之内。正如《猫城记》的第二个英译本译者莱尔所说，历史不会记录的只有在文学作品里寻找。更何况是在外界对中国了解最少的时期。

《猫城记》的第一个译本出现在 1964 年，由密歇根大学中国研究中心出版。密歇根大学中国研究中心是全美国重要的中国问题研究中心，成立于 1961 年。该中心的中国问题以现当代问题为主，美国国务院的中国顾问，很多来自这个学校。美国国家对华的重要经济投资，首先要向这个学校的中国学专家咨询。这所学校的中国数据中心在美国甚至在世界上都有重要的影响。在历任研究中心主任以及客座教授中，有三位曾担任过美国总统的国家安全和外交政策特别顾问。他们是：理查德·索罗门（Richard Solomon），尼克松政府国家安全委员会亚洲事务高级主任（Deputy to Senior Director for Asia）；米歇尔·奥克森伯格（Michel Oksenberg），卡特政府国家安全委员会中国事务主任（Director for China Affairs）；李侃如（Kenneth Lieberthal），克林顿政府国家安全委员会亚洲事务高级主任（Senior Director for Asia, National Security Council）。美国密歇根大学校董事会2014 年 5 月 15 日宣布，将密歇根大学中国研究中心命名为密歇根大学李侃如-罗睿驰中国研究中心。

20 世纪 60 年代在美国从事中国研究的美国学者主要分为两类。第一类是与二战有关的研究者，当时大学教授们选择研究中国的原因颇为特别，许多人在二战或朝鲜战争中在美国军队受东亚语言训练，有的参与情报活动，还有一些则曾在美军驻日期间在日本工作。这一代教授一般从冷战的角度来看全球态势。第二类是在二战前就与中国有关联的一批教授，他们中有些出生于传教士家庭，从小在中国长大。其他一些教授则在 20 世纪 20 年代或 30 年代期间萌生了研究中国的兴趣，当时美国能提供高级中文和中国史课的大学屈指可数，而对美国人来说，在中国住上几年、请私人教师强化自己的汉学功底花费并不大。20 世纪 60 年代中期之后就是"越战代"中国研究学者或"国防外语奖学金代"（National Defense Foreign Language Fellowship Generation）。但是"越战代"历史学家不能去中国内地（大陆）做博士学位论文研究。研究当代中国的博士研究生大多去中国香港；以中文流利为首要目标的或希望在传统化中国做实地考察的往往去中国台湾。也有一些博士研究生选择去日本，师从当时成就卓著的日本中国史专家。

从冷战初期开始，中国香港以其独特的地理位置和丰富的文化资源成为美国文化宣传活动中心。政治和意识形态渗透到学术研究之中，文学创作和文学翻译也受到波及。冷战初期，美国在中国香港设立的新闻处就看中了纪实文体可信度高易产生同理心的优势，将从中国内地去往中国香港的"流亡者"素材编辑成平面媒体材料，多以新闻报道、纪实文学、个人自传、小说等形式面世。去文学性的翻译手法和写作手法，在冷战时期很是普遍，毕竟纪实性文学更具有说服力和感染力。《猫城记》的第一个译者杜尔文就采用具有冷战特色的去文学性翻译手法。他在 1966 年曾担任中国台湾"校际中国语文联合研习所"所长，该研习所之成立，固为学生研习之需求，但因受到美国联邦教育总署（美国教育部前身）依"国防教育法"的拨款资助，当可视为美国为促进其国家安全的策略。

《猫城记》的两位英译者均是冷战和越战时期的中国研究学者。由于中国研究学者人数不多，不同研究方向之间联系紧密，以汉语语言学为专业，博士学位论文研究元杂剧对话中动词词组构成的杜尔文也从事文学翻译，在他的《猫城记》英译本的介绍中涉及文学研究和中国文学的话题，但是译本本身体现了杜尔文的冷战思维。第二位英译者莱尔，朝鲜战争中在美国军队受过汉语言训练，但是他的译本并没有多少冷战气质，可能跟他多年从事文学研究有关系，又或者是他所翻译《猫城记》的出版时间在 1970 年，彼时美国在与苏联的对峙中已占据优势，紧张氛围有所缓解。从莱尔的译序中可以看出，比起历史纪录，他更相信文学作品对人性探讨的真实力量，这与前文提到的美国在中国香港设立的新闻处坚信纪实作品的效用，倒是形成了鲜明对比。

## 第三节　初译本的主题偏离与文学变形

沃勒认为《猫城记》描述了一个令人担忧、极度悲观的图景：一个国家（中国）在死亡线上挣扎。他认为该小说是老舍作品中最具政治性的一部。[①]《猫城

---

① Vohra, R., *Lao She and the Chinese Revolution*, Cambridge: Harvard University Press, 1974, p.61.

记》是一部文学作品，出版商和译者选择将它英译，并非认为其具有较高的文学性，而是看中这部小说里的"信息"（information）。在评论者眼中，《猫城记》并非一部好的文学作品，甚至很糟糕。白芝从文学创作角度评论：继《大明湖》之后，《猫城记》是老舍的又一次失败。[①]沃勒的表述更为直接：作为一部文学作品，《猫城记》无论多么糟糕，仍提供了大量的信息（a wealth of information）。[②]

评论者和文学研究者的观点如此，连译者也如是认为，《猫城记》的第一个译者杜尔文列出了该作品的若干缺陷：该作品在风格上极为重复甚至混乱。整部小说本应该有更加仔细的构思，跟西方文学界那些更加高明的讽喻作者相比，作者的讽喻不够微妙和细致，也没有提出中国问题的解决方法。[③]

译者杜尔文强调《猫城记》的现实意义并指出这是翻译该小说的主要原因，他认为这是一部社会和政治讽刺小说，几乎在每一页都能找到与中国现实状况相对应的描述。不到两页的前言里，译者使用了三次"对应"（parallel），忽略这只是一部小说而并非纪实。小说采用第一人称，西方评论者虽然一边从文学角度批评老舍对第一人称的使用存在种种不足，一边又不假思索地将"我"等同于作者老舍。文学评论带上意识形态的印记，对文本选择产生影响。具体到文本内容，评论者与译者也进行了仔细的比对，将小说中的细节与现实一一对号入座。在 20世纪 20 年代的一些西方电影与小说中，西方人对中国人有很多误解甚至是恶意的污蔑。

## 一、主题偏离

《猫城记》的首个英译本是节译本，在形式上就表现出很深的"侵入"与取舍的痕迹。《猫城记》原本有 27 章，而英译本只有 20 章，原本中的一些章节在英译本中还被划分为 2 个或 3 个部分。译者杜尔文直接说明"译文只有原文的三分之二"，他"删去了很多不重要的情节，以及对达到讽喻目的并非最重要、对故事构架没有必然作用的部分"。[④]译者站在了完善者（improver）的位置，原作与译本一开始就失去了对等的地位。原本是一个完整的文学体系，原作者在创作过程中

---

① Birch, C., Lao She: The Humourist in His Humour, *The Chinese Quarterly*, 1961, Vol. 8, p.48.

② Vohra, R., *Lao She and the Chinese Revolution*, Cambridge: Harvard University Press,1974, p.61.

③ Lao Sheh, *City of Cats*, trans. by Dew, J. E., Center for Chinese Studies, The University of Michigan, 1964, p.7-8.

④ Lao Sheh, *City of Cats*, trans. by Dew, J. E., Center for Chinese Studies, The University of Michigan, 1964, p.3.

包含进他认为"重要的""必须的"内容，而在译者的评判标准当中，所谓"重要的""必须的"都发生了变化。杜尔文坦言："一些删减可能对原作产生了损害。"①文本是一个复合体，包裹着形式的外壳，译者"侵入"文本，打碎外壳，肢解文本，并提取他们所需要的部分带走。②除了译者主观动机导致"侵入"之外，文本本身的特性也为译者"侵入"提供了可能。文本是一个意义复合体（plurality of meaning），一次只能表现出部分意义，并且其具有含义，使得人们能够产生不同的理解，即带走不同的部分，这是译者"侵入"的另一根源。

译者首先将原文本的前四章全部删去，直接从坠机之后"我"醒来，然后在猫国的历险开始翻译。前四章作为故事的起因和铺垫，告诉读者"我"如何坠机到这个陌生的星球，又如何在半昏迷状态被猫人捉住。这一部分内容想象力卓著，带有典型的科幻历险小说特征，自然削弱了译者想要体现的"真实性"（authenticity），所以全部删去。此外，译者删去了人物"大鹰"表现出来的爱国主义情怀。在原文中大鹰代表了爱国人士，象征猫国的希望，显然译者不希望这样的插曲出现。他简化原文故事，使倾向性更加明显而单一，呈现给译文读者的更像是一个纪实报告。原文读者对小说自由的判断与多样化的感受在译者这里被过滤了，他直接将自己判断与感受的单一结果强加给译文读者，这是对原作的不尊重，也是对文学性和思想性的破坏。

英译过程中，译者最大限度地将虚拟世界与现实世界等同起来。首先，专有名词的英译是一个显化与联系的过程，译者将原文中专有名词的指示意义明确化。原文中的"迷叶"是一种猫人嗜好的植物，杜尔文将它译为 poppi，显然是译者自创的 poppy（鸦片）的仿词；在翻译"夫斯基"这一专有名词时，译者没有采用意译，译为 ism，而是全部采用俄语词尾回译为 vosky，最大限度地将一些"苏联元素"映射进来。

译者有选择地改变原文详略对比，突显他认为"重要的"，即与西方想象中的中国形象相一致的描写，如猫人食用"迷叶"后的感觉、猫国肮脏的环境和疯狂的教育体制等等，一一详尽翻译，甚至字字对译，与其他章节中大刀阔斧的删节形成鲜明对比。小说的开头往往最吸引读者的注意，奠定了整部作品的基调，然而译者删去原作开头四章，又精心挑选了故事的第五章作为开始，以下是一段描

---

① Lao Sheh, *City of Cats*, trans. by Dew, J. E., Center for Chinese Studies, The University of Michigan, 1964, p.3.

② Steiner, G., *After Babel: Aspects of Language and Translation*. Shanghai: Shanghai Foreign Language Education Press, 2001, p. 314.

写猫国苍蝇横飞的段落。

> 我一直的睡下去，若不是被苍蝇咬醒，我也许就那么睡去，睡到永远。原谅我用"苍蝇"这个名词，我并不知道它们的名字；它们的样子实在像小绿蝴蝶，很美，可是行为比苍蝇还讨厌好几倍；多的很，每一抬手就飞起一群绿叶。[①]

译文不吝笔墨，非常准确。

> If the flies hadn't awakened me, I might have slept on and on, perhaps forever. They looked like little green butterflies, very pretty, but they were many times more bothersome than ordinary flies. Every time I moved my hand they rose in a swarm.[②]

在接下来的一段中，译者继续浓墨描写"我"所处的肮脏环境：一段文字中出现了一个 dirty，两个 dirt，而在原文中并没有一个这样的字眼。

老舍在作品中求索国民灵魂的特质和使命感，具有浓重的忧患意识，他使用第一人称更加便于表达这种感同身受，批判的同时更是充满忧虑和人文主义关怀，而英译本中的 I（我）更像是一个旁观者在远处观察并叙述别人的故事，带着疏离感。译者首先突显"我"与猫人的不同：除了第一次在不知道的状况下误食"迷叶"的情节，译者删去了原文中"我"食用"迷叶"的其他所有情节，此外，"我"对于猫国现状的反思与忧虑的心理描写，以及对猫国前途堪忧的伤心感情，几乎全部被删去，如以下原文第十一章中的语句均未被翻译。

> ……读历史设若能使我们落泪，那么，眼前摆着一片要断气的文明，是何等伤心的事！[③]

以及第二十七章的语句：

---

① 老舍：《猫城记》，北京：现代出版社，2018 年，第 21 页。

② Lao Sheh, *City of Cats*, trans. by Dew, J. E., Center for Chinese Studies, The University of Michigan, 1964, p.1.

③ 老舍：《猫城记》，北京：现代出版社，2018 年，第 61 页。

要形容一切我所看见的，我的眼得哭瞎了；矮人们是我所知道的人们中最残忍的。①

在杜尔文的译文中是冷静的叙述，I（我）并未注意到侵略者的残忍，只是在看到猫国人民被活埋的时候，略带惊讶地轻声说道："他们是要活埋这些人！"（"They were preparing to bury them alive！"）②

译者带着对中国现状的个人理解将小说文学性描写与事实叙述割裂开，并且删去前者渲染后者，即猫国（影射当时的中国）的黑暗现状，给译文读者营造一种感受：他们正在阅读一份真实的新闻报告，而不是虚构的小说。西方读者对当时中国的负面印象也因此得到印证。译者似乎跳进了一个恶性循环，用西方的中国形象来过滤原文本，形成英译本，然后又用这个英译本中的"事实"来印证西方人眼中的中国形象。

## 二、文学样式变形

译者对原文本的侵入是从内容上进行的，还需加上文学式样上的操控与整合，这样译本才能最终形成另一个完整的文学体系。斯坦纳提出，译入语接受环境不是一个真空。③因此在考察具体译本时就需要将各种因素考虑在内，如直接的文学环境，以及间接的政治、经济等其他诸多社会因素，因为译语文化（译语读者）对译本的接受很多时候还需要有政府、媒体与市场等中介机构的干预。译本即将进入译语环境，并希望被译语环境所接受，其形成过程必然受到译语文化期待规范（expectancy norm）的制约和影响。安德鲁·切斯特曼（Andrew Chesterman）认为译入语的期待规范主要指译语文化的主流翻译传统和平行文本的形式。④

从文体上看，《猫城记》英译本更像是一个纪实报告，并非类同原文本的科幻小说。译者在翻译过程中，对原文本进行了去虚构化（de-fictionalize）处理，首先增加文本前言（introduction）与尾注（end note），不断提示读者注意小说内容与中国现实状况的对等之处，长达 6 页的注释（全译本共 56 页）尤为醒目，译者

---

① 老舍：《猫城记》，北京：现代出版社，2018 年，第 192 页。

② Lao Sheh, *City of Cats*, trans. by Dew, J. E., Center for Chinese Studies, The University of Michigan, 1964, p. 56.

③ Steiner, G., *After Babel: Aspects of Language and Translation*. Shanghai: Shanghai Foreign Language Education Press, 2001, p. 14.

④ Chesterman, A., *Memes of Translation: The Spread of Ideas in Translation Theory,* Benjamins Translation Library, 1997, p. 64.

寻找了各大报纸、期刊和书籍，诸如《纽约时报》(*New York Times*)、《中国人德行》(*Chinese Characteristics*)、《中华年鉴》(*The China Year Book*)、《中国：一部义化简史》(*Chtna, a Short History*)、《现代中国》(*Chine Moderne*)（法文期刊）、《远东探险期刊》(*Adventures on Far Eastern Journalism*)等等，引用相关新闻报道、纪实的片段与译本中猫国发生的事件一一对应起来。值得注意的是，上述的书报文章均为西方作者所写。杜尔文选取了社会生活的方方面面，包括卫生状况、语言、国民性、教育体制等等。具体做法是选取英译本中的一段（标出页码），说明自己将要比较的问题，紧跟其后加上一段报道性叙述，以便读者比照，如下所示。

第3-6页[①]：我们的叙述者认为猫人头脑中完全没有互相信任的概念，并展现了大鹰的机会主义。有趣的是，叙述者对于猫人"真诚"观念的评价与伊罗生的调查结果不谋而合，对于亚洲和亚洲人的印象问题，伊罗生采访了181位身居高位的美国人，采访结果是，这些美国人对中国人的总体评价有诸多偏见。[②][③]

除了如此比照以提高可信性之外，译者还对专有名词进行了解释，为读者提供了专有名词丰富的背景知识。读者解读的独立主动程度被降到最低，取而代之的是译者明确的引导，如下所示。

第38-39页[④]：Everybodyovsky 和 Everybodyovskyism 是 ta-chia-fu-szu-chi 和 ta-chia-fu-szu-chi-chu-i。从对该体制的描述以及词尾的俄语发音 fu-szu-chi 或者 ovsky，可以明显看出，这两个词代表了"共产主义"（Communism）。[⑤]

对原文中专有名词解释之后，译者紧接着引用了《现代中国》(*Chine Moderne*)里的一长段话。

---

① 译文标示如此。

② Lao Sheh, *City of Cats*, trans. by Dew, J. E., Center for Chinese Studies, The University of Michigan, 1964, p. 74.

③ Lao Sheh, *City of Cats*, trans. by Dew, J. E., Center for Chinese Studies, The University of Michigan, 1964, p. 58.

④ 译文标示如此。

⑤ Lao Sheh, *City of Cats*, trans. by Dew, J. E., Center for Chinese Studies, The University of Michigan, 1964, p. 60.

　　人尽皆知，俄国人已制定计划要使全亚洲社会主义化……莫斯科已花费重金迫害知识分子，尤其是那些反对国家现状的"学生"。其所获得的成绩却平平，……那些去莫斯科学习如何操作的人们，都认为这些办法并不适用。①（笔者译）

　　由此可见，译者不仅仅呈现（presenting）源语文本内容与现实生活的对应，更是加强（highlighting）甚至创造（creating）出这种对应。他的注释无时无刻不在插手读者的文本阐释。译者与此同时对原文中的文学性或者感受性语言进行了"中性化处理"（neutralizing），或者将其直接删除。《猫城记》虽为一部讽刺文学作品，但不乏对景色的精心描述，以及心理活动的精准揭示，而下面一整段描写在译文中则难觅踪迹。

　　迷林很好看了：叶子长得比手掌还大一些，厚，深绿，叶缘上镶着一圈金红的边：那最肥美的叶起了些花斑，像一林各色的大花。目光由银灰的空中透过，使这些花叶的颜色更深厚更静美一些，没有照眼的光泽，而是使人越看越爱看，越看心中越觉得舒适，好像是看一张旧的图画，颜色还很鲜明，可是纸上那层浮光已被年代给减除了去。②

　　在原著每一章中读者都可找到老舍深切的抒情和巧妙的比喻，而在译文中却均被译者删去，如以下两段。

　　我是希望看清一个文明的底蕴，从而多得一些对人生的经验。文明与民族是可以灭绝的，我们地球上人类史中的记载也不都是玫瑰色的！③
　　要只是人潮起伏，也还算不得稀奇。人潮中间能忽然裂成一道大缝，好像古代以色列人的渡过红海。④

　　比较起来，译文平淡无奇、客观、疏离，译者过滤掉可以打动读者的文字，使用更加新闻化的语言。此外，如前文所述，译者将原文的前四章全部删去，

---

① Lao Sheh, *City of Cats*, trans. by Dew, J. E., Center for Chinese Studies, The University of Michigan, 1964, p. 61.
② 老舍：《猫城记》，北京：现代出版社，2018年，第46页。
③ 老舍：《猫城记》，北京：现代出版社，2018年，第61页。
④ 老舍：《猫城记》，北京：现代出版社，2018年，第64页。

使得译文更像现场纪实报道，而非一个具有起承转合，或说明（exposition）（开头对人物和环境等的背景介绍）、冲突（conflict）、高潮（climax）与结局（resolution）的完整故事。译本虽然在序言中声明要摈弃原文"中文的重复风格"（repetitious style of Chinese），但实际上在译者认为"必要"之时，却通过极端忠实译法完全保留了原文的风格；在译者认为"不必要"之处，则进行简化、删节。这导致"重复"风格与简约风格在一个译本中并存，一些章节保留原文长度，而另一些则缩短到原文的七分之一至六分之一。韦努蒂①提出要对译文进行诊断性阅读（symptomatic reading），以发现其在选词、句法以及篇章方面的不连贯性（discontinuities），从而揭示译文对原文的暴力重写（violent rewriting）。《猫城记》的译者运用相互矛盾的翻译策略，将不平衡的各章节和各部分凑在一起，意图明显。

译文拥有风格上的如此不连贯性，与当时译语社会的文学规范（literary norms）不无关系。20世纪60年代初期，二战阴影仍然笼罩着各个艺术领域，战后现实主义成为文学创作的主流：作品充满感情挣扎，揭示社会荒诞。黑色幽默与荒诞结合，夸张与想象并存，表达作者对世界的怀疑与失望。所有这些因素都可以在《猫城记》中寻到踪迹：译者突显原文对猫国人民邪恶的夸张描述，以及对幻想世界的丰富想象，以至译本完全背离读者所处的社会现实。译者保留内心与外在病态的并存，而删去原文中由"我"表现出的社会良心和人道同情。更为重要的是，战后现实主义强调事实的呈现，人们希望以此起到启蒙作用，所以又开始推崇事实、纪实、真实和分析。②译者杜尔文正是在译文中突显了"事实"，将译文装扮成纪实模样，老舍富有人道主义情怀的悲天悯人也被完全游离于人物之外的客观分析所取代。当时"创作型"作家最优秀的作品大多采用了高度的新闻笔法：那些将事实压缩成标题或者扩展成写实类畅销书的文章，那些关于真人真事的文章，成为那个时代的主流。③

此外，《猫城记》英译本的新闻笔法体现在长段的问答中。长篇累牍的问答在早期文学作品中并不常见，不过在20世纪的美国文学作品中，却成为一种特定形式："（当时）较新的一种文学形式是问答体。用20世纪60年代比较时兴的话来说，问答体提供了一种'即时'文学。若不是出于对事实和真相的渴求，编辑和读者，谁都不会沉溺于这种松散、自我陶醉、公开与私密混杂的风格中。"④事实

① Venuti, L., *The Translator's Invisibility—A History of Translation*, London: Routledge, 1995, p. 25.
② 马库斯·坎利夫：《美国的文学》，方杰译，北京：中国对外翻译出版公司，1985年，第329页。
③ 马库斯·坎利夫：《美国的文学》，方杰译，北京：中国对外翻译出版公司，1985年，第329页。
④ 马库斯·坎利夫：《美国的文学》，方杰译，北京：中国对外翻译出版公司，1985年，第330页。

上，"即时"性并非当时真正意义上的文学规范，更像是一种由彼时复杂微妙的国情引发的文学创作潮流。二战之后，美国并不能放松下来享受胜利的果实，而面临着前所未有的严重棘手问题。繁华背后是紧张的局势与分裂，政治迫害与间谍狂潮席卷全国，谨慎与顺从情绪迅速蔓延。因此与之前那种随性、多彩与冷静的时局相匹配的文学作品不再合时宜。人们希望重新定义他们的时代与自己的身份，转而求助于事实性、纪实性、真实性、分析性的作品——任何能够启蒙他们混沌思想的东西。《猫城记》的英译本便是这样一种"即时"文学，译者剔除了原作中的穿插描写或者微妙典故，使得读者可以快速了解到中国当时的混乱情势，同时在这种比较中有助于发现自己的身份，并从中得到一丝安慰。

此外，译入语的文学翻译规范作为文学规范的一部分，也推动了《猫城记》文学样式的变形。20 世纪 60 年代的北美翻译研修班（translation workshop）开始出现并迅速发展。以翻译实践为指向的研修班主要关注文学翻译。[①]尽管很难断定研修班的翻译思想与方法有没有影响到《猫城记》的翻译，因为《猫城记》毕竟没有被当作典型的文学作品，但是可以推断，译者显然是将翻译作为自己对原作阐释结果的呈现。正如乔纳斯·兹达尼斯（Jonas Zdanys）所说，在研修班课程结束时，学生们自然对文学作品的复杂性有了更深的理解。[②]埃德温·根茨勒（Edwin Gentzler）认为兹达尼斯清楚地表明了翻译是一项主观活动，他将翻译归在解释文学更大的目标框架之下。翻译经常被赋予其他目的，如政治宣传，因此不是翻译只为翻译故（translation for translation's sake），译者很有可能是其他行业的从业者。[③]《猫城记》的译者杜尔文便是一位东方学者和语言学家，更加关注原作的政治意义，而非文学形式与风格。译者的主要任务就是将原著的主要故事梗概传达出来，这种方法更像是对待非文学文本，如说明书或者商务信件。因此译者认为删节无可非议。

> 我不仅仅是进行压缩这一步骤，我删去了一些细枝末节，或者长篇大段中的两三个部分，这些部分对于讽刺的目的并非至关重要，对故事的结构也显多余。[④]

---

① Gentzler, E., *Contemporary Translation Theories*. Shanghai: Shanghai Foreign Language Education Press, 2004, p.5

② Zdanys, J., Teaching Translation: Some Notes toward a Course Structure, *Translation Review*, 1987, Vol.23, No.1, p.11.

③ Gentzler, E., *Contemporary Translation Theories*. Shanghai: Shanghai Foreign Language Education Press, 2004, p.8.

④ Lao Sheh, *City of Cats*, trans. by Dew, J. E., Center for Chinese Studies, The University of Michigan, 1964, p.8.

另外,可读性是好翻译的前提,译者认为删节"很必要,能够让英译本读起来更流畅"。为了改善原文"重复"的写作风格,杜尔文采用了自由译法:原作的风格无须传递给译文读者,只需要传达内容(或者部分内容)即可。这表明,比起风格,内容与译文读者的相关性更大,正如约翰·麦克·科恩(John Michael Cohen)所说:阅读习惯已经发生了巨大变化,比起他们的父辈和祖父辈,如今的年轻人通常在舒适性较差的环境中阅读。[①]这意味着 20 世纪 60 年代的读者更愿意读一些少费精力的东西,因此译者最好是采用一种不间断的叙述流风格,并提供充分且细致的背景信息。杜尔文删除了原文中所谓的赘述,并提供给读者有用的介绍和注释,读者不需要费心思去揣度意思、玩文字游戏或者自己去寻找背景信息。此种翻译对读者来说省时省力,并标明是保留了原文的"精华",类似于快餐。然而读者却要因此付出别的代价,因为他们阅读的并不是原语作者,而是一个有可能在很多方面误导他们的译者的思想。一个融删节与编改于一体的译作能够保留原作的"精华"——这通常只是幻觉而已。

《猫城记》1964 年译本以译语文化为指向,以信息为指向,不仅因为原作被划分到非文学作品一类,也因为源语文化与译语文化之间不平等的关系。中国的文学作品被选择与翻译不是因其文学价值,而是因其现实烙印。西方人对中国文学存在着偏见:从西方品味来看,大多数前现代的中国"小说"很松散,人物缺少充分的发展,对性格细节描写也不够,因此不是令人满意的文学形式。[②]因此他们转而关注文学作品的其他含义,如对中国社会、政治和经济的现实反映。1964 年出版的《猫城记》首个英译本,是特殊历史时期和政治背景的产物,小说作为与译者所在的译语社会相对应的政治他者被选择,并作为了解这一政治他者的镜像被解读,体现在翻译中便是故事情节与文学性的割裂,译者厚此薄彼,对原本内容或取或弃,导致译本成为一个类似新闻报道的快餐文本。中国现代小说进入西方社会的道路总是充满曲折和困难的,这不仅源于中西方之间的文化差异,还在于政治观念和意识形态的差异与误读。这些因素导致原本的真实传译难以在一个译本翻译的过程中就得以实现,直到 1970 年的全译本出现,《猫城记》才算真正完成了它的西行之路。

---

[①] Cohen, J. M., *English Translators and Translations*. London: Longmans, Green & Co, 1962, p. 33.

[②] Larson, W., Kraus, R., China's Writers, the Nobel Prize, and the International Politics of Literature, *The Australian Journal of Chinese Affairs*, 1989, Vol. 21, p.150.

# 第七章 "文明的冲突"与小说译本的人性文化观启示

1993 年，哈佛大学教授塞缪尔·P. 亨廷顿（Samuel P. Huntington）在《外交事务》（*Foreign Affairs*）上发表了一篇题为《文明的冲突？》（"The Clash of Civilizations?"）的文章[①]，他认为，新时期的世界根本矛盾既不是意识形态也不是经济，人类差异及矛盾的主要根源是文化。[②]虽然学术界对亨廷顿观点一直存在争议，但从侧面反映了从冷战到冷战末期与结束，世界和学界对文化的关注点和态度发生的转变：冷战时期，国际社会高度关注的仅仅是作为文化核心要素之一的意识形态问题，而对作为整体的文化因素还不够重视。随着冷战的结束，经济全球化、政治多极化、文化多元化广泛发展，文化因素作为一种与经济、政治紧密相连的软实力在国际社会中越来越受到人们的普遍关注。

《二马》在 1980 年首次被译为英文，名为 *Ma and Son*，译者是詹姆斯[③]，她也是在 1979 年出版的《骆驼祥子》重译本的译者。[④]其他英译本包括黄庚和冯德威的 *The Two Mas*（香港联合出版公司，1984）、吉姆逊的 *Mr. Ma & Son: A Sojourn in London*（外文出版社，1991）以及多比尔的 *Mr. Ma and Son*（企鹅丛书，Penguin Books Australia，2013）。诚然，从文化渊源上来说，中国和英国应该比美国更关心这部小说，但是最早的《二马》英译本是由美国译者翻译的，在美国出版。

---

[①] Huntington, S. P., The Clash of Civilizations?, *Foreign Affairs*, 1993, Vol. 72, No. 3, pp.22-49.

[②] 原文：It is my hypothesis that the fundamental source of conflict in this new world will not be primarily ideological or primarily economic. The great divisions among humankind and the dominating source of conflict will be culture.

[③] 当时在爱荷华大学读中国艺术史专业，1983 获博士学位，毕业论文题为 An Iconographic Study of Two Late Han Funerary Monuments: The Offering Shrines of the Wu Family and the Multichamber Tomb at Holingor，后留任爱荷华大学亚太研究中心。

[④] 重译本译名为 *Rickshaw*。

# 第一节　美国对中欧文化交锋的关注

1979 年中美关系正常化之后，中美两国在各方面的交往也越来越频繁，贸易额增加、留学生人数和旅游人数大幅增加，美国民调显示民众对中国的好感度大幅提升。宽松的政治环境，使得文学翻译在很大程度上摆脱了意识形态负缀，成为一个较为独立自由的领域。异域的文学作品也无须承担事实信息的传播功能，回归文学与文化交流的本真。如果说《骆驼祥子》和《猫城记》的英译发生在战争与政治变迁的历史大背景中，那么《二马》的英译研究则需要关注中美关系的文化渊源与情结。斯坦福大学张少书（Gordon H. Chang）教授在他的著述《宿缘：美国对中国的观念史》（*Fateful Ties: A History of America's Preoccupation With China*）中指出："毫无疑问，历史上美国一直与欧洲联系在一起。然而，当美国人思考其国家的未来和命运时，他们往往会把目光投向太平洋和远东地区，尤其是中国。"①当《二马》将美国人曾经赋予精神寄托的两种文化（欧洲文化与中国文化）并置、比较甚至对立起来，本身就是一种极具吸引力的文化场。

美国人对于文化冲突与矛盾从来不会感到陌生，在迈克尔·卡门的《美国文化的起源：自相矛盾的民族》一书中，作者从多元形态、英国殖民背景下的冲突危机与变化、对位的文明②等几个方面，阐述了美国向来都是充满矛盾的社会集合体。

美国文化在很大程度上是欧洲文化的延伸，之后却又一直努力要摆脱欧洲文化的影响和束缚。从语言、人口构成和立国精神来看，美国的确是欧洲文化的一种延续，美国文化发端可以追溯到欧洲文艺复兴时期，美国许多地方每年都举办文艺复兴节，展现几百年前欧洲文艺复兴时期文化艺术的盛况。这场发生在14～17 世纪的文化运动对近代早期欧洲的学术生活造成了深刻的影响，也就在 17 世纪初，英国开始向北美殖民，最初的北美移民主要是一些失去土地的农民、生活艰苦的工人以及受宗教迫害的清教徒。随着资本主义生产方式的出现与发展，个

---

① Chang, G. H., *Fateful Ties: A History of America's Preoccupation With China*, Cambridge: Harvard University Press, 2015, p.2.

② 迈克尔·卡门：《美国文化的起源：自相矛盾的民族》，王晶译，南京：江苏人民出版社，2006 年，第1-2 页。

人价值和现实生活意义得以确立，由此出现了人文主义。文艺复兴的思想核心是人文主义，它不仅体现在文学艺术创作之中，也渗透在俗世生活里。初到美洲大陆的新移民，在艰苦卓绝的拓荒中，进一步发扬了人文主义，人是生活创造者和主人，提倡对个性、自由的追求等等，这种人文主义与第一批草根移民的草根文化，以及清教徒提倡的平等、公正、节俭、简洁、创业精神等清教伦理，共同奠基了美国文化。

在摆脱欧洲殖民扩张争取自由平等的历史中，在多元文化形成发展、矛盾与调和的努力中，美国文化对歧视、偏见以及文化身份这些话题的关注从未停止。在与自然和荒芜的斗争与共处之中，在行动与经验积累中培养求实精神，这也是美国人不爱依赖深奥的理论和道听途说的消息而更相信自己亲身经历得出判断的原因之一，美国文化推崇理性而不盲从、不极端。比起欧洲文化，美国文化更倾向于开放与兼收并蓄。老舍如果先去的美国，也许就难以写出《二马》这样的作品。诚如作家本人所说，如果没有五年的伦敦生活，或许就没有作家老舍。①欧洲人的保守、盲从以及殖民地思想，在这部作品中表现得淋漓尽致。对于英国人对中国人的种种文化偏见与歧视，美国读者或许只是隔岸观火，或许也会心有戚戚焉。欧洲与美国，本是同根，却互相睥睨。

美国对于中国文化的态度，也是一部充满矛盾的历史，他们对想象中的中国既着迷又排斥，既爱又恨。张少书教授指出，不同于正式文本、外交档案的言辞，这种矛盾态度更多地存在于他们的思想之中。②张少书的观点与伊罗生、费正清等学者颇有相似之处，但张少书进一步将美国人对中国的态度阐释为情结，更倾向于心理和感情上的归指，而这种心理感受最终反馈到自身的文化身份和自我评价。这其实是将中国从美国人眼中的"他者"转变成了心中的"他和我"，这种投射是指向"自我与他者"的关系，那么从文化关系的心理角度来说，至少多了一份平等。如果我们更愿意相信张少书所谓"美国人的中国情结"，那么《二马》则会打动美国读者的心，而不是仅仅吸引他们的眼球，这也是一部小说被作为文学作品而非纪实报道来阅读的基本前提。当一部异域文学作品具备了让读者产生自我投射这一心理过程的能力，就是一部被认真对待与平等阅读的作品。

---

① 李振杰：《老舍在伦敦》，《新文学史料》，1990 年第 1 期，第 143 页。

② Chang, G. H., *Fateful Ties: A History of America's Preoccupation With China*, Cambridge: Harvard University Press, 2015, pp.6-7.

## 第二节　主题、写作手法与西方读者阅读前见的契合

美国与欧洲以及中国的文化渊源，使得《二马》这样一部深刻探讨中英文化关系与冲突的小说让美国读者产生自我投射；而在写作技巧方面，《二马》也是中国小说现代化的一个典型例子，老舍运用更为贴切的描写与讽刺手法，让作品更能打动人心，当然所谓技巧，并不能从小说的主题内容中剥离开来独立存在。这两个方面相辅相成，共同造就一部作品，决定了一部作品对作者的心理冲击，以及由此产生的自我投射和自我与他者的交会。

首先是主题与内容。说起老舍在伦敦教授中文期间创作的三部小说，《二马》算得特殊的一部，虽然语言仍是地道清脆的北京腔，但场景并没有设定在老舍熟悉而擅长描写的"北京"，而是将一对北京父子"流放"在伦敦这个陌生的城市。1924 年赴英国任伦敦大学东方学院中文讲师的老舍，从 1925 年开始陆续发表三部长篇小说：《老张的哲学》、《赵子曰》和《二马》。前两部都是描写扎根北京本土的市民生活，《老张的哲学》鞭挞了教育界的种种问题，《赵子曰》讽刺揭露了青年学生的混沌与迷茫。《二马》的主人公却是旅居英国的北京人，材料依据是老舍在伦敦四五年的生活经历，较前两部作品，《二马》的虚构成分也有所增加。如此一来，中国文化与欧洲文化被并置在一个时空之中，其差异可想而知。文化冲突与调和一直是热议话题。五四运动以来，中国作家描写国人海外生活的作品为数不少，塑造了一批海外中国人形象：如郁达夫《沉沦》（1921 年）中的留日青年学生"我"、林语堂《唐人街》（1936 年英文版）中的老汤姆一家、曹桂林《北京人在纽约》（1991 年）中的王启明。这些人物的命运除了受自身个性和奋斗经历影响，无一不和国家民族文化联系在一起。老舍对于马家父子所遭受的歧视愤懑，揭示英国人的文化偏见与误解，嘲讽那些所谓的"中国通"传教士的伪善和贪婪，抨击那些严重扭曲中国形象的文学和电影作品。

老舍的深刻之处更在于，他能够在对比与冲突中反省自身的文化局限。老舍笔下的马家父子中的老马代表了闭塞守旧甚至有些苟且偷安的那一代，这也是造成自身悲剧的原因之一。不过最终，老舍作为一个充满人性关怀的作家，又是那么地理解老马："虽然他只代表了一种中国人，可是到底他是我所最熟识的；他不能普遍地代表老一辈的中国人，但我最熟识的老人确是他那个样子。他不好，也不怎么坏；他对过去的文化负责，所以自尊自傲，对将来他茫然，所以无从努力，

也不想努力。他的希望是老年的舒服与有所依靠；若没有自己的子孙，世界是非常孤寂冷酷的。他背后有几千年的文化，面前只有个儿子。他不大爱思想，因为事事已有了准则。这使他很可爱，也很可恨；很安详，也很无聊。"①比起给老马上纲上线，扣上诸如"封建制度""小生产社会"各种帽子的所谓文学评论，老舍的评价更为客观也更富人性。毕竟作者更了解自己笔下的人物，对他们给予更多的理解和宽容。这样的人物设定，对读者来说，更容易引起人性上的共鸣。

　　除了文化冲突的主题，夏志清认为《二马》还让人联想到维多利亚和爱德华时代后期以"父子矛盾"为主题的英国小说。②从译本名称来看，詹姆斯显然颇为了解《二马》的创作背景，*Ma and Son* 模仿了狄更斯小说 *Dombey and Son*（《董贝父子》）的名称。老舍认为《二马》中的父亲马则仁是他塑造的一个较为成功的人物形象，因为老舍对这一类人非常了解：典型的北京老派小市民阶层，五十岁的年纪却总爱倚老卖老；一心想做官，崇尚权力，看不起经商；爱慕虚荣，好面子，爱装腔作势；等级观念根深蒂固，在英国还是"讲究老北京的规矩"；虽是城里人，但仍是"乡土"中国的子民，负载着沉重的封建宗法思想的包袱，人生态度与生活方式保守、闭塞，得过且过。不过老马在英国的环境中似乎更能以一种平和的心态生活，因为他有自己的一套生活哲学：不问世事、不管变迁，只沉浸在自己的小世界和"小确幸"中，喝喝小酒、吃吃面、花点小心思讨好意中人，那些嘲笑歧视，任由它们去吧。不论这是麻木还是懦弱地逃避，总之足以让他平静地生活下去，而儿子马威，虽然带有父亲身上的一些气质，也不能完全摆脱长幼尊卑的等级，但作为五四一代的新青年，马威敏感且理想化，必定对周遭的变化以及所受到的歧视有更大的反应。他与父亲之间既有传承，又有矛盾冲突，马则仁和马威代表了两个时代的中国人，代表了中国在应对时代变迁与环境变化时的两种态度，既有接续又有转变，想改变的那一代总是要承受更多心理上的焦灼和对未来的迷茫。将"父子关系"放在时代变迁与文化冲突的双重矛盾中来进行描写，不得不说比《董贝父子》又多了一重维度，西方读者在《二马》中既能找到熟悉的影子，又有新的层面展现出来。

　　在写作手法方面，老舍认为《二马》具备两个重要的特点，一是更为细腻，二是讽刺更为柔和。《二马》中的细腻处是在《老张的哲学》与《赵子曰》里找不

---

① 老舍：《我怎样写〈二马〉》，载《老牛破车》，上海：人间书屋出版社，1941年，第20页。

② Hsia, C. T., *A History of Modern Chinese Fiction*, 3rd edn, Bloomington and Indianapolis: Indiana University, 1999, p.172.

到的,《老张的哲学》与《赵子曰》中的泼辣恣肆处从《二马》以后可是也不多见了。①老舍所说的"细腻",是指心理分析与描写,包括景色、外貌的描写。老舍在英期间阅读大量英国小说,认识到"心理分析和描写工细是当代文艺的特色"。我们可以看一下《二马》中的景色描写。

> 春天随着落花走了,夏天披着一身的绿叶儿在暖风儿里跳动着来了。伦敦也居然有了响晴的蓝天,戴着草帽的美国人一车一车的在街上跑,大概其的看看伦敦到底什么样儿。街上高杨树的叶子在阳光底下一动一动的放着一层绿光,楼上的蓝天四围挂着一层似雾非雾的白气;这层绿光和白气叫人觉着心里非常的痛快,可是有一点发燥。顶可怜的是大"牛狗",把全身的力量似乎都放在舌头上,喘吁吁的跟着姑娘们腿底下跑。街上的车更多了,旅行的人们都是四五十个坐着一辆大汽车,戴着各色的小纸帽子,狼嚎鬼叫的飞跑,简直的要把伦敦挤破了似的。车站上,大街上,汽车上,全花红柳绿的贴着避暑的广告。街上的人除了左右前后的躲车马,都好像心里盘算着怎样到海岸或乡下去歇几天。姑娘们更显着漂亮了,一个个的把白胳臂露在外面,头上戴着压肩的大草帽,帽沿上插着无奇不有的玩艺儿,什么老中国绣花荷包咧,什么日本的小磁娃娃咧,什么驼鸟翎儿咧,什么大朵的鲜蜀菊花咧,⋯⋯坐在公众汽车的顶上往下看,街两旁好像走着无数的大花蘑菇。②

这一段景色描写出现在第三章的开头,位置上与西方小说一致。这大段的景色描写可谓细致,且和心理活动巧妙地结合在一起。中国古典小说的景色描写,与老舍笔下的景色描写有着很大差异。古典小说的景色描写重在写意,寥寥几笔,简洁工整,例如,《三国演义》中诸葛亮博望坡初用兵,书中写道"时天色已晚,浓云密布,又无月色;昼风既起,夜风愈大"。另外,古典小说中一旦涉及景色描写,作者便常常立刻转换风格引用诗歌,例如,《红楼梦》的言语是多么漂亮,可是一提到风景便立刻改腔换调而有诗为证了。③老舍在《老张的哲学》与《赵子曰》中也曾经尝试使用类似文言与白话夹杂的风格,好友白涤洲提出不同意见,认为两种语言风格夹杂会让人感觉矛盾甚至好笑。老舍反省,原来是他作为作者

---

① 老舍:《我怎样写〈二马〉》,载《老牛破车》,上海:人间书屋出版社,1941年,第15页。
② 老舍:《二马》,南京:译林出版社,2012年,第79页。
③ 老舍:《我怎样写〈二马〉》,载《老牛破车》,上海:人间书屋出版社,1941年,第17页。

的"偷懒"，对话用白话，景色描写用文言，都是拿原来语言中现成的部分来用。所以他决意要改变："一个洋车夫用自己的言语能否形容一个晚晴或雪景呢？假如他不能的话，让我代他来试试。什么'潺湲'咧，'凄凉'咧，'幽径'咧，'萧条'咧——我都不用，而用顶俗浅的字另想主意"[①]。"设若我能这样形容得出呢，那就是本事，反之则宁可不去描写。这样描写出来，才是真觉得了物境之美而由心中说出；用文言拼凑只是修辞而已。"[②]随着中国小说自身发展以及翻译西方文学引入新的文学创作手法，景色描写也渐渐由少变多，在这一点上不得不说，老舍是中国现代小说景色描写的改革先锋，而《二马》是老舍改革试验的开始。西方小说中大量景色描写的起源，一是启蒙时代的"自然之神"地位的确立，二是现实主义小说使得作者个体性凸显，能够跳脱出环境，来对客观世界做细致的描述。风景是小说的一个重要元素，小说中的风景描写可以分为若干类型：现实主义采用的是"如实描写"，浪漫主义描画的其实是"心灵中的风景"，象征主义则是把风景当作"一种象征"。风景在小说中具有多种审美功能，比如"引入与过渡""调节节奏""营造氛围""烘托与反衬""静呈奥义""孕育美感""风格与气派的生成"等等[③]，这与老舍所说的"物境之美而由心中说出"非常吻合，所以《二马》的细腻不仅仅是描写的细致。

　　写作手法的第二个方面是《二马》中讽刺的温和。老舍认为他的讽刺变得温和了："张"与"赵"中的泼辣恣肆处从《二马》以后可是也不多见了。人的思想不必一定随着年纪而往稳健里走，可是文字的风格差不多是"晚节渐于诗律细"的。[④]来看《老张的哲学》中的一段，真可谓将民间饮食和大厨的形象俗化得酣畅淋漓。

　　　　中华民族是古劲而勇敢的。何以见得？于饭馆证之：
　　　　一进饭馆，迎面火焰三尺，油星乱溅。肥如判官，恶似煞神的厨役，持着直径尺二，柄长三尺的大铁杓，酱醋油盐，鸡鱼鸭肉，与唾星烟灰蝇屎猪毛，一视同仁的下手。煎炒的时候，摇着油锅，三尺高的火焰往锅上扑来，耍个珍珠倒卷帘。杓儿盛着肉片，用腕一衬，长长的舌头从空中把肉片接住，尝尝滋味的浓淡。尝试之后，把肉片又吐到锅里，向

---

① 老舍：《我怎样写〈二马〉》，载《老牛破车》，上海：人间书屋出版社，1941年，第17-18页。
② 老舍：《我怎样写〈二马〉》，载《老牛破车》，上海：人间书屋出版社，1941年，第18页。
③ 曹文轩：《小说门》，北京：作家出版社，2003年。
④ 老舍：《我怎样写〈二马〉》，载《老牛破车》，上海：人间书屋出版社，1941年，第15页。

着炒锅猛虎扑食般的打两个喷嚏。火候既足，杓儿和铁锅撞的山响，二里之外叫馋鬼听着垂涎一丈。①

《赵子曰》中的外貌描写也是极尽丑化毫不含蓄。

> 先生的一切都和他姓名一致居于首位：他的鼻子，天字第一号，尖、高、并不难看的鹰鼻子。他的眼，祖传独门的母狗眼。他的嘴，真正西天取经又宽又长的八戒嘴。鹰鼻、狗眼、猪嘴，加上一颗鲜红多血、七窍玲珑的人心，才完成了一个万物之灵的人，而人中之灵的赵子曰！②

而在《二马》中，即使是面对一心想要殖民中国的伊牧师，老舍也显得不急不慢，下面一段读来倒是让人对伊牧师的无知与偏见感到又生气又无奈又好笑。

> 伊牧师是个在中国传过二十多年教的老教师。对于中国事儿，上自伏羲画卦，下至袁世凯作皇上，（他最喜欢听的一件事）他全知道。除了中国话说不好，简直的他可以算一本带着腿的"中国百科全书"。他真爱中国人：半夜睡不着的时候，总是祷告上帝快快的叫中国变成英国的属国；他含着热泪告诉上帝：中国人要不叫英国人管起来，这群黄脸黑头发的东西，怎么也升不了天堂！③

也许老舍的讽刺正渐渐向"幽默"转变，他笔下的人物，已经渐渐地从读者眼前进入读者心里，在《老张的哲学》和《赵子曰》中，那些人物远离读者、令人不悦，而《二马》中的人物，即使令人不悦，也不令人厌恶。老舍关注的民族矛盾和歧视最后也上升到对诸如无知、偏见与保守等等人性弱点的讨论之上，他曾经在《谈幽默》一文中论及幽默与讽刺的区别：

> 所以 Thackeray 说："幽默的写家是要唤醒与指导你的爱心，怜悯，善意——你的恨恶不实在，假装，作伪——你的同情于弱者，穷者，被

---

① 老舍：《老张的哲学 猫城记》，北京：人民文学出版社，2017 年，第 47 页。
② 老舍：《老张的哲学 赵子曰》，北京：人民文学出版社，1986 年，第 206 页。
③ 老舍：《二马》，南京：译林出版社，2012 年，第 11 页。

压迫者，不快乐者①。"

讽刺必须幽默，但它比幽默厉害。它必须用极锐利的口吻说出来，给人一种极强烈的冷嘲……讽刺家故意的使我们不同情于他所描写的人或事……讽刺家的心态好似是看透了这个世界，而去极巧妙的攻击人类的短处②。

幽默者的心是热的，讽刺家的心是冷的；因此，讽刺多是破坏的……是的，幽默与讽刺二者常常在一块儿露面，不易分划开；可是，幽默者与讽刺家的心态，大体上是有很清楚的区别的。幽默者有个热心肠儿，讽刺家则时常由婉刺而进为笑骂与嘲弄。③

幽默的写家不丧失希望，所以会苦苦相劝；而讽刺的写家则已经不抱希望，所以带着决绝的疏离。夏志清以《印度之旅》（*A Passage to India*）④作为对照，指出《二马》的讽刺缺乏一种"疏离感"，作者的愤怒情绪太过强烈，混杂到小说讽刺的基调之中⑤。对于下面这样的文字，夏志清的批评也不无道理，作者有时难掩愤懑，跳出情节直接陈述自己的观点。

二十世纪的"人"是与"国家"相对待的：强国的人是"人"，弱国的呢？狗！

中国是个弱国，中国"人"呢？是——！

中国人！你们该睁开眼看一看了，到了该睁眼的时候了！你们该挺挺腰板了，到了挺腰板的时候了！——除非你们愿意永远当狗！⑥

这样的文字，归根到底不是对西方文化的讨伐，而是对自己民族文化局限性的一种反省。《印度之旅》的作者 E. M. 福斯特是英国人，在英国与印度的种族冲突和文化差异中，英国是殖民一方，作者即使试图抽离自我，站在客观的角度来看待这一冲突，即使是在冲突中试图实现自我与他者的交会，也仍然与被殖民一

---

① 老舍：《谈幽默》，载《老牛破车》，上海：人间书屋出版社，1941年，第76页。

② 老舍：《谈幽默》，载《老牛破车》，上海：人间书屋出版社，1941年，第78-79页。

③ 老舍：《谈幽默》，载《老牛破车》，上海：人间书屋出版社，1941年，第79-80页。

④ 为1924年英国小说家 E. M. 福斯特（E. M. Foster）所著。

⑤ Hsia, C. T., *A History of Modern Chinese Fiction*, 3rd edn, Bloomington and Indianapolis: Indiana University, 1999, p.172.

⑥ 老舍：《二马》，南京：译林出版社，2012年，第13页。

方的心态不一样。作者有自己的立场与判断并非令人羞耻，即使做不到上帝视角，作为人文主义作家的老舍也努力地去理解作品中的人物以及他们看似荒诞的行为，好让自己变得更为宽容。不然，在张爱玲的回忆中，就不会是她和母亲一边笑一边读着《二马》连载的场景，而是义愤填膺或者愁绪满怀地为中国人的身份危机而忧虑了。

> 《小说月报》上正登着老舍的《二马》，杂志每月寄到了，我母亲坐在抽水马桶上看，一面笑，一面读出来，我靠在门框上笑。所以到现在我还是喜欢《二马》①

## 第三节　选本初衷与译本成品的偏差：译者的美国腔和学究气

《二马》的 1980 年译本完整忠实，译者詹姆斯在译序中指出，这个译本没有删节，但是为了保持译文的流畅，译者做了一些小小的语言调整：例如，删去一些原文中"他说"这样在译文中显得多余的字眼。②何谷理指出《二马》原著并不是老舍最好的作品，可是詹姆斯的译文却是忠实而流畅的，值得一读。③詹姆斯认为老舍对自己的观点表达得非常清楚，没有必要译者再加上过多解释与说明。相比老舍其他几部作品的译者，或者在正文中加入解释说明，或者附上超长脚注；或隐性介入，让读者误以为是原作样貌，或利用脚注和注释打断读者的阅读过程以接受译者的观点，詹姆斯只在原文的文化概念有可能会令读者不解之时才利用直译加简略脚注的方式，如下面一段。

> "上铺子去"不是什么光荣事，"上衙门去"才够派儿！④
>
> To say "I am going to the shop" was nothing to be proud of; "I am going to the yamen" would have been another matter.⑤

---

① 张爱玲：《私语》，载《中国现当代散文精选》，长春：吉林出版集团有限责任公司，2012 年，第 197 页。

② James, J. M.(trans), *Ma and Son, A Novel by Lao She,* San Francisco: Chinese Materials Center, 1980.

③ Hegel, R. E., Review of *Ma and Son, Chinese Literature: Essays, Articles, Reviews,* 1982, Vol.4, No.2, pp.299-300.

④ 老舍：《二马》，南京：译林出版社，2012 年，第 144 页。

⑤ Jimmerson, J., *Mr. Ma & Son: A Sojourn in London,* Beijing: Foreign Languages Press, 1991, p.135.

译者加上了脚注来解释 "衙门"： the chief local administrative center for imperial officials。

詹姆斯的译文兼顾了流畅与忠实，以下面一段为例。

> 马威近来常拿着本书到瑞贞公园去。找个清静没人的地方一坐，把书打开——不一定念。有时候试着念几行，皱着眉头，咬着大拇指头，翻过来掉过去的念；念得眼睛都有点起金花了，不知道念的是什么。①

> Ma Wei had taken to going to Regent's Park with a book. He would find a quiet place to sit down and open the book, but it is not certain that he read it. Sometimes he'd try a few lines, frown, chew his thumb, and read them over and over until his eyes got spots in front of them and he didn't know what he was reading.②

试比较 1991 年吉姆逊的译文：

> Of late Ma Wei had been coming to Regent Park to read. He would find a quiet place with no one around and sit down, open his book—but wouldn't necessarily read. Sometimes he'd try to read a few lines, biting on his thumb and furrowing his brows, he'd leaf back and forth through the pages. Ma Wei usually read until his vision blurred, but he could never recall what it was he'd read.③

相比之下，詹姆斯译本的可读性和流畅程度应该更高，简洁但不失对原文的忠实。不过有趣的是，英国评论者马尔尼结合原著人物背景，对詹姆斯译文语言地道性有所质疑，他指出：原著涉及当时的北京方言和后爱德华时代的英国女房东和她女儿的语言，美国译者詹姆斯虽然有中英文语言顾问傍身，可是译作读起来绝对是中时代美国英语④。帕拉维·拉斯托吉（Pallavi Rastogi）和乔斯林·F. 斯帝特（Jocelyn F. Stitt）提出，在《二马》四个英译本中，多比尔的译本 Mr. Ma and

---

① 老舍：《二马》，南京：译林出版社，2012 年，第 140 页。

② James, J. M.(trans), Ma and Son, A Novel by Lao She, San Francisco: Chinese Materials Center, 1980, p.132.

③ Jimmerson, J., Mr. Ma & Son: A Sojourn in London, Beijing: Foreign Languages Press, 1991, p.283.

④ Marney, J., She, L., James, J. M., Ma and Son, World Literature Today, 1982, Vol.56, No.1, pp.176-177.

*Son* 对伦敦俗语（London idioms）的翻译是最好的。①多比尔生前是爱丁堡大学东方学系教授（2015 年去世），早年在伦敦学院学习东方学，获剑桥大学基督学院（Christs College）一等荣誉学位②与博士学位，比起美国译者，他自然能够较好地处理伦敦俗语，也或者他的语言更加适合英国读者的阅读习惯，同样上面一段原文，看一下多比尔的译文。

> Lately Ma Wei had been spending a lot of time at Regent's Park. He would find a secluded spot, sit down and open a book… but he didn't always read it. Sometimes he'd just read a few lines, knitting his brow, biting his thumb, and flicking back through the pages again and again, reading until golden flowers danced in front of his eyes and he no longer knew what he'd been reading.③

从译文选词上看，多比尔译本更加书面化，前两位译者都翻译成 a quiet place，多比尔译为 a secluded spot，可以回译为更具文学性的词汇"僻静"，将原文"清静"与"没人"两层意思更为透彻地译出来。此外他在译文中运用了诸如 bloody hell④之类的英式表达。

不过詹姆斯译本并不以英国大众为目标读者，甚至不是以美国大众为目标读者，她选择的出版社是位于旧金山的中国研究资料中心，何谷理认为这样一来，除了中国研究方面的学者和图书馆之外，其他更多的读者，如西方文学方向的学生或者普通大众读者很难接触到译本。⑤如果说《骆驼祥子》与《离婚》改译是中美关系"蜜月期"的美国商业出版成功案例，《猫城记》英译带着冷战时期美国政治宣传的烙印，那么《二马》英译则标志着老舍小说在美国的译介与传播慢慢恢复到理性与追求文学本真的状态。当时颇具影响的书评是何谷理 1982 年发表的

---

① Rastogi, P. & Stitt, J. F., *Before Windrush: Recovering an Asian and Black Literary Heritage within Britain*, Cambridge Scholars Publishing, 2008: 174.

② First-class honours (1st)：一等为 70%+，最高等级分数，取得这个等级的成绩说明作业或者考试完成得堪称完美。

③ Lao She, *Mr. Ma and Son*, trans. by Dolby, W., Melbourne: the Penguin Group, 2013, p.230.

④ Lao She, *Mr. Ma and Son*, trans. by Dolby, W., Melbourne: the Penguin Group, 2013, p. 243.

⑤ Hegel, R. E., Review of *Ma and Son*, *Chinese Literature: Essays, Articles, Reviews*, 1982, Vol.4, No. 2, pp. 299-300.

一篇①以及约翰·拜尔（John Beyer）1983 年发表于伦敦大学《亚非学院院刊》（*Bulletin of the School of Oriental and African Studies*）②上的一篇。两篇书评均关注作品本身的主题与文学风格，并没有将作品内容与中国现实牵扯在一起。何谷理指出老舍让人物置身于超出他们控制能力的生存环境，并包含了所有牵涉到的矛盾：老年人与年轻人，中国人与英国人。③这种代际矛盾与文化矛盾无疑具有世界性。何谷理认为《二马》用幽默的笔触生动地记述了那些富有喜剧效果甚至离奇古怪的生活场景。④拜尔也同样关注并肯定了老舍幽默的写作风格。⑤英国评论者约翰·马尔尼也注意到英译本的时间滞后，他在书评中给予作品的评价是这样的：这一部写于 20 世纪 20 年代反映中国人如何看待英国人、英国人怎样看待中国人的小说早就应该跟西方读者见面，以至于时隔半个多世纪，作品中纯熟的反讽与国家主义说教现在看起来颇为奇怪。⑥

虽然说《二马》是美国主动译入的老舍作品，可是并没有像《骆驼祥子》两个译本（1945 年，1979 年）那样获得基本一致的好评，也没有像《猫城记》译本（1964 年，1970 年）那样引起西方文学和非文学界的注意，反而暴露出几个翻译环节的问题：文本选择的时机滞后、译文语言不够地道、出版社选择不当导致译本接受面狭窄以及译本定价过高。但是翻译环节暴露的几个问题反而从侧面证明了文学作品英译正回归到经典文学本真意义上来，没有肆意改译与商业炒作，没有政治牵涉与捆绑。夏志清评价《二马》的讽刺缺乏一种"疏离感"，作者的愤怒情绪太过强烈，混杂到小说讽刺的基调之中。蓝诗玲在为多比尔的译本 *Mr. Ma and Son* 所写的介绍中也提及了这一问题，她指出，老舍对英国人歧视中国人的态度表示愤慨是应该的，但是频繁地表达气愤之情则显得重复，她紧接着评论老舍高超的讽刺笔墨和对话写作技巧使得整部小说寓意尖锐，三个译本都忠实地将这种愤慨与讽刺传达到译文当中。世界性话题、具有人性关怀的视角和主题，以及成

---

① Hegel, R. E., Review of *Ma and Son*, *Chinese Literature: Essays, Articles, Reviews*, 1982, Vol.4, No. 2, pp. 299-300.

② Beyer, J, Reviewed Work(s): *Ma and Son*, a Novel by Lao She, *Bulletin of the School of Oriental and African Studie*s, University of London, 1983, Vol. 46, No. 1, pp. 182-183.

③ Hegel, R. E., Review of *Ma and Son*, *Chinese Literature: Essays, Articles, Reviews*, 1982, Vol.4, No. 2, pp. 299-300.

④ Hegel, R. E., Review of *Ma and Son*, *Chinese Literature: Essays, Articles, Reviews*, 1982, Vol.4, No. 2, p. 300.

⑤ Beyer, J, Reviewed Work(s): *Ma and Son*, a Novel by Lao She, *Bulletin of the School of Oriental and African Studies*, University of London, 1983, Vol. 46, No. 1, p. 182.

⑥ Marney, J., She, L., James, J. M., *Ma and Son*, *World Literature Today*, 1982, Vol.56, No.1, pp.176-177.

熟的写作手法，被忠实地翻译到英语世界，没有畅销书的热闹，但也拥有一批固定的专业读者，这或许就是经典文学作品译著最好的归宿。

时间的错位成就了主题的契合，这又一次成为文本选择的重要原因。抗日战争结束，美国读者得以摆脱政治与战局的负累，试图让心灵从战后疮痍中恢复过来，相对能够从文学和人性的角度去看待中国现代文学，选择探寻人性共通的作品，如《骆驼祥子》和《离婚》，并试图从中寻找自我疗愈与心灵舒缓，当然，这也与战后美国图书出版行业的繁荣与商业运作有密切关系。到了冷战时期，中西阵营对峙，文学翻译不得不披上政治与国际斗争的战袍，担当信息递解的重任，如果说《猫城记》1964 年英译本是对原著的文化场域的意识形态解读，那么冷战末期的《二马》英译本则反映了美国对文化冲突与多元文化共存问题本身的关注。冷战结束之后到 21 世纪之前，继政治斗争和军事竞争之后，文化竞争又被提上日程，在文化身份、身份认同等等这些术语概念出现与满溢的年代，《二马》是一本合时宜的小说。总有一些文化先行者、国际政治家，能够及时嗅到战局与时代的变化，能够在第一时间准确地判断哪些作品是需要翻译的，哪些作品是可以翻译的。至于到底是翻译引领了时局变化、文化潮流波动，还是后者推动前者的进行，则难以说得透彻。翻译史研究不可高估翻译活动在历史进程中的作用，也不可忽略它的推动效果。但无论如何，对于大众读者，在翻译小说中寻找的不仅仅是新奇的文化现象和思想观点，更是对自己心灵的慰藉与认知的提升，这或许才是翻译小说最好的归宿和作者最初的本愿。

# 参 考 文 献

保罗·利科尔：《解释学与人文科学》，陶远华，袁耀东，冯俊，等译，石家庄：河北人民出版社，1987年。

曹文轩：《小说门》，北京：作家出版社，2003年。

曹禺：《我们尊敬的老舍先生：纪念老舍先生八十诞辰》，《人民日报》，1979年2月9日。

陈季同：《中国人自画像》，段映红译，桂林：广西师范大学出版社，2006年。

陈友冰：《英国汉学的阶段性特征及成因探析：以中国古典文学研究为中心》，《汉学研究通讯》，2008年第3期，第34-47页。

程裕祯：《新中国对外汉语教学发展史》，《国际汉语教学动态与研究》，2005年第2期，第53-60页。

邓丽兰：《略论〈中国评论周报〉（The China Critic）的文化价值取向：以胡适、赛珍珠、林语堂引发的中西文化论争为中心》，《福建论坛（人文社会科学版）》，2005年第1期，第43-48页。

段峰：《深度描写、新历史主义及深度翻译：文化人类学视阈中的翻译研究》，《西华师范大学学报（哲学社会科学版）》，2006年第2期，第90-93页。

范存忠：《珀西的〈好逑传〉及其它》，《外国语》，1989年第5期，第44-51页。

冯清、黄莛：《旧报纸灰尘里的历史现场：管窥1950年代法国两大周刊之"中国形象"》，《探索与争鸣》，2023年第8期，第151-163，180页。

冯亦代：《记泰勒一家人》，载邓九平编《冯亦代文集 散文卷1》，北京：中国友谊出版公司，1999年，第87-88页。

顾钧：《美国第一批留学生在北京》，郑州：大象出版社，2015年。

郭力：《张抗抗小说与散文的"互文"性》，《岁月》，2007年第2期，第11页。

郭英剑：《对赛珍珠研究的几点思考》，《河南师范大学学报（哲学社会科学版）》，1992年第4期，第38-42页。

河西：《葛浩文与他的汉译之旅》，《新民周刊》，2008年第15期。

霍华德·戈德布拉特（葛浩文）：《评沃勒·兰伯尔的〈老舍与中国革命〉一书及小威廉·A.莱尔的〈猫城记〉译本》，李汝仪译，《徐州师范学院学报（哲学社会科学版）》，1985年第1期，第117-121页。

老舍：《二马》，南京：译林出版社，2012年。

老舍：《离婚》，北京：中国国际广播出版社，2013年。

老舍：《骆驼祥子》，杭州：浙江教育出版社，2017年。

老舍：《骆驼祥子》，长沙：湖南文艺出版社，2017年。

老舍：《猫城记》，北京：现代出版社，2012年。

老舍：《我怎样写〈二马〉》，载《老牛破车》，上海：人间书屋出版社，1941 年，第 15-24 页。

老舍：《我怎样写〈猫城记〉》，载《老牛破车》，上海：人间书屋出版社，1941 年，第 43-50 页。

老舍：《写与读》，长沙：湖南人民出版社，1984 年。

雷慕沙：《雷慕沙论中国小说》，唐桂馨译，《国际汉学译丛》，2024 年第 3 辑，第 72-102 页。

李华川：《晚清一个外交官的文化历程》，北京：北京大学出版社，2004 年。

李培、李荣华：《老舍〈猫城记〉中预言在"文革"中成现实》，《南方日报》，2009 年 2 月 11 日。

李孝迁：《北京华文学校述论》，《学术研究》，2014 年第 2 期，第 108-122，160 页。

李振杰：《老舍在伦敦》，《新文学史料》，1990 年第 1 期，第 129-146 页。

梁启超：《论小说与群治之关系》，载《饮冰室合集》（第二册），上海：中华书局，1989 年，第 6-10 页。

梁实秋：《梁实秋文集》（第一卷），厦门：鹭江出版社，2002 年。

刘禾：《跨语际实践：文学，民族文化与被译介的现代性（中国，1900—1937）》，宋伟杰等译，北京：生活·读书·新知三联书店，2002 年。

刘红玲：《试析二战对美国文学的影响》，山东大学硕士学位论文，2009 年。

刘绍铭：《Always on Sunday 英译〈倾城之恋〉》，《苹果日报》，2007 年 1 月 14 日。

刘绍铭：《翻译与归化》，《苹果日报》副刊，2012 年 2 月 12 日。

刘树森：《基督教在中国：比较研究视角下的近现代中西文化交流》，上海：上海人民出版社，2010 年。

龙敏君：《老舍研究在国外》，《新疆师范大学学报(哲学社会科学版)》，2000 年第 4 期，第 71-77 页。

鲁迅：《致姚克》，载《鲁迅全集 第 12 卷》，北京：人民文学出版社，1981 年，第 272-273 页。

鲁迅：《中国小说史略》，上海：上海古籍出版社，1998 年。

吕恢文：《〈猫城记〉在国外》，《北京社会科学》，1986 年第 4 期，第 122-125 页。

马斌：《老舍在美国》，《神州学人》，2001 年第 12 期，第 34-37 页。

马国彦：《民国时期对外汉语教师角色考：从华语学校说开去》，《中华读书报》，2014 年 1 月 22 日。

马库斯·坎利夫：《美国的文学》，方杰译，北京：中国对外翻译出版公司，1985 年。

马祖毅、任荣珍：《汉籍外译史》，武汉：湖北教育出版社，1997 年。

迈克尔·卡门：《美国文化的起源：自相矛盾的民族》，王晶译，南京：江苏人民出版社，2006 年。

彭建华：《现代中国的法国文学接受：革新的时代 人 期刊 出版社》，北京：中国书籍出版社，2008 年。

浦安迪：《中西长篇小说类型再考》，林夕译，载周发祥编《中外比较文学译文集》，北京：中国文联出版公司，1988 年，第 197-218 页。

钱林森：《中国古典戏剧、小说在法国》，《南通大学学报（社会科学版）》，2008 年第 2 期，第 48-55 页。

钱念孙：《文学横向发展论》，上海：上海文艺出版社，1989 年。

屈新儒：《新疆解放前后英、美敌对势力的间谍活动》，《军事历史》，2000 年第 1 期，第 63-67 页。

冉利华：《论 17、18 世纪，英国对中国之接受》，《国际汉学》，2004 年第 2 期，第 109-118 页。

日下恒夫：《老舍与西洋：从〈猫城记〉谈起》，《复旦学报（社会科学版）》，1986 年第 6 期，第 36-39 页。

石垣绫子：《老舍：在美国生活的时期》，夏姆翔译，《新文学史料》，1985 年第 3 期，第 157-160 页。

舒悦：《评老舍小说〈离婚〉的伊文·金译本》，《中国翻译》，1986 年第 5 期，第 42-47 页。

宋丽娟：《〈今古奇观〉：最早译成西文的中国古典小说》，《明清小说研究》，2009 年第 2 期，第 292-306 页。

宋丽娟：《中西小说翻译的双向比较及其文化阐释》，《文学遗产》，2016 年第 1 期，第 159-174 页

宋丽娟、孙逊：《中国古典小说的早期翻译和传播：以〈好逑传〉英译本为中心》，《文学评论》2008 年第 4 期，第 71-77 页。

王安忆：《心灵世界》，杭州：浙江文艺出版社，2020 年。

王辉：《后殖民视域下的辜鸿铭〈中庸〉译本》，《解放军外国语学院学报》，2007 年第 1 期，第 62-68 页。

王家平：《20 世纪前期欧美的鲁迅翻译和研究》，《鲁迅研究月刊》，2005 年第 4 期，第 48-57 页。

王建开：《中国现当代文学作品英译的出版传播及研究方法刍议》，《外语教学理论与实践》，2012 年第 3 期，第 15-22，7 页。

王丽娜：《英国汉学家德庇时之中国古典文学译著与北图藏本》，《文献》，1989 年第 1 期，第 266-275 页。

王晓德：《美国对外关系的文化探源》，《历史研究》，1997 年第 3 期，第 135-147 页。

王雪明：《王际真对中国传统与现代文学海外传播的贡献》，《中国社会科学报》，2022 年 8 月 10 日。

王燕：《德庇时的汉学成就》，《文汇报》，2016 年 8 月 30 日。

王岳川：《现象学与解释学文论》，济南：山东教育出版社，1999 年。

吴葆：《曾经有过斯诺的〈活的中国〉》，《光明日报》，2001 年 12 月 20 日。

吴永平：《老舍英文论文〈唐代的爱情小说〉疑案》，《中华读书报》，2006 年 3 月 15 日。

伍蠡甫：《评〈福地〉》，载郭英剑编《赛珍珠评论集》，桂林：漓江出版社，1999 年，第 16-25 页。

夏志清：《中国现代小说史》，上海：复旦大学出版社，2005 年。

夏志清、董诗顶：《王际真和乔志高的中国文学翻译》，《现代中文学刊》，2011 年第 1 期，第 96-102 页。

萧乾：《斯诺与中国新文艺运动：〈活的中国〉》，《新文学史料》，1978 年第 1 期，第 213-220 页。

徐文斗：《〈老张的哲学〉：老舍小说创作的奠基石》，《东岳论丛》，1986 年第 4 期，第 88-93 页。

颜坤琰：《老舍离渝赴美的背后故事（上）》，《新民晚报》，2015 年 11 月 7 日。

杨坚定、孙鸿仁：《鲁迅小说英译版本综述》，《鲁迅研究月刊》，2010 年第 4 期，第 49-52 页。

姚国军：《小说叙事艺术》，北京：群众出版社，2007 年。

姚克：《美国人目中的中国》，《申报·自由谈》，1933 年 11 月 11 日。

尹雪曼：《老舍及其〈离婚〉》，《文艺月刊》，1936 年第 1 期，第 176-178 页。

曾广灿：《老舍研究在日本和南洋》，《社会科学战线》，1996 年第 6 期，第 187-196 页。

张爱玲：《私语》，载《中国现当代散文精选》，长春：吉林出版集团有限责任公司，2012 年，第 197 页。

张奂瑶、马会娟：《中国现当代文学英译研究：现状与问题》，《外国语》，2016 年第 6 期，第 82-89 页。

张佩瑶：《从"软实力"的角度自我剖析〈中国翻译话语英译选集(上册)：从最早期到佛典翻译〉的选、译、评、注》，《中国翻译》，2007 年第 6 期，第 36-41 页。

张先清：《陈季同：晚清沟通中西文化的使者》，载《明清之际中国和西方国家的文化交流：中国中外关系史学会第六次学术讨论会论文集》，郑州：大象出版社，1997 年，第 127 页。

赵家璧：《老舍和我》，《新文学史料》，1986 年第 3 期，第 93-105，108-112 页。

赵武平：《翻译的恩怨》，载《阅人应似阅书多》，北京：生活·读书·新知三联书店，2015 年，第 68-77 页。

赵武平：《老舍美国行之目的》，《文摘报》，2013 年 10 月 12 日。

赵武平：《老舍美国行之目的》，载《阅人应似阅书多》，北京：生活·读书·新知二联书店，2015 年，第 58-67 页。

周宁：《天朝遥远：西方的中国形象研究》，北京：北京大学出版社，2006 年

资中筠：《美国的中国问题学者与中美关系解冻》，《美国研究》，1997 年第 2 期，第 131-134 页。

Anonymous, A Story of the Chinese, of Poverty, of Obstacles to be Overcome, *The English Journal*, 1945, Vol. 34, No. 7, pp. 407-410.

Anonymous, Review of *Living China*, *The China Critic*, Feb. 4, 1937.

Anonymous, Robert Spencer Ward Knows Oriental as Few Americans, *St. Petersburg Times*, Dec. 4, 1955.

Anonymous, Chinese Tale Strikes Directly at Imagination, *The Washington Post*, Sep. 2, 1945.

Appiah, K. A., Thick Translation, *Callaloo*, 1993, Vol. 16, No. 4, pp. 808-819.

Arkush, R. D., Lee, L. O.-F., *Land Without Ghosts: Chinese Impressions of America from the Mid-Nineteenth Century to the Present*. Berkeley: University of California Press, 1989.

Beyer, J., Reviewed Work(s): *Ma and Son*, a Novel by Lao She, *Bulletin of the School of Oriental and African Studies, University of London*, 1983, Vol. 46, No. 1, pp. 182-183.

Birch, C., Lao She: The Humourist in His Humour, *The Chinese Quarterly*, 1961, Vol. 8, pp.45-62.

Bloodworth, D., *Chinese Looking Glass*. London; Toronto: Secker and Warburg, 1967.

Boorman, H., China Unobserved: A Curtain of Ignorance: How the American Public has been Misinformed about China, *New York Times*, Aug. 23, 1964.

Brede, A., Rickshaw Boy, *The Far Eastern Quarterly*, 1946, Vol.5, No.3, pp.341-342.

Brittain, R., Recent Letters to the Editor, *New York Times*, Oct. 18, 1959.

Chang, G. H., *Fateful Ties: A History of America's Preoccupation With China*, Cambridge: Harvard University Press, 2015.

Chen, T. H., Orr, B., Townsend, P., et al., Review of *What's Happening in China*? by Orr, Boyd, Townsend, Peter, *The New Face of China* by Peter Schmid, *Pacific Affairs*, 1960, Vol. 33, No.1, pp.69-70.

Chesterman, A., *Memes of Translation: The Spread of Ideas in Translation Theory*, Benjamins Translation Library, 1997.

Cohen, J. M., *English Translators and Translations*. London: Longmans, Green & Co, 1962.

Ewing, E., What to Read on China, *Far Eastern Survey*, 1945, Vol.14, No.23, p.340.

Fairbank, J. K., *Introduction to Red Star Over China*, NYC: A Black Cat Book/ Grove Press, Inc, 1961.

Fairbank, J. K., *The United States and China*, Cambridge: Harvard University Press, 1983.

Fairbank, W. J., *America's Cultural Experiments in China（1942-1949）*, Washington: Bureau of Educational and Cultural Affairs, 1976.

Geertz, C., *The Interpretation of Cultures. Selected Essays*. New York: BasicBooks, 1973.

Gentzler, E., *Contemporary Translation Theories*. Shanghai: Shanghai Foreign Language Education Press, 2004.

Greene, F, *China Unobserved: A Curtain of Ignorance: How the American Public Has Been Misinformed About China*, Garden City: Doubleday, 1964.

Hargett, J. M., *Rickshaw: The Novel Lo-t'o Hsiang Tz*u, *World Literature Today*, 1980, Vol. 54, No. 3, p. 486.

Hegel, R. E., Review of *Ma and Son*, *Chinese Literature: Essays, Articles, Reviews*, 1982, Vol. 4, No. 2, pp. 299-300.

Hench, J. B., *Books as Weapons: Propaganda, Publishing, and the Battle for Global Markets in the Era of World War II*. Ithaca: Cornell University Press, 2010.

Hermans, T., *Cross-Cultural Translation Studies as Thick Translation*, http://journals.cambridge.org/article_S0041977X03000260.

Hsia, C. T., *A History of Modern Chinese Fiction*, 3rd edn, Bloomington and Indianapolis: Indiana University, 1999.

Huang, N., *War, Revolution, and Urban Transformations: Chinese Literature of the Republican Era, 1920s—1940s*, in Zhang, Y.(Ed.), *A Companion to Modern Chinese Literature*, Hoboken: Wiley, John, Sons, 2015, pp. 67-75.

Huntington, S. P., The Clashes of Civilizations?, *Foreign Affairs*, 1993, Vol. 72, No. 3, pp. 22-49.

Issacs, H. R., *Scratches on Our Minds: American Images of China and India*, New York: The John Day Company,1958.

James, J. M.(trans), *Ma and Son*, A Novel by Lao She, San Francisco: Chinese Materials Center, 1980.

Jimmerson, J., *Mr. Ma & Son: A Sojourn in London*, Beijing: Foreign Languages Press, 1991.

Johnson, I., *Introduction to Cat Country*, Melbourne: Penguin Books, 2013.

Jones, F. C., Review of *The United States and China* by John King Fairbank, *International Affairs*, 1959, Vol. 35, No. 3, p. 407.

Kao, G., *Two Writers and the Cultural Revolution: Lao She and Chen Jo-his*, Hong Kong: The Chinese University Press, 1980.

Knight, S., *What Americans See: Chinese Fiction in English Translation*, Beijing: Chinese Writers'

Press, 2011.

Kraft, J., A Reassessment of China Policy Would Be Timely, *Los Angeles Times*, Jan. 27, 1969.

Lao She, *Cat Country: A Satirical Novel of China in the 1930's*, trans. by Lyell, W. A., Columbus: Ohio State University Press, 1970.

Lao She, *Rickshaw: The Novel Lo-t'o Hsiang Tzu*, trans. by James, J. M., Honolulu: University of Hawaii Press, 1979.

Lao Sheh, *City of Cats*, Center for Chinese Studies, trans. by Dew, J. E., The University of Michigan, 1964.

Larson, W., Kraus, R., China's Writers, the Nobel Prize, and the International Politics of Literature, *The Australian Journal of Chinese Affairs*, 1989, Vol. 21, p. 150.

Lau Shaw, *Rickshaw Boy*, trans. by King, E., New York: Reynal & Hitchcock, 1945.

Levin, M., Review of *Children of the Black-Haired People*, *Saturday Review*, Aug. 6, 1955.

Marney, J., She, L., James, J. M., *Ma and Son, World Literature Today*, 1982, Vol.56, No.1, pp.176-177.

Orr, B., Townsend, P., *What's Happening in China?*, Garden City: Doubleday , 1959.

Payne, R., An Intimacy with Evil, *New York Times*, Apr. 10, 1955.

Peck, J., *The Chomsky Reader*, New York: Pantheon Books,1987.

Rosinger, L. K., Fairbank, J. K., Review of *The United States and China* by John King Fairbank, *The American Historical Review*, 1949, Vol.54, No.2,  pp. 364-365.

Sardar, Z., *Orientalism: Concepts in the Social Sciences*, Buckingham: Open University Press, 1999.

Saunders, F. S., *Who Paid the Piper?: The CIA and the Cultural Cold War*, London: Granta Books, 2000.

Smith, R. A., Red Carpet Tourist: What's Happening in China, *New York Times*, Sep. 27, 1959.

Snow, E., *Journey to the Beginning*, New York: Random House, Inc, 1972.

Snow, E., *Red Star Over China*, New York: Grove Press, Inc, 1961.

Steiner, G., *After Babel: Aspects of Language and Translation.* Shanghai: Shanghai Foreign Language Education Press, 2001.

Taylor, G. E., Snow, E., Book Review of *Living China*, *Pacific Affairs*, 1937, Vol.10, No.1,  pp. 89-91.

Venuti, L., *The Translator's Invisibility: A History of Translation*, London: Routledge, 1995.

Vohra, R., *Lao She and the Chinese Revolution*, Cambridge: Harvard University Press,1974.

Vohra, R., *Rickshaw: The Novel Lo-t'o Hsiang Tzu* by Lao She, *The Journal of Asian Studies*, 1980, Vol. 39, No. 3, pp. 145, 589-591.

Walker, R. L., Review of *China's Cultural Diplomacy* by Herbert Passin, *American Sociological Review*, 1963, Vol.28, No.6, pp. 1044-1045.

Ward, R. S., *Asia for the Asiatics*, Chicago: University of Chicago Press, 1945.

Wasserstrom, J., China's Orwell, *Time International*, Dec. 7, 2009.

Watt, J., Thomas Percy, China and the Gothic. *The Eighteenth Century*, 2007, Vol. 48, No. 2,  pp. 95-109.

Wilbur, C. M., *China in My Life: A Historian's Own History*, Armonk: M. E. Sharpe, Inc, 1996.

Wilbur, C. M., Red China Through a Scientific Eye: *One Chinese Moon*, *New York Times*, Dec. 13, 1959.

Willgoos, R. G., America's Changing Views of China: Through the Eyes of Janus, *Forum on Public Policy: A Journal of the Oxford Round Table*, 2007, pp. 1-22.

Yin, X.-H., Worlds of difference: Lin Yutang, Lao She and the significance of Chinese-language writing in America, in Sollors, W. (Ed), *Multilingual America: Transnationalism, Ethnicity, and the Languages of American Literature*. New York: New York University Press, 1998, pp. 176-190.

Zdanys, J., Teaching Translation: Some Notes toward a Course Structure, *Translation Review*, 1987, Vol. 23, No. 1, pp. 9-11.

# 附录　老舍作品英译"文化翻译"译例选编

译文采录自以下版本[①]：

1.《骆驼祥子》

1) Lau Shaw, *Rickshaw Boy*, trans. by King, E., New York: Reynal & Hitchcock, 1945.

2) Lao She, *Rickshaw: The Novel Lo-t'o Hsiang Tzu*, trans. by James, J. M., Honolulu: University of Hawaii Press, 1979.

2.《茶馆》

1) 老舍:《茶馆：汉英对照》，英若诚译. 北京：中国对外翻译出版公司，2008.

2) Lao She, *Teahouse*, trans. by Howard-Gibbon, J., Beijing: Foreign Language Press, 2001.

3.《正红旗下》

Lao She, *Beneath the Red Banner,* trans. by Cohn, D. J., Beijing: Foreign Languages Press, 1982.

4.《离婚》

1) *Divorce,* Trans. by King, E., St. Petersburg: King Publications Inc., 1948.

2) Lau Shaw, *The Quest for Love of Lao Lee*, trans. by Kuo, H., New York: Reynal & Hitchcock, 1948.

5.《四世同堂》

Lau Shaw, *The Yellow Storm,* trans. by Pruitt, I., New York: Harcourt, Brace and Company, 1951.

---

① 有两种及以上译本的，列出两种译文以示比较。

原文采录自以下版本：

1. 老舍：《猫城记·离婚》，武汉：长江文艺出版社，2012 年。

2. 老舍：《骆驼祥子》，海口：南海出版公司，2010 年。

3. 老舍：《正红旗下》，北京：作家出版社，2018 年。

4. 老舍：《茶馆：汉英对照》，英若诚译. 北京：中国对外翻译出版公司，2008 年。

5. 老舍：《四世同堂》，北京：人民文学出版社，2012 年。

说明：以下译例，特定文化表达用下划线标出，没有下划线的例句，作为一个整体，表现了源语文化某一方面的含义。

## 一、人际交往

### 1. 关系、人情

1）一天遇上三个**人情**，两个**放定**，碰巧还陪着王太太或者李二婶去看嫁妆……（老舍，2012：138）（《离婚》）

**Tr.1:** In a single day he might come upon three **human problems which his intervention was besought**: Two of **these might be able to settle** securely, but then suppose that just by chance it happened that he must now accompany Mrs. Wang or Mrs. Shen to go look at furniture and house fittings? (King, 1948: 18)

**Tr.2:** In the course of the day he might have several **social obligations** to fulfill, two **engagement parties to attend**, or perhaps he had to accompany Mrs. Wang or Second Auntie Lee to look over the dowry for a wedding. (Kuo, 1948: 12)

2）天真从小学到现在，父亲给他**托过多少次人情，请过多少回客**，已经无法计算。（老舍，2012：187）（《离婚》）

**Tr.1:** How many times had Elder Brothrer Chang **invoked the intervention of friends, and of friends of his friends to assis Heavenly Truth** through his schooling, from the first day he attended the first grade in primary school! (King, 1948: 143)

**Tr.2:** From the first day Celestial Truth entered school till the present, Big Brother Chang couldn't keep track of the times he **had given parties and bought the support of those in a position to help keep the boy in school**. (Kuo, 1948: 86)

3）<u>人情</u>到底没托到家。（老舍，2012：187）（《离婚》）

**Tr. 1: His appeals for assistance on the basis of human sympathy** had not quite reached home. (King, 1948: 144)

**Tr. 2:** He was sure he had not done enough **to win the favor of these influential people**. (Kuo, 1948: 87)

4）<u>有人情什么事也可以办到</u>。毕业后的事情，有张大哥在，不难；教育局、公安局、市政局、<u>全有人</u>。（老舍，2012：189）（《离婚》）

**Tr.1: If you know how to manipulate 'human sympathy', you can do anything.** The question of getting him placed in some kind of sinecure after his graduation would be no difficulty as long as Elder Brother Chang was alive. Elder Brother **had friends** in the Bureau of Education, the Bureau of Public Safety, and the Bureau of Municipal Administration. (King, 1948: 150)

**Tr. 2: There was nothing which could not be accomplished when you had influential friends.** What would happen after Celestial Truth's graduation should not be a problem either, with Big Brother Chang's influence. **He had friends in** the Educational Bureau, the Police Bureau, and the Municipality. (Kuo, 1948: 91)

5）但是，<u>人情，人情</u>。张大哥到底不是坏人。（老舍，2012：235）（《离婚》）

**Tr. 1:** But—**there was such a thing as one's feelings for one's friend. There were the claims that friendship made**. And Elder Brother was not a bad person: there was nothing evil or malicious about him at all. (King, 1948: 285)

**Tr.2:** For **friendship's sake** he should help Big Brother Chang. Big Brother Chang was really not a bad person. (Kuo, 1948: 172)

6）三个海碗的席吃着，<u>就出一毛钱的人情</u>？这简直是<u>拿老头子当冤大脑袋</u>！从此再也不办事，不能赔这份窝囊钱！（老舍，2010：113）（《骆驼祥子》）

**Tr. 1:** Come and eat a huge banquet and **give ten cents**? Why that was simply **taking an old man like him for a fool and making a sucker out of him**! He'd never put on another party like this one again! He'd never get back the money he'd thrown down the rathole! (James, 1981: 134)

**Tr. 2:** Eat a feast of three great courses, and give out only <u>a ten-cent piece in</u>

friendship money? In simple truth this was **taking the old man for a big-headed simpleton asking to be defrauded**. From this time forward he would never hold another affair; he could not afford to lose the money that he had thrown down this black hole! (King, 1945: 207)

7) 朋友之中若有了红白事，原先他不懂得<u>行人情</u>，现在他也出上四十铜子的份子，或随个"公议儿"。（老舍，2010：166）（《骆驼祥子》）

**Tr. 1:** In the past, he had not known how to **fulfill his social obligation** when one of his friends had a family wedding or a birthday or a funeral. Now he'd put up his forty cent share too, or join in a pool to buy presents. (James, 1979: 201)

**Tr. 2:** Whenever among his friends there was one in whose family there was a wedding or a funeral, he—who had once not known what it meant to **carry out one's social obligations**—now put out his forty coppers or whatever his share might be. (King, 1945: 316-317)

8) 在关饷发愁之际，母亲若是已经知道，东家的姑娘过两天<u>出阁</u>，西家的老姨<u>娶</u>儿媳妇，他就不知须喝多少沙壶热茶。（老舍，2018：25）（《正红旗下》）

During those anxiety-filled days after collecting Father's allowance, if my mother already knew that Neighbor Zhang's daughter **was getting married** in a few days or that Neighbor Li's son was **taking a wife**, she always drank an incalculable number of clay potfuls of hot tea. (Cohn, 1982: 45)

**2. 面子文化**

9) 我老觉乎着咱们的大缎子，川绸，更<u>体面</u>！（老舍著；英若诚译，2008：22）（《茶馆》）

**Tr.1:** I still think our own satin and Sichuan silk are more **handsome.** （老舍著；英若诚译，2008：23）

**Tr.2:** I always think that our own satin and Sichuan silk are much **finer.** (Howard-Gibbon, 2004: 35)

10) 吃完了，我们一齐<u>给嫂夫人去请安</u>。<u>这规矩不？有面子不？</u>（老舍，2012：198）（《离婚》）

**Tr.1:** After we've finished, we'll go together to Old Li's house **to invite his honorable wife** to continue to enjoy a peaceful existence. **Does that accord with the conventions or doesn't it? Is that sufficient face for you or not**? (King, 1948: 180)

**Tr.2:** After dinner we'll go to **pay our respects to your wife**. How's that? **Is that polite enough? Will that suit you**? (Kuo, 1948: 104)

11）李太太。先生喝净了，<u>该您赏脸了</u>！（老舍，2012：200）（《离婚》）

**Tr.1:** Mrs. Li! …Your husband has just finished a glass: **it's your turn now to give him face by emptying your glass as well**! (King, 1948: 188)

**Tr.2:** Mrs. Lee, … your husband has finished his. Now **please do me the honor and drink one with me**. (Kuo, 1948: 109)

12）方墩太太虽然与李太太成为莫逆，可是口气中有点不满意老李——他顶了吴先生的缺，<u>不够面子</u>！（老舍，2012：250）（《离婚》）

**Tr.1:** In these days Mrs. Li found new reasons to be dissatisfied with her husband. Square Ton kept calling on her, and talking more and more about divorce; she further made it plain that, in taking Absolute Ultimate job at the office, Old Li had done a thing **which showed less than proper regard for the face of a friend**. (King, 1948: 321-322)

**Tr.2:** Although square Mrs. Wu had become an intimate friend of Mrs. Lee's, she never hesitated to express **her contempt and hatred for** Lao Lee because he had taken over her husband's job. (Kuo, 1948: 201)

13）……，可只是为显示她的<u>气派与排场</u>。（老舍，2018：7）（《正红旗下》）

… simply to demonstrate her **stylishness and grand way of doing things.** (Cohn, 1982: 14)

14）"<u>给脸不要脸</u>，……"（老舍，2012：26）（《四世同堂》）

"I **give you face and you refuse it** …" (Pruitt, 1951: 30)

15）所以他<u>磨不开脸</u>不许熟人们欠账。（老舍，2010：138）（《骆驼祥子》）

**Tr.1:** … ; therefore he **would have felt ashamed** if he hadn't allowed his friends to have credit.(James, 1979: 165)

**Tr.2:** ... therefore **unable to get by with a whole face** in refusing to let people whom they know well owe their accounts. (King, 1945: 259)

16）因为爱**体面**，他往往摆起**穷架子**，事事都有个**谱儿**。（老舍，2010：138）（《骆驼祥子》）

**Tr.1:** ... because of **his love for an imposing appearance**; **everything has its standards**, after all. (James, 1979: 165)

**Tr.2:** Because he had **this predilection for face**, he was forever **putting on the airs** a poor man affects when he wants **to impress people**. (King, 1945: 260)

**3. 和气、中庸**

17）……，就可以**化干戈为玉帛**了。（老舍著；英若诚译，2008：2）（《茶馆》）

**Tr.1:** ..., and **peace would once more have been restored in the land**. （老舍著；英若诚译，2008：5）

**Tr.2:** ..., **hostility transformed to hospitality**. (Howard-Gibbon, 2001: 15)

18）哥们儿，都是街面上的朋友，**有话好说**。（老舍著；英若诚译，2008：12）（《茶馆》）

**Tr.1:** Now, now, gentlemen! Surely we can **settle this as friends**. （老舍著；英若诚译，2008：13）

**Tr.2:** Now, brothers, we're all neighbors. We should **settle things reasonably**. (Howard-Gibbon, 2001: 23)

19）我有不周到的地方，都肯**包涵**，闭闭眼就过去了。在街面上混饭吃，**人缘儿**顶要紧。（老舍著；英若诚译，2008：26）（《茶馆》）

**Tr.1:** They're ready to **overlook my slips**. In a business like this you have to **be popular.** （老舍著；英若诚译，2008：27）

**Tr.2:** ...; they're prepared to **overlook my mistakes**. When you're in business to make a living it's very important to **be well-liked.** (Howard-Gibbon, 2001: 39）

20）知道什么时候大家又在一处混事，得**留情处且留情**。（老舍，2012：236）（《离婚》）

**Tr.1:** How do you know when the two of you may not be working again in the same office? You've got to **save some ground for friendship between the two of you, and a little of the friendship, too, if you can**. (King, 1948: 287)

**Tr. 2:** You two may never work in the same office again. So give it no concern. **Please call it a draw before it is too late**. (Kuo, 1948: 173)

21）……，而把**大事化小，小事化无**。（老舍，2012：34）（《四世同堂》）

… **melt the big problems down to small ones and melt the small ones away**. (Pruitt, 1951: 38)

22）老人一辈子最重要的格言是"**和气生财**"。（老舍，2012：297）（《四世同堂》）

The old man's lifetime motto had been: "**Wealth through amiability**." (Pruitt, 1951: 147)

23）一向对谁都是**一团和气**。（老舍，2018：77）（《正红旗下》）

Manager Wang was always **polite** to everyone. (Cohn, 1982: 139)

**4. 缘分**

24）……，咱们**总算有缘**，……（老舍著；英若诚译，2008：90）（《茶馆》）

**Tr.1.:** …, it seem **a bit of luck that we've met again**. （老舍著；英若诚译，2008：91）

**Tr.2:** …, our **fates seem to be linked together**. (Howard-Gibbon, 2001: 111)

25）傻人有个傻人**缘**，你倒别瞧！（老舍，2010：182）（《骆驼祥子》）

**Tr.1:** A fool has a fool's **luck** but you just don't see it. (James, 1979: 221)

**Tr.2:** A simple-minded person is **attractive in a simple-minded way**, so you needn't look askance at me. (King, 1945: 351)

## 二、性别文化（男尊女卑）

1）外场人不做**老娘们事**！（老舍著；英若诚译，2008：14）（《茶馆》）

Tr.1: We men **aren't like mean old women**!（老舍著；英若诚译，2008：15）

Tr.2: Gentlemen don't lower themselves_to the antics of old women._ (Howard-Gibbon, 2001: 27)

2）你这个**娘儿们**，无缘无故地跟我捣什么乱呢？（老舍著；英若诚译，2008：86）（《茶馆》）

Tr.1: Why pick on me, **missus**, for no reason at all!（老舍著；英若诚译，2008：87）

Tr.2: What're you bugging me for, you **dumb broad**? What have I done to you? (Howard-Gibbon, 2001: 107)

3）你敢！你敢！我**好男不跟女斗**！（老舍著；英若诚译，2008：88）（《茶馆》）

Tr.1: Lay off! Lay off! **What decent man will fig a woman**!（老舍著；英若诚译，2008：89）

Tr.2: Back off. Back off. **I'm not going to fight with a woman—I'm a man**. (Howard-Gibbon, 2001: 107)

4）**女儿生就是赔钱货**，从洗三那天起已打定主意为她赔钱，赔上二十年，打发她出嫁，出嫁之后还许回娘家来掉眼泪。（老舍，2012：191）（《离婚》）

Tr. 1: **From the moment a daughter was born to you, she was purely and simply a piece of goods on which you lost your capital**. From the third day of her life, when you bathe her for the first time, you just have to make up your mind to throw good money after bad on her account. (King, 1948: 156)

Tr.2: **Big Brother Chang knew a daughter cost her father money from the day she was born**. He would be on the losing end of Beautiful Truth's life till he married her off. It would be folly to expect a daughter to make money to support her parents. In the end, all any parents could get from a daughter would probably be her running home in tears to her mother. (Kuo, 1948: 93)

5）……，实在足以证明娘家人对她的重视，**嫁出的女儿**并不是**泼出去的水**。（老舍，2018：26）（《正红旗下》）

Aunty's visit proved that **the married daughters in the family** meant more than just **dirty dishwater**. (Cohn, 1982: 47-48)

6）……，可是在街面上混了这几年了，不能说了不算，不能**耍老娘们脾气**！（老舍，2010：14）（《骆驼祥子》）

**Tr.1:** … but he'd spent so many years on the streets he couldn't claim he'd never thought of that! He couldn't **act like a nervous woman**. (James, 1979: 15）

**Tr.2:** …, but he'd been making his living on the streets for too many years to go back on his word or **act like a nervous old woman**. (King, 1945: 25)

7）他想把这个宝贝去交给张妈——一个江北的**大脚婆子**。（老舍，2010：40）（《骆驼祥子》）

**Tr.1:** He thought he'd better hand this treasure to over to Chang Ma, **a big-footed woman** from the north. (James, 1979: 44)

**Tr.2:** He wanted to hand this little jewel over to the amah Chang, **a big-footed woman** from north of the Yangtze,… (King, 1945: 63)

8）因为**好汉不和女斗**……（老舍，2010：40）（《骆驼祥子》）

**Tr.1:** …because **a gentleman does not quarrel with females**… (James, 1979: 45)

**Tr.2:** … because **a true son of Han never lifts his hand against a woman**. (King, 1945: 64)

### 三、婚姻爱情

1）自然张大哥的天平不能就这么简单。**年龄，长相，家道，性格，八字**，也都须细细测量过的；**终身大事**岂可马马虎虎！（老舍，2012：133）（《离婚》）

**Tr.1:** Naturally, Elder Brother Chang's scales could not quite as simple a matter as all that. **The age of each party; the appearance which growth and development had given to each: their individual temperaments; the matching, each against the other, eight against eight, of the cyclic characters derived from the year, the month, the day and the hour of the birth of the separate parties**—all of these things, and more too, had to be most minutely surveyed and measured in this monumental calculation; how could one be blurred, clumsily inexact, in handling the one affair that was to be more important than **all others throughout the whole lifetime** of both parties to it? (King, 1948: 2)

**Tr.2:** But it was not always so simple. Big Brother Chang had to examine carefully **the age, appearance, family, character, and the astrological significance of the respective birthdays** of the two people he was going to bring together. One should not be rash concerning **such an important matter as a marriage**. (Kuo, 1948: 3-4)

2）小两口打架吵嘴什么的是另一回事。<u>**一夜夫妻百日恩，不打不爱**</u>，抓破了鼻子打青了眼，和离婚还差着一万多里地，远得很呢。（老舍，2012：133-134）（《离婚》）

**Tr.1:** Of course the business of a couple of a small mouths getting into a fight with one another, or even wrangling pretty loudly, is an entirely different matter. Situation in which you are required to remind the two youngsters that "**one night of love buys a hundred days of affection,**" and "**not to strike is not to love,**" or in which one partner or the other has scratched the other's nose until it is bloody, or has blackened and loved-one's, yes, such situation, as I was explaining, are more than ten thousand lis distant from divorce. (King, 1948: 3)

**Tr. 2:** Fighting and quarreling between husband and wife were different matters altogether. Big Brother Chang knew that **one night's love was equal to a hundred days' affection. The more a couple fought, the better they would love**. There was a ten-thousand-mile chasm between a broken nose, a black eye, and a divorce. The distance was entirely too great. (Kuo, 1948: 4)

3）至于<u>自由结婚</u>，哼，和离婚是一件事的两端——根本没有上过天平。（老舍，2012：134）（《离婚》）

**Tr.1:** <u>**As for "free" marriages, that is, marriage in which the man and woman are left to their own devices in the selection of their life's mate**</u>—heng!—such affairs are the very same coin as divorce itself; they are the palm and the back of the same hand. (King, 1948: 3)

**Tr.2:** <u>**Of marriage, by free choice, where young couples met and fell in love and married without the assistance of a matchmaker**</u>, Big Brother Chang had a dim opinion. Such marriages were as bad as divorce, though at different ends of the scale. (Kuo, 1948: 4)

4）"愣拆七座庙，<u>不破一门婚</u>，……"（老舍，2012：147）（《离婚》）

**Tr.1:** Tear down seven temples if you have to, but <u>**never splinter one single marriage door**</u>. (King, 1948: 40)

**Tr.2:** I would rather be shot dead than <u>**break up a marriage**</u>. (Kuo, 1948: 22)

5）……；男女都是<u>狐狸精</u>！男的招女的，女的招男的，三言两语，得，<u>勾搭上了</u>。咱们这<u>守旧的老娘们</u>，就得对他们留点神！（老舍，2012：179）（《离婚》）

**Tr.1:** Nowadays all the women <u>**are witches in foxskins and all the men are pigs in the rutting season**</u>. The man <u>**bekons to**</u> the woman, or the woman <u>**gives a sign to**</u> the man; in three words and two sentences—what have you got! Just like that, <u>**she's stuck fast on his hook,**</u> and a good thing she makes of it while it lasts, too, I'm telling you! <u>**A couple of conservative women like us, who still cling to the old ways**</u> and the things we were taught as children, what chance have we got? The only thing we can do is to be mighty careful, and keep a close watch on those men of ours! (King, 1948: 121)

**Tr.2:** In the city there are <u>**bad**</u> men as well as <u>**bad**</u> women. Men <u>**seduce**</u> women, women <u>**seduce**</u> men. <u>**They became friends**</u> after exchanging but a few words. We <u>**honest**</u> women have to be so careful of those men! (Kuo, 1948: 70)

6）作事不要太认真，交际可得广一些，家中有个<u>贤内助</u>——<u>最好是老派家庭的，认识些个字，胖胖的。会生白胖小子</u>。（老舍，2012：189）（《离婚》）

**Tr.1:** Such a son shouldn't be overly conscientious in doing his work, but his social contacts woud have to be quite broad. And at home, on the inside, <u>**he'd have to have a worthy woman helping him—the very best kind would be a girl chosen from one of the old style families, who would recognize a few characters, be a good, fat wench, and capable of giving birth to any desired number of fat little boy-babies.**</u> (King, 1948: 150)

**Tr.2:** In addition, Big Brother Chang decided he would like to see his son married to <u>**a good wife—a girl from an old-fashioned family, able to read a little, and on the plump side.**</u> Big Brother Chang liked plump girls because <u>**they could produce plump white babies**</u>. (Kuo, 1948: 91)

7）……，到底是<u>结发夫妻</u>！（老舍，2012：230）（《离婚》）

**Tr.1:** But … it's **the wife you've been betrothed to since childhood** who saves your life! (King, 1948: 273)

**Tr.2:** After all, you are **real husband and wife**! (Kuo, 1948: 163)

8）……，夫妇得互相容让呀。她来了：<u>当初不是我追求你，是你磕头请安追求我吧？</u>好了，我就得由性儿爱怎着怎着。（老舍，2012：247）（《离婚》）

**Tr.1:** If I so much as say that a man and wife should mutually make allowances for one another, she begins to tell me about her education, and about **how it was a mistake of the matchmaker to give so gifted a person to a dullard like me**! (King, 1948: 316)

**Tr.2:** When she married me, she said, "**All right, it's you who want me.**" **Therefore you'll have to do things to please me**. And I have been doing everything she wants ever since. (Kuo, 1948: 196)

9）……一点也不晓得丈夫升了官，因为老李没告诉她。升了官多挣钱，而一声不发，一定是<u>把钱私自掖着</u>，谁知道做什么用？（老舍，2012：250）（《离婚》）

**Tr.1:** Mrs. Li understood that Old Li's pay was higher by a good deal than it had been before, a thing of which he has said nothing to Mrs. Li. He was **holding out the difference between the old wage and the new!** What for? What evil scheme did he have in his head now? (King, 1948: 322)

**Tr.2:** She didn't know her husband had been promoted. He had not told her, the rascal. And now that he was promoted, he would, undoubtedly be making more money. **What was he doing with it**? He must be keeping it to himself. But for what purpose? Only God knew that. (Kuo, 1948: 201)

10）将来，女婿作所长，老丈人少不的是秘书，不仅是<u>郎才女貌</u>，连老丈人也委屈不了！（老舍，2012：254）（《离婚》）

**Tr.1:** When, in the not distant future, his son-in-law is Chief of the Bureau, the old father-in-law certainly will not be less than the Secretary-General! It shall not only be a situation in which **the talents of the bridegroom reflect light on a handsome bride**, but one in which the father-in-law himself will not be cheated of his due! (King,

1948: 329)

**Tr.2:** When I become a bureau chief my father-in-law will at least be the secretary-general. So he's getting himself **a good son-in-law**. He'll benefit plenty. (Kuo, 1948: 208)

11）……，表示**嫁鸡随鸡，嫁狗随狗**，……（老舍，2018：34）（《正红旗下》）

She was a woman who would **go along with her husband under all circumstances**. (Cohn, 1982: 62)

12）他替他们想，也替**未婚妻**想。想过以后，他明白了大家的难处，而想得到全盘的体谅。他只好**娶**了她。（老舍，2012：30）（《四世同堂》）

He thought from the point of view of the old ones in the family and from that of his **bride-to-be**, and after thinking he understood the difficulties of the family and that they were part of the troubles of the world. So he **had married** her… (Pruitt, 1951: 34)

13）他的心里几乎没想过女人。他的未婚妻是**他嫂子的叔伯妹妹**，而由妈妈**硬给他定下的**。（老舍，2012：56）（《四世同堂》）

His fiancée was **a cousin of his brother's wife** and had been **spoken for him** by his mother. (Pruitt, 1951: 51)

14）瑞丰干枯，太太丰满，所以瑞全急了的时候就管他们叫"**刚柔相济**"。（老舍，2012：80-81）（《四世同堂》）

Rey Feng was so thin and dry and his wife so full and fat that when Rey Tang was angry he would call them, "**The Equalization of the Hard and the Soft**." (Pruitt, 1951: 62)

15）……她没法子很响亮的告诉世界上：没有儿子是应当的呀！……可是她拦不住冠晓荷要娶小——他的宗旨非常的**光明正大，为生儿子接续香烟**！（老舍，2012：238-239）（《四世同堂》）

It was a pity that she never bore a male child to the Kuan family. No matter how stubbornly she boasted, she could not tell the world with a loud voice, "It's all right, even if there is no son." …, but she had not been able to keep Morning Lotus from taking a "small wife," since his motive was **high and noble—to get a son**. (Pruitt, 1951: 130-131)

16) ……刘老头子大概是看上了祥子，而想给虎妞弄个**招门纳婿的"小人"**。（老舍，2010：31）（《骆驼祥子》）

**Tr.1:** Many others said old Liu probably had a high opinion of Hsiang Tzu and planned to **fix Hu Niu up with a husband who would live there**. (James, 1979: 34)

**Tr.2:** … the old man liked Happy Boy and planned to **provide his daughter with a bridegroom who could move into the house of his father-in-law**. (King, 1945: 49)

17) ……，他必定到**乡下娶个年轻力壮，吃得苦，能洗能作**的姑娘。（老舍，2010：47）（《骆驼祥子》）

**Tr.1:** …, and if he were also willing to take a wife, he would definitely go to the **country** and get **a strong young girl who was used to hardship and who knew how to wash clothes and keep house**. (James, 1979: 53)

**Tr.2:** … that he wanted to take a wife, he would certainly go back to the **country** and select **a maid who was young and strong, could stand a hard life, could wash clothes and do housework**. (King, 1945: 78)

18) ……，**男大当娶，女大当聘**，你六十九了，白活！（老舍，2010：116）（《骆驼祥子》）

**Tr.1: A grown man should marry and a grown woman should be married.** You're sixty-nine and have lived for nothing. (James, 1979: 137)

**Tr.2: When a boy grows to manhood, you should find him a wife, and when a girl matures she should be given in marriage.** You're sixty-nine years old—you've wasted your life and learned nothing! (King, 1945: 214)

## 四、民俗民风

1) 听说要**安份儿家**，我先给您道喜！（老舍著；英若诚译，2008：44）（《茶馆》）

I hear that you are **starting a family**. Allow me to congratulate you before the happy event.（老舍著；英若诚译，2008：45）

I hear you're **taking a wife**. My congratulations! ( Howard-Gibbon, 2001: 59)

2）没有寿衣，没有棺材，我只好给自己预备下点**纸钱**吧，……！（老舍著；英若诚译，2008：184）（《茶馆》）

**Tr.1:** I won't have any burial clothes. I won't even have a coffin. All I can do is to save some **paper money** for myself.（老舍著；英若诚译，2008：185）

**Tr.2:** I don't have burial clothes or a coffin; but why not at least gather together a little **funeral money** for myself? (Howard-Gibbon, 2001: 217)

3）英的黑手真热，正捻着爸的手指肚儿**看有几个斗，几个簸箕**。（老舍，2012：169）（《离婚》）

**Tr.1:** Ying was just in the act of bending the fingers of his father's hand back and forth to see **how many rings formed in the flesh around the joints on the inside of the fingers**. (King,1948: 91)

**Tr.2:** Ying's small dark hands were very warm. He was playing and counting **the whorl patterns of his father's finger-tips**. (Kuo, 1948: 52)

4）……英，赶明儿我给你**说个小媳妇**，要轿子娶，还是用汽车？（老舍，2012：179）（《离婚》）

**Tr.1:** Ying: when tomorrow comes, I'll **find a little bride** for you! Do you want to send a sedan-chair to bring her home, or an automobile? (King, 1948: 120)

**Tr.2:** Ying, I'll **find a little wife** for you tomorrow. Do you want me to fetch her in the sedan chair or in an automobile？ (Kuo, 1948: 69)

5）大嫂把**认干女儿**的经过，从头至尾，有枝添叶的讲演了一番。老李有点高兴；……（老舍，2012：181）（《离婚》）

**Tr.1:** Then, in a full lecture, illustrated by many ample gestures of the hands and arms, Auntie released to him the circumstances, from head to tail, in which **she had recognized her foster-daughter**. The fullness of Auntie's tongue was such that the tree of fact grew twigs and the twigs sprouted big green leaves, before the very eyes of her audience. Old Li could not help being more than a little elated. (King, 1948: 126)

**Tr.2:** Mrs. Chang told him with much animation about <u>her adopting Ling as her daughter</u>. (Kuo, 1948: 74)

6）……，现在又<u>正在月子里</u>。（老舍，2012：208）（《离婚》）

**Tr.1:** At this very time she was <u>in the midst of the final month of her latest pregnancy</u>. (King, 1948: 207)

**Tr.2:** She was now about to <u>be confined</u> again. (Kuo, 1948: 122)

7）张大哥每年清明前后必<u>出城扫墓</u>，年中惟一的长途旅行，必定折些野草回来，压在旧书里。（老舍，2012：249）（《离婚》）

**Tr.1:** Every year, at about the time of the Festival of Bright Clarity, it was the custom for Elder Brother Chang <u>to go beyond the walls of the city to sweep the graves of his ancestors</u>. (King, 1948: 320)

**Tr.2:** Early in the spring every year Big Brother Chang <u>went to visit the tombs of his ancestors in the outskirts of the city</u>. (Kuo, 1948: 199)

8）……，我是<u>腊月</u>二十三日<u>酉时</u>，全北京的人，包括皇上和文武大臣，都在<u>欢送灶王爷上天</u>的时刻降生的呀！（老舍，2018：3）（《正红旗下》）

… I was born <u>**around seven o'clock in the evening**</u> of the twenty-third day of <u>**the twelfth month of the lunar calendar**</u>, the very moment when all in Beijing, including the emperor and all of his civil and military officials, were <u>**happily engaged in making their sacrifices to the God of the Hearth as he embarked on his ascent to Heaven**</u>! (Cohn, 1982: 7)

9）大街上有多少卖<u>糖瓜</u>与<u>关东糖</u>的呀！（老舍，2018：3）（《正红旗下》）

The streets were filled with pedlars selling <u>**melon-shaped candies**</u> and <u>**Guandong maltose taffy**</u>. (Cohn, 1982: 8)

\*Guandong: East of the Shanhaiguan Pass, i.e. northeast China.

10）每家院子里都亮那么一阵：<u>把灶王请到院中来</u>，燃起<u>高香</u>与柏枝，灶王就急忙吃点关东糖，<u>化为灰烬，飞上天宫</u>。（老舍，2018：4）《正红旗下》

The following scene took place in the courtyard of every home: <u>**A paper image of**</u>

the God of the Hearth was brought into the center of the courtyard and long sticks of the incense and cypress branches were lit. Just as the God of the Hearth was busy chewing some Guandong taffy, **his image was set aflame and, while turning into ashes, he ascended to the Palace of Heaven**. (Cohn, 1982: 8-9)

*Palace of Heaven: The purpose of this trip was for the God of the Hearth (Zao Wang) to report to the Heavenly Emperor regarding the conduct of the members of the family during the past years. It was believed that the sticky candy, which was smeared on the image's mouth, would either "sweeten" his report or seal his lips so that he could not open his mouth at all.

11）到春节，关公面前摆着五碗小塔似的蜜供、五碗红月饼，还有一堂干鲜果品。财神、灶王，和张仙（就是"打出天狗去，引进子孙来"的那位神仙）的神龛都安置在两旁，……（老舍，2018：4）（《正红旗下》）

The image of **Lord Guan, the God of War, with his red face and long beard**, occupied the niche of the shrine. At the beginning of the lunar New Year's Festival, the old woman placed five bowls filled with candy piled up like little pagodas, five bowls of red moon cakes and a wide selection of fresh and dried fruit before Lord Guan's image. The shrines occupied by **the God of Wealth, the God of the Hearth, and Zhang the Immortal** (who drives away the heavenly dogs and ushers in sons and grandsons) were set beside Lord Guan's shrine, ... (Cohn, 1982: 10)

12）男不拜月，女不祭灶，以古为然。（老舍，2018：10）（《正红旗下》）

An ancient tradition held that "**Men shall not worship the moon; women shall not sacrifice to the Hearth**". (Cohn, 1982: 20)

13）姑母有了笑容，递给大姐几张老裕成钱铺特为年节给赏与压岁钱用的上边印着刘海戏金蟾的崭新的红票子，……（老舍，2018：14）（《正红旗下》）

Smiling, my aunt presented my eldest sister with **several crisp new red banknotes** issued by the Old Prosperity Bank as **tips for servants or New Year gifts for children**. They were imprinted with **a picture of Liu Hai luring his lucky three-footed toad out of a well**. (Cohn, 1982: 27)

14）<u>腊月二十三过小年</u>，……（老舍，2018：14）（《正红旗下》）

**<u>On the twenty-third day of the twelfth lunar month, the so-called Little New Year's Day</u>**, … (Cohn, 1982: 27)

15）姑母高了兴的时候，也格外赏脸地逗我一逗，叫我"小狗尾巴"，……，我是生在<u>戊戌（狗年）的尾巴上</u>。（老舍，2018：16）（《正红旗下》）

…, she would teasingly call me "Little Dog's Tail" because, as I related previously, I was born **<u>at the tail end of 1898 which, according to the almanac, was a Dog Year</u>**. (Cohn, 1982: 31)

16）亲友家给小孩<u>办三天、满月，给男女做四十或五十整寿</u>，都是这种艺术的表演竞赛大会。至于婚丧大典，那就更须表演得特别精彩，连笑声的高低，与请安的深浅，都要恰到好处，有板眼，有分寸。（老舍，2018：18）（《正红旗下》）

When a baby was **<u>washed on its third day or completed its first month, or when a grown-up had fortieth or fiftieth birthday</u>**, these skills were displayed as if in some grand Etiquette Competition. Funeral and wedding ceremonies called for the most exacting performances, the pitch of one's laughter or the earnestness of one's greetings being strictly governed by the canons of propriety and tact. (Cohn, 1982: 34)

17）小风儿吹来各种<u>卖年货的呼声：卖供花的、松柏枝的、年画的</u>……一声尖锐，一声雄浑，忽远忽近，中间还夹杂着几声花炮响，和剃头师傅的<u>"唤头"</u>声。（老舍，2018：42）（《正红旗下》）（唤头，商家招徕顾客的响器。）

Light gusts of wind carried the sounds of **<u>vendors hawking a variety of goods for the New Year's celebration</u>**; **<u>paper flowers, cypress branches, New Year pictures</u>**…. Some of their voices were piercing, others deep and resonant; they came from every direction near and far, interspersed with scattered reports of fire-crackers and **<u>the clappers struck by itinerant barbers to attract customers</u>**. (Cohn, 1982: 73)

18）几个花生，几个红、白鸡蛋，也随着<u>"连生贵子"</u>等祝词放入水中。（老舍，2018：44）（《正红旗下》）

Several peanuts and a few red and white colored eggs fell into the potion along with such auspicious utterances as "**<u>continue bearing noble sons</u>**". (Cohn, 1982: 77)

19）……，也并不随时观赏，因为每到**除夕**才找出来挂在墙上，到了**正月十九**就摘下来。（老舍，2018：51）（《正红旗下》）

…, so it wasn't until **New Year's Eve** that he hung it up on the wall where it remained until **the nineteenth day of the first lunar month**\*. (Cohn, 1982: 90-91)

\*The day marking the end of the New Year's Festival.

20）研究了再研究，直到除夕**给祖先焚化纸钱**的时候，才决定了**我的官名叫常顺，小名叫秃子，暂缺"台甫"**。（老舍，2018：52）（《正红旗下》）

Following lengthy deliberations, it wasn't till New Year's Eve, when everybody was **burning paper money for remittance to their ancestors**\*, that my father decided that **my official name should be Changshun (constant luck) and that my milk name should be Baldy. I was temporarily without a courtesy name**. (Cohn, 1982: 92)

\*After being burned, this paper money went on to the nether world where it was used by the ancestors for their daily expenses.

21）**除夕守岁**，彻夜不眠。（老舍，2018：53）（《正红旗下》）

The custom of **staying up all night on New Year's Eve** and "sitting out the year". (Cohn, 1982: 95)

22）他决定要**守岁**，叫**油灯、小铁炉、佛前的香火，都通宵不断**。他有了老儿子，有了指望，必须叫灯火都旺旺的，**气象峥嵘，吉祥如意**！（老舍，2018：53）（《正红旗下》）

He had a son now, something to bank his hopes on. He must **keep the lamps burning brightly, the atmosphere majestic, to ensure that all his wishes would come true**. (Cohn, 1982: 95)

23）他还去把大绿瓦盆搬进来，以便储存脏水，过了"**破五**"再往外倒。（老舍，2018：53-54）（《正红旗下》）

He brought in a big green ceramic tub in which we collected all the waste water from the New Year's Festival which traditionally was thrown out after **the fifth day of the New Yea**r\*. (Cohn, 1982: 95)

\*It was believed that anything thrown out within the first five days of the New Year would carry the household's good luck with it.

24) 二姐撅着嘴进来，手上捧着两块**重阳花糕**。（老舍，2018：54）（《正红旗下》）

My second sister came in pouting. She was holding two **"flower cakes" from the Festival of Ninth Day of the Ninth Month**. (Cohn, 1982: 96)

25) 在**元宵节**晚上，她居然主动地带着二姐去**看灯**，并且到后门**西边的城隍庙**观赏**五官往外冒火的火判儿**。（老舍，2018：57）（《正红旗下》）（后门，地安门。元宵节张灯，旧时以东四牌楼和地安门为最盛。）

On the evening of **the Lantern Festival (the 15ᵗʰ day of the first lunar month)**, my aunt surprised us all by taking Second Sister out to **look at the lanterns**. They went as far as the **Temple of the God of the City** located to the west of **the Rear Gate of the city** where they watched **the devil-exorciser emitting fire from his ears, eyes, nose and mouth**. (Cohn, 1982: 101)

26) 在初二，他到**财神庙**借了**元宝**，……（老舍，2018：57）（《正红旗下》）

On the second, he went to **the Temple of the God of Wealth** and "took out a loan" in **silver ingots\***,... (Cohn, 1982: 102)

\*The ingots were made of paper.

27) 你看，我今年怎么会忘了给他去**拜年**呢？（老舍，2018：62）（《正红旗下》）

How did I ever manage to forget to **visit him and wish him a Happy New Year**? (Cohn, 1982: 110)

28) ……背后是护国寺——每逢七八两日有**庙会**——买东西不算不方便。（老舍，2012：9）（《四世同堂》）

...; and behind it, was the Temple of National Protection in the courts of which **a fair** was held six days a month. (Pruitt, 1951: 10)

29) 遇上胡同里有什么娶亲的，出殡的，或是来了**跑旱船**或耍猴子的，大家

都出来看看热闹，……（老舍，2012：12）（《四世同堂》）

Whenever there were marriages or funerals in the Little Sheep Fold, or when **those came who performed the boat dance** or those with trained monkeys, the neighbors would all go out to enjoy the excitement… (Pruitt, 1951: 13)

30）多咱办**喜事**啊？（老舍，2012：57）（《四世同堂》）

When shall we make **the marriage feast**? (Pruitt, 1951: 51)

31）是教他俩装作**孝子**，还是**打执事的**，……（老舍，2012：101）（《四世同堂》）

Whether they should **be among the mourners**, or among **those who carry the banners and insignia in the procession**, … (Pruitt, 1951: 79)

32）同时，那**文化过熟**的北平人，从**一入八月**就准备给亲友们送节礼了。街上的铺店用各式的酒瓶，各种馅子的月饼，……（老舍，2012：117）（《四世同堂》）

During this same time, **the overcultivated** people of Peiping, as **they neared the Eighth Moon**, were preparing seasonal gifts for their relatives and friends. (Pruitt, 1951: 91)

33）虽然在**三节要账**的时候，他还是不大好对付，可是遇到谁家娶亲，或谁家**办满月**，他只要听到消息，便拿着点东西来致贺。（老舍，2018：48）（《正红旗下》）

When he went out **collecting unpaid bills at the Three Festivals***, it was still not easy getting around him, but as soon as he heard the announcement of **a birthday or a baby's Full-month Ceremony**, he always showed up with a little gift. (Cohn, 1982: 85)

*Three Festival, New Year, the Dragon Boat Festival in summer and the Mid-autumn Festival. Baby's Full-month Ceremony, held at the end of the first month of a child's life.

34）……在事前预备好许多**小红纸包**，包好最近铸出的**银角子**，分给向他祝**寿**的小儿；……（老舍，2012：118）（《四世同堂》）

He prepared beforehand many **small red paper packets** with the newest **small**

**silver coins** inside, to give the children who came to **kowtow** before him. (Pruitt, 1951: 91)

35）所谓**各会者，就是民众团体的，到金顶妙峰山**或南顶娘娘庙等香火大会去朝香献技的**开路，狮子，五虎棍，耍花坛，杠箱官儿，秧歌**等等单位。（老舍，2012：241）（《四世同堂》）

These were **the cobblers' the carpenters', and other artisans' guilds, and their clubs and the semireligious societies—the "hui." These "hui" were organized by those who wished to go on pilgrimages to Miao Feng Shan or other temples**, to offer incense and their skills to the gods. There were the **society of "Those Who Clear the Path," the society of the "Lion Dancers," the "Stilt Walkers," and the "Sword Dancers," and many others**. (Pruitt, 1951: 132-133)

36）街上慢慢**有些年下的气象**了。在晴朗无风的时候，天气虽是**干冷**，可是路旁增多了颜色：**年画，纱灯，红素蜡烛，绢制的头花，大小蜜供**，都陈列出来，……（老舍，2010：67）（《骆驼祥子》）

**Tr.1:** Slowly **signs and portents of the three-week New Year holidays appeared** in the streets. Even though it was very cold, lots of color lined both sides of the streets when it was bright out and not windy. **New Year's paintings, gauze lanterns, red and white candles, silk flowers to wear in the hair, and honey-covered dough cakes** all came out in rows. (James, 1979: 76)

**Tr.2:** Slowly the streets **took on the air of the year's ending**. In clear bright weather, during the times that there was no wind, the roadways blossomed in color for all the dry cold of winter. **New Year paintings, gauze lanterns, tall wax candles of red and white, colored flowers of silk for women to wear in their hair, big and little likenesses of the Heavenly Messenger who bears reports on earthly happenings to the Throne of God, with his lips smeared with honey so that he would say nothing but sweet things about the members of the household where his likeness was hung**—all these were arrayed before the shop fronts, ... (King, 1945: 117）

37）街上越来越热闹了，**祭灶**的**糖瓜**摆满了街，走到哪里也可以听到"**抚糖来，抚糖**"的声音。（老舍，2010：84）（《骆驼祥子》）

**Tr.1:** The bustle in the streets was increasing. Vendors of **candied melon pieces, candy offerings for the Kitchen God** and such, filled with the streets and you could hear voices shouting "**Rock candy here! Candy!**" wherever you went. (James, 1979: 76)

**Tr.2:** The streets were becoming more and more bustling and busy; the roadways were covered with displays of **candied melons used in the sacrifices to the God of Kitchen Stove,** and wherever you walked you could hear the sound of the hawker's cry—"**Hard sugar candy, hard sugar candy!**" (King, 1945: 117)

38) 刘四爷，因为<u>庆九</u>，要热热闹闹的办回事，所以第一要<u>搭个体面的棚</u>。（老舍，2010：104）（《骆驼祥子》）

**Tr.1:** Old Liu wanted a big noisy party because it was his **six-ninth birthday**. Therefore it was most important to **have a proper mat shed**. (James, 1979: 123)

**Tr.2:** Because it was the Fourth Master Liu's **sixty-nine birthday**, one year short of his seventies, and he wanted to carry out an uproarious celebration of it, the first important step was to **put up a handsome matshed, a really respectable one**. (King, 1945: 189)

39) 刘老头子马上请祥子去请一堂苹果，……，教他去叫<u>寿桃寿面</u>，寿桃上要一份儿<u>八仙人</u>……（老舍，2010：105）（《骆驼祥子》）

**Tr.1:** Old Liu promptly sent Hsiang Tzu off to buy apples.... for an order of **noodles and the "longevity" peaches made of dough** which have pictures of **the Eight Taoist Immortals** on them and symbolize long life. (James, 1979: 123-124)

**Tr.2:**..., and he sent Happy Boy off in a hurry to order some…, telling him to **get peaches and cakes of longevity** and to have baked on each of the peaches one of **the Eight Immortals**; … (King, 1945: 191)

40) 早八点半，先给你们摆，<u>六大碗，俩七寸，四个便碟，一个锅子</u>；对得起你们！都穿上大褂，说短撅撅的进来把谁踢出去！（老舍，2010：106-107）（《骆驼祥子》）

**Tr.1:** I'll have **six main dishes, four side dishes, and one soup**, all for you, at eight thirty that morning. Everyone must wear a long gown and whoever comes with his rump showing gets kicked out! (James, 1979: 125)

**Tr.2:** At eight-thirty in the morning I will spread out for you **six main courses with as many large bowls and two seven-inch bowls, four small plates and one chafing dish**; I will be able to look you all in the face. You must wear your long gowns, and the man who comes in dressed in a miserable short jacket is the man who will get kicked out. (King, 1945: 194)

41）……，不过是**把喜棚改作白棚**而已，棺材前没有儿孙们穿孝跪灵，……（老舍，2010：113）（《骆驼祥子》）

**Tr.1:** … all you'd have to do was **change the hangings from red to white**, but no son and grandson dressed in white would be kneeling in front of the coffin. (James, 1979: 133)

**Tr.2:** … **the matshed of felicity need only change its name and become a matshed of mourning**; the colors of the now disarrayed hangings would be white instead of red. There would be no son or grandson to wear the mourning robes and kneel before his coffin;… (King, 1945: 205)

42）管账的冯先生，这时候，已把账杀好：进了二十五条**寿幛**，三堂**寿桃寿面**，一坛儿**寿酒**，两对**寿烛**，和二十来块钱的**礼金**。号数不少，可是多数的是给四十铜子或一毛大洋。（老舍，2010：113）（《驼驼祥子》）

**Tr.1:** By this time, Mr. Feng, the accountant, had got the books totaled. They had taken in twenty-five **scrolls with appropriate poems**, three batches each of **longevity noodles and peaches**, one jug of **baigan**, two pair of **candles**, and about twenty dollars in **cash**. The number of contributions was by no means small, but most of them were gifts of forty cents or less. (James, 1979: 133-134)

**Tr.2:** By this time Mr. Feng, who had charge of the accounts, had got them all recorded and added up. The receipts were: twenty-five **scrolls inscribed with verses of longevity**; three chapel-sets of **longevity cakes baked in the shape of peaches of immortality; a similar quantity of the noodles of long life**; an earthenware jug full of **the wine of the undying**; two sets of **candles of endless light**; and a little less than twenty dollars in **ceremonial money**. The list of the contributors was not a short one, but the greater number had given forty coppers or ten cents in large money. (King, 1945: 207)

43）告诉你，我出回门子，还是非<u>坐花轿</u>不出这个门！（老舍，2010：117）（《骆驼祥子》）

**Tr.1:** And let me tell you, when I go out these gates it will be **<u>in a bridal chair</u>** or not at all! (James, 1979: 140)

**Tr.2:** I tell you, if I'm going out of the door of my father's house, I'll go **<u>in a flowered sedan chair</u>** as becomes a bride or I'll never step over the threshold. (King, 1945: 216)

44）一乘<u>满天星的轿子</u>，<u>十六个响器</u>，不要<u>金灯</u>，不要<u>执事</u>。一切讲好，她自己赶了身红绸子的上轿衣；在年前赶得，省得不过<u>破五就动针</u>。喜日定的是大年初六，既是好日子，又不用<u>忌门</u>。（老舍，2010：118）（《骆驼祥子》）

**Tr.1:** … she hired a **<u>bridal sedan chair</u>** and **<u>sixteen musicians</u>**. She did not want **<u>a gold lantern</u>** or any of the other **<u>paraphernalia usually carried in bridal possessions</u>**. When everything was ordered she got out the red satin wedding dress she had made herself. She had made it well in advance in order to avoid **<u>the taboo on doing needlework before the fifth day of the new year</u>**. The auspicious day for the wedding was the sixth. It was a lucky day so there was **<u>no need to observe any of the other traditional taboos concerning marriage</u>**. (James, 1979: 140)

**Tr.2:** ..., she went out to bargain for **<u>a sedan chair, one with all the silver stars in the heavens</u>**, **<u>sixteen musical instruments to accompany it</u>**, but no **<u>gold lanterns</u>** and no **<u>conductor</u>**. When the terms had been talked out and agreed upon, she got out her red satin, embroidered, sedan-chair dress; she had prepared it before the New Year celebrations so that she would not have to **<u>break the taboo that forbids one to move one's needle until the fifth day of the New Year has passed</u>**. The sixth was appointed the Day of Felicity since that was a lucky day in the calendar of astrology, and also **<u>it would not be necessary on it to follow the superstitious usages about the birth-dates of those who cross the threshold of the newly married</u>**. (King, 1945: 217-218)

45）……，屋角里插着把<u>五色鸡毛的掸子</u>。（老舍，2010：119）（《骆驼祥子》）

**Tr.1:** <u>A multicolored feather duster</u> stood in one corner. (James, 1979: 141)

**Tr.2:** …, and in the corner was hung a **<u>duster made of chicken feathers of many colors</u>**. (King, 1945: 219)

46）门上的**春联**依然红艳，黄的**挂钱**却有被风吹碎了的。（老舍，2010：119）（《骆驼祥子》）

**Tr.1:** Above the front doors **the paper bearing auspicious mottoes** was still red but the gold **paper ingots** hanging there had been shredded by the wind. (James, 1979: 142)

**Tr.2: The New Year mottoes written on strips of red paper** and pasted on the doors were as full and red and voluptuous as before, but the strings of yellow **paper ingots** had some of them been torn by the wind. (King, 1945: 222)

47）她张罗着**煮元宵，包饺子，白天逛庙，晚上逛灯**。（老舍，2010：126）（《骆驼祥子》）

**Tr.1:** She **steamed sweet dumplings and made Chinese ravioli. She visited Temples during the day and strolled around looking at all the different lanterns hung in the streets in the evening**. (James, 1979: 150)

**Tr.2:** She had set about **cooking the food of the festival, the little round rice balls that have year after year for hundreds and hundreds of years been appropriate to it, and the wrapped meat dumplings** that Happy Boy loved. **In the daytime she would have it that they sight-see among the many Buddhist temples, and at night they must go out and stroll about the streets to see the lighted lanterns that had been hung out before shops and homes**. (King, 1945: 233-234)

## 五、宿命论、占星、迷信

1）王掌柜，捧捧唐铁嘴吧！……，我就先给您**相相面**吧！**手相**奉送，不取分文！（老舍著；英若诚译，2008：8）（《茶馆》）

**Tr.1:** Oh, Manager Wang, boost up poor old Oracle a bit. … , and I'll **tell your fortune** for you. With **palm-readin** thrown in, it won't cost you a copper!（老舍著；英若诚译，2008：9）

**Tr.2:** Proprietor Wang, show a little kindness to old Soothsayer Tang a bit. … and I'll **tell you your fortune**. Come on, let me **see your palm**—won't cost you a cent. (Howard-Gibbon, 2001: 19)

2）这位爷好相貌，真是**天庭饱满，地阁方圆**，虽无宰相之权，而有陶朱之富！（老舍著；英若诚译，2008：28，30）（《茶馆》）

**Tr.1:** Oh, what **auspicious features**! **Truly an inspired forehead and a commanding jaw**! Not the markings of a prime minister, but the potentials of fabulous wealth!（老舍著；英若诚译，2008：27，29）

**Tr.2:** This gentleman has **an auspicious face**. **Truly a full forehead and a strong jaw**. I don't see the lineaments of a prime minister, but there's a wealthy merchant there. (Howard-Gibbon, 2001: 39-41)

3）老王掌柜，我夜观天象，**紫微星**发亮，不久必有**真龙天子**出现，所以……（老舍著；英若诚译，2008：124）（《茶馆》）

**Tr.1:** Old manager, I've been studying the stars and there's irrefutable evidence that the true **Son of Heaven** will come amongst us very soon now.（老舍著；英若诚译，2008：125）

**Tr.2:** Old Proprietor Wang, I've been studying the stars, and **the Ziwei Constellation** is unusually bright. No doubt about it, there's going to be a new **Son of Heaven** before very long. (Howard-Gibbon, 2001: 151)

4）我现在叫**唐天师**！（老舍著；英若诚译，2008：126）（《茶馆》）

**Tr.1:** My new title is **Tang the Heavenly Teacher**.（老舍著；英若诚译，2008：127）

**Tr.2:** I've got a title: "**Court Astrologer**". (Howard-Gibbon, 2001: 153)

5）等我穿上**八卦仙衣**的时候，……（老舍著；英若诚译，2008：152）（《茶馆》）

**Tr.1:**…, when I have put on my **special robes**, …（老舍著；英若诚译，2008：127）

**Tr.2:** ... when I don my **official Court Astrologer's robes**,…. (Howard-Gibbon, 2001: 153)

6）以后，**给大家的坟地看风水**，我一定尽义务！（老舍著；英若诚译，2008：168）（《茶馆》）

**Tr.1:** When the time comes to **divine an auspicious site for your ancestral tombs**, I'll do it for free.（老舍著；英若诚译，2008：169）

**Tr.2:** I'll do my utmost to **choose a lucky site for your tombs**. (Howard-Gibbon, 2001: 199)

7）在上天津的前夕，**吕祖**下坛，在**沙盘**上龙飞凤舞的写了四个大字——晨星不明。（老舍，2012：229）（《离婚》）

**Tr.1:** … the night before his last trip down to Tientsin, the Chief of the Bureau had gone to consult **a Taoist fortune teller**. Before the Chief's very eyes, the unseen hands of the Spirits had begun to write **on the table smooth sand**: flying with the fleet strength of a dragon and dancing with the grace of a phoenix, they had moved above the sand until clearly marked in it there were the four characters: "Morning star not bright."(King, 1948: 268)

**Tr.2:** The chief was a devout follower of **the Taoist saint Lü Tsu, who guided him in his astrological behaviors**. In all matters except money and women, he followed the advice given by the saint to the letter. The night before he left for Tientsin, **the chart** read four words, "Morning Star not bright." (Kuo, 1948: 161)

8）……：在祭灶那天，那个时辰，一位**文曲星或扫帚星**降生在穷旗兵家里。（老舍，2018：64）（《正红旗下》）

Just as everybody was worshipping the God of the Hearth, either **the star of literary genius or a comet*** was reborn in a poor Manchu soldier's home. (Cohn, 1982: 116)

*A "comet" is a designation for a person who brings bad luck.

9）……，是天使给我**托了梦**！（老舍，2018：79）（《正红旗下》）

… I **had a dream** about an angel. (Cohn, 1982: 142)

10）……祁老太爷会**屈指算计**：……（老舍，2012：3）（《四世同堂》）

Old Grandfather Chi knew how **to tell the future by counting past events on the joints of his fingers**. (Pruitt, 1951: 3)

11）这里的**风水**一定是很好！（老舍，2012：10）（《四世同堂》）

Pruitt 没有翻译。

12）我刚才**用骨牌打了一卦**，准知道你回来，**灵不灵**？（老舍，2010：45）（《骆驼祥子》）

**Tr.1:** I was just **telling my fortune with dominoes**. I knew you were coming back. **Isn't that amazing**? (James, 1979: 51)

**Tr.2:** A little while ago I **told my own fortune with dominoes**, and I could tell for certain you were coming back. **Isn't that uncanny**? (King, 1945: 73)

13）……，教祥子到德胜门外去请陈二奶奶——顶着一位**虾蟆大仙**。（老舍，2010：158）（《骆驼祥子》）

**Tr.1:** …; but Hu Niu had an idea of her own. She told Hsiang Tzu to go out and get old lay Ch'en, **a shaman of the Mystic Toad**. (James, 1979: 192)

**Tr.2:** Then Tiger Girl herself managed to suggest that Happy Boy go outside the Gate of Victorious Virtue and invite Second Grandmother Ch'en to secure the intercession of **the mystic genius of the Immortal Toad**. (King, 1945: 302)

14）陈二奶奶带着“童儿”——四十来岁的一位黄脸大汉——快到**掌灯**的时候才来到。（老舍，2010：158）（《骆驼祥子》）

**Tr.1:** Old lady Ch'en and her "boy," a big forty-year-old yellow-faced fellow, arrived just before it was time to **light the lamps**. (James, 1979: 192)

**Tr.2:** Second Grandmother brought with her a "young lad"—required by the rites to be a child innocent of life's experiences—who was in fact a great robust yellow-faced son of Han a little less than forty years old. It was almost time for **the lighting of lamps** when they finally arrived. (King, 1945: 302)

15）**虾蟆大仙**说话老声老气，而且有些结巴：“不，不，不要紧！**画道催，催，催生符**！”（老舍，2010：159）（《骆驼祥子》）

**Tr.1:** **The Mystic Toad** spoke with vigor and a little stammer.

"Doesn't … doesn't … matter. **Draw a charm for hastening… hastening birth**! (James, 1979: 192)"

**Tr.2:** With a full throat and booming sound, and not without condescension, **the Immortal Toad** began to speak. "No—no—no—no matter! **Write out a charm—a charm—a charm for hastening childbirth**!" (King, 1945: 303)

16）……；假若老天教他活下去呢，很好；**老天若收回他去呢**，他闭眼就走，教子孙们穿着白孝把他送出城门去！（老舍，2012：11）（《四世同堂》）

If the Old Heavenly Grandfather allowed him to live longer—very good. If the **Old Heavenly Grandfather took him back**, he would shut his eyes and go, and his son and grandsons, wearing white mourning garment, would take him outside the city. (Pruitt, 1951: 12)

## 六、中医、药

1）有好的小白梨，买几个来，这几天我心里**老有点火**。（老舍，2018：102）（《正红旗下》）

If you see any good little white pears, buy some. The last few days my **"heat's"**\* been acting up. (Cohn, 1982: 179)

\*A traditional Chinese medical term. Inner "heat" is evinced by bloody nose, pain in the gums, ect.

2）"我有**白药**！"……

"白药不行！去请西医，外科西医！"（老舍，2012：188）（《四世同堂》）

"I have some **Yunnan powder**."…

"Yunnan powder will not do. Get **a foreign-trained doctor, a surgeon**,"… (Pruitt, 1951: 117)

3）曹太太给他两丸"**三黄宝蜡**"，他也没吃。（老舍，2010：60）（《骆驼祥子》）（三黄宝蜡：武当派伤科秘药，含有三黄，即麻黄，雄黄及藤黄。）

**Tr.1:** Mrs. Ts'ao gave him **two cure-all pills** but he didn't take them…. (James, 1979: 68）

**Tr.2:** Mrs. Ts'ao gave him **two pills of "Triple Yellow Precious Wax," which will cure practically everything**, but he didn't swallow them. (King, 1945: 102)

## 七、道德、价值观念

1）你看，姑娘一过门，吃的是珍馐美味，穿的是绫罗绸缎，这不是**造化**吗！

（老舍著；英若诚译，2008：30）（《茶馆》）

**Tr.1:** Once she's married, she'll eat delicacies and wear brocades! I call that **a lucky fate**!（老舍著；英若诚译，2008：19）

**Tr.2:** Look, in his house she'll be eating the finest delicacies and wearing the best brocades. Isn't that **good fortune**? (Howard-Gibbon, 2001: 31)

2）盼着你们快快**升官发财**！（老舍著；英若诚译，2008：76）（《茶馆》）

**Tr.1:** I'm sure you'll soon be **rewarded and promoted**!（老舍著；英若诚译，2008：77）

**Tr.2:** I expect you'll both be **wealthy officials** before too long. (Howard-Gibbon, 2001: 95)

3）一个男子汉，干什么吃不了饭，偏干**伤天害理**的事！呸！呸！（老舍著；英若诚译，2008：86）（《茶馆》）

**Tr.1:** Couldn't you make a decent living any other way? Do you have to follow your **filthy trade**? Pah!（老舍著；英若诚译，2008：87）

**Tr.2:** What kind of a man would turn to your **rotten, stinking business** to fill his belly? Bastard! (Howard-Gibbon, 2001: 107)

4）我们都是地道**老好人**！（老舍著；英若诚译，2008：42）（《茶馆》）

**Tr.1:** We're both **law-abiding men**.（老舍著；英若诚译，2008：41）

**Tr.2:** —we're both **honest, loyal men**. (Howard-Gibbon, 2001: 55)

5）……，简直是个顶天立地的**男子汉**！（老舍著；英若诚译，2008：112）（《茶馆》）

**Tr.1:** ..., **a real man**!（老舍著；英若诚译，2008：113）

**Tr.2:** —he's a **giant of a man**. (Howard-Gibbon, 2001: 137)

6）活着还不为**吃点喝点老三点**吗？（老舍著；英若诚译，2008：156）（《茶馆》）

**Tr.1:** What's life for without **good chow, good drinks and a bit of fun**?（老舍著；英若诚译，2008：157）

**Tr.2:** What's life for, if it isn't **to eat, drink and have a bit of fun**, eh? (Howard-Gibbon, 2001: 185)

7）我办事永远**厚道**！（老舍著；英若诚译，2008：174）（《茶馆》）

**Tr.1:** I always **play fair**.（老舍著；英若诚译，2008：175）

**Tr.2:** I've always been **a square dealer**. (Howard-Gibbon, 2001: 205)

8）……，难道亲友不应当**舍命陪君子**么？（老舍，2018：19）（《正红旗下》）

…, so shouldn't their friends and relatives **keep them company at all costs**? (Cohn, 1982: 36)

9）只有**堂堂正正，一步一个脚印的妇人**才能负此重任。（老舍，2018：19）（《正红旗下》）

Only **respectable matrons who had never strayed from the straight and narrow path** could undertake this responsibility. (Cohn, 1982: 37)

10）"**先洗头，做王侯；后洗腰，一辈倒比一辈高；洗洗蛋，做知县；洗洗沟，做知州**！"（老舍，2018：44）（《正红旗下》）

**First of all your head we rinse,**

**And know someday you'll be a Prince.**

**We next proceed to clean your back,**

**Good fortune your descendants will never lack.**

**Next we wash your "egg" in haste,**

**You'll join the county magistrates.**

**Last your "ditch"\* to my washing succumb,**

**And rule a province under your thumb**. (Cohn, 1982: 78)

\*Ditch refers to the buttocks.

11）我告诉你，老李，**男子吃口得味的，女人穿件好衣裳**，哈哈哈。（老舍，2012：140）（《离婚》）

**Tr.1:** I'll tell you, Old Li, for **a man to have a mouthful of fine-flavour food, and a woman to have clothes that she likes to wear**. Ha-ha-ha! (King, 1948: 24)

**Tr.2:** I tell you, Lao Lee, **we men like good food. Women like good clothes**. Ha, ha, ha. (Kuo, 1948: 16)

12）······，**肚子里有油水，生命才有意义**。（老舍，2012：141）（《离婚》）

**Tr.1: It is only when your stomach is full of the oil sustenance that life comes to have any meaning**. (King, 1948: 26)

**Tr.2: Life was meaningful when there was food in the stomach**. (Kuo, 1948: 17)

13）咱小赵是**有恩的报恩，有仇的报仇，男子汉大丈夫**！就拿你说，老李，自从我一和你见面，心里就说，这是个朋友；**惺惺惜惺惺，好汉爱好汉**！（老舍，2012：242）（《离婚》）

**Tr.1:** … we're the kind of **a person** who repays a kindness with kindness, and enmity enmity! A tough fellow and a regular guy! Just to take you as an example, Old Li—from the very first time I met you, my heart said inside of me, "This is a friend! A monkey feels for a monkey, and a regular fellow loves a regular fellow!" (King, 1948: 301)

**Tr.2:** I'm the kind of person **who returns favor for favor, evil for evil. That's me. I'm a real man**. Take you, for instance, Lao Lee. The minute I saw you, I told myself, "Here's a friend because **a friend cares for a friend and a man appreciates a real man**!" (Kuo, 1948: 185)

14）她的**刚柔相济**，令人啼笑皆非。（老舍，2018：8）（《正红旗下》）

**That admixture of toughness and tenderness** left people not knowing whether to laugh or cry. (Cohn, 1982: 15)

15）······，姑母何必不**大仁大义**那么一两回呢。（老舍，2018：12）（《正红旗下》）

…, so why not make the occasional **Benevolent Humanitarian Gesture**? (Cohn, 1982: 23)

16）走！我**敢做敢当**！（老舍，2018：74）（《正红旗下》）

All right, let's go! **I accept the consequences of my actions**! (Cohn, 1982: 133)

17）"出了事，花钱运动运动就能**逢凶化吉**！"（老舍，2018：76）（《正红旗下》）

I'll spend a little money, **pull a few strings and smooth things over**. (Cohn, 1982: 137)

18）……，他是个**安分守己**的公民，……（老舍，2012：3）（《四世同堂》）

He was **a citizen, content with his lot**, who had accepted himself. (Pruitt, 1951: 3)

19）……好上足以**对得起老人，下对得起儿孙**。（老舍，2012：10）（《四世同堂》）

He would then **have fulfilled his duty above (to the old man) and below (to his sons and his grandsons)**. (Pruitt, 1951: 11)

20）……，而这种责骂也便成为李四爷的**见义勇为**的一种督促。（老舍，2012：16）（《四世同堂》）

…, and her scoldings were intended to get him to **see the right and do it bravely**. (Pruitt, 1951: 18)

21）……他老显出点**买办气**或**市侩气**；……（老舍，2012：29）（《四世同堂》）

… had the **manner of a compradore or a gangster**. (Pruitt, 1951: 33)

22）……，在行动上他总求全盘的**体谅**。（老舍，2012：30）（《四世同堂》）

He always sought to **understand** before acting. (Pruitt, 1951: 34)

23）"我没办法！"老大又叹了口气，"只好你去**尽忠**，我来**尽孝**了！"（老舍，2012：33）（《四世同堂》）

"It's impossible for me." The elder brother sighed again. "It is better for you **to serve the country** and for me **to serve the older generations**." (Pruitt, 1951: 37)

译者在这一段之后紧接着增加了一段话（原文中没有）：

Rey Shuan was caught between the generations. Old Man Chi was a hundred per cent old China, and his son Tien Yiu was seventy per cent old thirty per cent new, as Rey Tang was seventy per cent new and thirty per cent old. Rey Shuan, however, was fifty per cent old and fifty per cent new. He could see the problems and difficulties of both, and the beauty and reasonableness of both, and he could see the duties of both.

24）……，你家的老大并不是个<u>没出息的人</u>……（老舍，2012：35）（《四世同堂》）

Remember, always remember, your eldest brother is not **a man without principles**. (Pruitt, 1951: 40)

25）"只有一句话！到什么时候都<u>不许灰心</u>！人一灰心便只看到别人的错处，而不看自己的<u>消沉堕落</u>！……"（老舍，2012：39）（《四世同堂》）

At no time must you allow your **heart to turn to ashes**, **to burn out—nor have any regrets**. (Pruitt, 1951: 43)

26）<u>好汉不吃眼前亏</u>！（老舍，2012：111）（《四世同堂》）
**A good Son of Han does not fight the inevitable**. (Pruitt, 1951: 85)

27）"穷算什么呢？钱家这一下子<u>断了根，绝了后</u>！"（老舍，2012：154）（《四世同堂》）

What is there to poverty? The Chien family has **had their root broken and their hope for the future taken away**. (Pruitt, 1951: 103)

28）他觉得用力拉车去<u>挣口饭吃</u>，是天下最<u>有骨气</u>的事；……（老舍，2010：12）（《骆驼祥子》）

**Tr.1:** He knew that **earning your living** by pulling a rickshaw was the occupation **with the most moral integrity** in the whole world. (James, 1979: 12)

**Tr.2:** He felt that **to earn his rice** by pulling a rickshaw was **the most independent thing** in the world. (King, 1945: 20)

29）……，<u>此处不留爷</u>，自有留爷处。（老舍，2010：43）（《骆驼祥子》）

**Tr.1:** **When one place isn't fit for a gentleman like me** there's always another place that will do. (James, 1979: 48)

**Tr.2:** King 译本未翻译此句。

30）可是责任，<u>脸面</u>，在这时候似乎比命还重要，……（老舍，2010：57）
（《骆驼祥子》）

**Tr.1:** But this time his duty and his **reputation** seemed much more important than his life. (James, 1979: 65)

**Tr.2:** But it seemed to him that at a time like this his responsibility, his **self-respect** were even more important than continuing to live. (King, 1945: 98)

31）平日，他觉得自己是<u>头顶着天，脚踩着地，无牵无挂的一条好汉</u>。（老舍，2010：77）（《骆驼祥子》）

**Tr.1:** Ordinarily he thought himself as <u>a fine fellow without ties or hindrances.</u> <u>His head reached the sky and his feet pressed the earth. He was involved in nothing and entrapped in nothing</u>. (James, 1979: 89)

**Tr.2:** Ordinarily he thought of himself as <u>a real upstanding Son of Han, with head scraping the heavens and feet firmly planted on the earth, altogether free of any tie of hindrance</u>. (King, 1945: 137)

32）……，明白人不吃<u>眼前亏</u>。（老舍，2010：89）（《骆驼祥子》）

**Tr.1:** You are a man who knows what's what and a man like that doesn't lose out because he doesn't see **what's right in front of his nose**. (James, 1979: 104)

**Tr.2:** …, and nobody who does would **take a loss when he can see clearly that it would be a loss**. (King, 1945: 163)

33）……；万一他忽然说出句："<u>再过二十年又是一条好汉</u>"呢？万一他要向酒店索要白干，一碟酱肉呢？（老舍，2010：199)（《骆驼祥子》）

**Tr.1:** … because of the chance that, like an operatic hero, he might just up and shout "**After twenty years I'll come back as a hero!**" Or want a couple of drinks and some barbecued meat to go with them like a proper bold and fearless criminal. (James, 1979: 243)

**Tr.2:** King 译本未翻译此句。

## 八、礼仪、寒暄、敬语

1）我<u>请安</u>了！（老舍著；英若诚译，2008：22）（《茶馆》）

**Tr.1:** I'm here **greetin'** you all!（老舍著；英若诚译，2008：23）

**Tr.2:** I'm **paying my respects** to you. (Howard-Gibbon, 2001: 35)

2）喝，我的老爷子，**您吉祥**！（老舍著；英若诚译，2008：36）（《茶馆》）

**Tr.1:** Oh, my master! **May Heaven bestow fortune on you**!（老舍著；英若诚译，2008: 37）

**Tr.2:** Ho! My Old Master. **May Heaven bestow fortune on you**! (Howard-Gibbon, 2001: 49)

3）您**赏脸**！您**赏脸**！（老舍著；英若诚译，2008：44）（《茶馆》）

**Tr.1:** What **an honor**! I'm **so honoured**!（老舍著；英若诚译，2008：45）

**Tr.2:** Thank you for **doing me the honor**. (Howard-Gibbon, 2001: 59)

4）好！**托福**！（老舍著；英若诚译，2008：70）（《茶馆》）

**Tr.1:** Very well, **thank you**.（老舍著；英若诚译，2008：71）

**Tr.2:** All fine, **thanks to the old customers like you**. (Howard-Gibbon, 2001: 87)

5）得啦，今天我**孝敬不了**二位，改天我必有**一份儿人心**！（老舍著；英若诚译，2008：84）（《茶馆》）

**Tr.1:** Gentlemen, gentlemen! I've **nothing to offer you** today, but, one of these days, I promise you **something worthwhile**.（老舍著；英若诚译，2008：85）

**Tr.2:** Back off, eh. I **don't have anything to give you** gentlemen today, but I will **have one of these days** soon. (Howard-Gibbon, 2001: 103)

6）我呢，做了一辈子顺民，见谁都**请安、鞠躬、作揖**。（老舍著；英若诚译，2008：182）（《茶馆》）

**Tr.1:** Me, I've been an obedient subject all my life. I **bowed and scraped to everyone**.（老舍著；英若诚译，2008：183）

**Tr.2:** Me? My whole life I tried to please everyone. I **bowed and scraped to whoever** I had to. (Howard-Gibbon, 2001: 213)

7）他们来到，他既要**作揖**，又要**请安**，结果是发明了一种**半揖半安**的，独

具风格的敬礼。(老舍，2018：48)(《正红旗下》)

When they came to see him, he wanted both to **bow to them** (in the Han Chinese fashion) and **make a formal greeting (in the Manchu fashion)**, and thus he originated his own unique half-bow, half-greeting salutation. (Cohn, 1982: 84)

8)"哟！老二！**什么风儿把你吹来了**？"(老舍，2018：90)(《正红旗下》)

Ah, Little Brother, **what good wind blows you this way**? (Cohn, 1982: 159)

9)"瑞宣！"他在门口**拱好了手**，非常亲切的叫：……(老舍，2012：72)(《四世同堂》)

"Rey Shuan," Morning Lotus **took Rey Shuan's hand** and spoke his name in an affectionate way,… (Pruitt, 1951: 57)

10)……，他一脚迈进去："**劳驾劳驾**！"(老舍，2010：89)(《骆驼祥子》)

**Tr.1:** … he stepped right up and said, "**Thank you very much, thank you very much**!" (James, 1979: 103)

**Tr.2:** … he thrust his foot through and forced his way into the compound. "Thank you for your trouble, **thank you for your trouble**!" (King, 1945: 161)

## 九、饮食文化

1)……吃碗**烂肉面**（大茶馆的食品，价钱便宜，作起来快当），……(老舍著；英若诚译，2008：2)(《茶馆》)

**Tr.1:** … consume bowls of **noodles with minced pork** (a specialty of large teahouses, cheap and easy to prepare),…（老舍著；英若诚译，2008：3、5）

**Tr.2:** …and down bowls of **noodles with minced pork** (a specialty of the large teahouses—cheap and quickly prepared)… (Howard-Gibbon, 2001: 15)

2)……，晌午给我做点**热汤面**吧！(老舍著；英若诚译，2008：108)(《茶馆》)

**Tr.1:** …, make me some **hot noodle soup** for lunch.（老舍著；英若诚译，2008：111）

**Tr.2:** …, will you make me **noodles** for lunch? (Howard-Gibbon, 2001: 133)

3）嗯！要有**炸酱面**的话，我还能吃三大碗呢，……（老舍著；英若诚译，2008：114）（《茶馆》）

**Tr.1:** Yes. If there were some **noodles with fried bean sauce around**, I could pack away three huge bowls.（老舍著；英若诚译，2008：115）

**Tr.2:** Mmmh. If I sat down to some **noodles with meat sauce**, I could still tuck away three big bowls or so. (Howard-Gibbon, 2001: 139)

4）妈的唱一出戏，挣不上三个**杂和面儿饼子**的钱，……（老舍著；英若诚译，2008：136）（《茶馆》）

**Tr.1:** Damn it, for singing the whole opera, I don't get enough to buy three **maize bun**!（老舍著；英若诚译，2008：137）

**Tr.2:** You sing a whole bloody opera, and you're barely paid enough to buy a few **coarse biscuits**. (Howard-Gibbon, 2001: 163)

5）就凭您，办一二百桌**满汉全席**的手儿，去给他们蒸**窝窝头**？（老舍著；英若诚译，2008：136）（《茶馆》）

**Tr.1:** You? But you used to cater for those **posh imperial-style banquets** with more than a hundred tables. Now you're cooking for **jailbirds**!（老舍著；英若诚译，2008：137）

**Tr.2:** You! You're used to handling **grand banquets** for hundreds of guests. And now they have you steaming **prisoners' cornbread**? (Howard-Gibbon, 2001: 165)

6）……，给她做点**杂和面儿疙瘩汤**吧！（老舍著；英若诚译，2008：166）（《茶馆》）

**Tr.1:** Maybe make a bowl of **dough drop soup with maize flour**.（老舍著；英若诚译，2008：167）

**Tr.2:** …I'll see if I can make her some **coarse dumpling soup**. (Howard-Gibbon, 2001: 197)

7）咱们回头吃**羊肉锅子**，我去切肉。这里有的是茶，瓜子，**点心**，你自己张罗自己，**不客气**。（老舍，2012：139）（《离婚》）

**Tr.1:** In a while we're going to have **mutton caldron**. I am going out now to slice the thin strips of mutton. Here's tea, and here are the melon seeds and **cakes**. You just help yourself, and **don't be polite**. (King, 1948: 19)

**Tr.2:** We're going to have **mutton *ho-kuo*** for dinner. I'll go to cut the meat. Here are some tea, melon seeds, and **tidbits** on the table. Help yourself and **don't stand on ceremony**. (Kuo, 1948: 13)

8）**以天气说，还没有吃火锅的必要**。但是迎时吃穿是生活的一种趣味。张大哥对于**羊肉火锅，打卤面，年糕**，皮袍，风镜，放爆竹等等都要作个先知先觉。"趣味"是比"必要"更精神的。（老舍，2012：139）（《离婚》）

**Tr.1: From the standpoint of weather, it was still not the time when it could be regarded as necessary to eat mutton caldron**, but to anticipate the season in the things one ate and the clothes one wore was one of the flavours of living. In the eating **mutton from the fire-caldron**, in the making of **salt bread or the year end pastry**, in the donning of a fur gown or the wearing of glasses against the wind, in the setting off of fire crackers, in the many other things for which custom decrees a special time, Elder Brother Chang held that "he who was first in knowledge should be first in savoring the things to come." For him, "flavor" and "interest" were much more energizing and zestful than "necessity". (King, 1948: 20)

**Tr.2: There was no need to eat steaming *ho-kuo* at this time of year. It was not cold enough**, although to eat and dress according to the season was one of the pleasures of life. Big Brother Chang was always ahead of the times, whether it be **mutton *ho-kuo*, mixed noodles, New Year cake**, a fur coat, goggles, or exploding firecrackers. (Kuo, 1948: 14)

9）牌楼底下，**热豆浆，杏仁茶，枣儿切糕，面茶，大麦粥**，都冒着热气，都有股特别的味道。切糕上的豆儿，像一排鱼眼睛，看着人们来吃。（老舍，2012：157）（《离婚》）

**Tr.1:** Beneath the arches, **the hot bean soup, the almond tea, the plum cakes, the flour tea, the thick rye water** were all hot and steaming, and their odors mingled to form a special fragrace. When the plums on the cake were cut, their divided stones looked out like the eyes of a living fish on the people who came to eat. (King, 1948: 59)

**Tr.2:** Under the arch of the market place was a stall selling hot **soya bean milk, almond tea, sliced date cake, and wheat congee**. The screaming fragrance of these delicacies stimulated his nostrils. The dates in the sliced cake were like fish eyes, staring at the people who were going to eat them. (Kuo, 1948: 32)

10）老李开始注意羊肉床子旁边的**芝麻酱烧饼**。（老舍，2012：166）（《离婚》）

**Tr.1:** … Old Li's attention was next drawn to **the roasted sesamum-oil cakes** at the stall next to the mat-covered benches where they were selling mutton. (King, 1948: 83)

**Tr.2:** As he stood near the mutton stand, his attention strayed to the tempting-looking **flat brown crullers sprinkled with sesame seeds**. (Kuo, 1948: 46)

11）十点半才起来，妈妈特意给定下的**豆浆**，买下顶小顶脆的**油炸圈儿**，**洋白糖**——又怕儿子不爱喝甜浆，令备下一碟老天义的**八宝酱菜**。（老舍，2012：191）（《离婚》）

**Tr.1:** It was half past ten before he got up. Seeing that he had awakened, his mother hastened to prepare **a bean curd broth**, for which she had also purchased the smallest and most crisp of **fruits fried in oil** that she could find, as well as **white powdered sugar, like the foreigners use**. At the same time, she was afraid that her son didn't like to drink sweet broth, so she separately prepared a plate of **pickled vegetables of eight jewels**. (King, 1948: 157-158)

**Tr.2:** For his breakfast his mother had ordered some **soya milk**, and she went out especially to buy some of the smallest and crispest of **doughnuts**, some **foreign granulated sugar**. She was afraid her son might not like **the sweet gruel**, so she took pains to prepare a dish of **salted assorted Peiping pickles**, and then waited for him to come to eat. (Kuo, 1948: 94)

12）……**热油条和马蹄儿烧饼**……（老舍，2018：12）（《正红旗下》）

…**the twisted fritters and sesame cakes**… (Cohn, 1982: 22)

13）"咱们多端点豆汁儿，少吃点硬的；多吃点**小葱拌豆腐**，少吃点炒菜，不就能省下不少吗？"（老舍，2018：23）（《正红旗下》）

"Let's drink more bean milk and eat less solid food. If we eat more **beancurd**

**with chopped scallions** and cook less dishes, that's already a great saving. (Cohn, 1982: 43)

14）我总得炒点<u>腰花</u>，来个<u>木樨肉</u>下饭吧？（老舍，2018：33）（《正红旗下》）

I should also have a little **fried kidney and shredded pork** to go with my rice. (Cohn, 1982: 60)

15）粥铺是在夜里三点左右就开始炸油条，打烧饼的。据说，连上早朝的王公大臣们也经常用<u>烧饼、油条</u>当作早点。（老舍，2018：37）（《正红旗下》）

It was said that the princes, dukes and ministers ate **twisted fritters and sesame cakes** for breakfast before attending pre-dawn court sessions with the emperor. (Cohn, 1982: 66)

16）……偷了大姐的两张新红票子，很早就到街上吃了两碟子<u>豆儿多、枣儿甜的盆糕</u>，喝了一碗<u>杏仁茶</u>。（老舍，2018：38）（《正红旗下》）

…two plateful of **cakes rich in beans and sweet dates** and a bowl of **almond tea**. (Cohn, 1982: 68)

17）所谓"全齐喽"者，就是<u>腌疙疸缨儿炒大蚕豆与肉皮炸辣酱</u>都已炒好，酒也兑好了水，千杯不醉。（老舍，2018：41）（《正红旗下》）

"It's ready!"

This means that a dish of **ribbons of pickled mustard greens sautéed with broad beans and another of pigskin fried in spicy bean sauce**… (Cohn, 1982: 71-72)

18）小六儿聪明：看出烙饼需要时间，就拿回一炉<u>热烧饼和两屉羊肉白菜馅的包子</u>来。风卷残云，……（老舍，2018：41）（《正红旗下》）

… he bought a whole trayful of **freshly baked sesame cakes and two steamer trays full of dumplings stuffed with mutton and cabbage**. Like clouds swept away by a wind, …(Cohn, 1982: 72-73)

19）二姐出去，买了些<u>糖豆大酸枣儿，和两串冰糖葫芦</u>。（老舍，2018：54）（《正红旗下》）

Second Sister went out and bought **some candies, beans, big wild dates, and two sticks with candied crab-apples impaled on them**. (Cohn, 1982: 97)

20）初六，大姐回来了，我们并没有给她到便宜坊叫个<u>什锦火锅</u>或<u>苏式盒子</u>。（老舍，2018：57）（《正红旗下》）

When my eldest sister came home on the sixth of the first month, we certainly did not order the **ten-flavour hot pot** or **the Suzhou style mixed-meats-in-a-box** for her from the Bianyi Restaurant. (Cohn, 1982: 100)

21）……，他要了一碟<u>炒麻豆腐</u>，几个<u>腌小螃蟹</u>，半斤<u>白干</u>。（老舍，2018：86）（《正红旗下》）

… **fried spicy beancurd**, several **salted baby crabs** and half a catty of *erguotou*. (Cohn, 1982: 153)

22）嘻嘻嘻！他飘飘然走出来，在门外精选了一块猪头肉，一对<u>熏鸡蛋</u>，几个<u>白面火烧</u>，……（老舍，2018：87）（《正红旗下》）

… a slice of pig's head, a couple of **smoked eggs and some wheat cakes**…(Cohn, 1982: 153)

23）……，就仿佛偶然吃一口<u>窝窝头</u>也怪有个意思儿似的。（老舍，2018：106）（《正红旗下》）

… almost as amusing as eating a mouthful of **poorman's steamed cornbread**. (Cohn, 1982: 186)

24）准是<u>翅席</u>哟！（老舍，2018：112）（《正红旗下》）（翅席，有鱼翅等名贵菜肴的奢侈宴席。）

I'll bet you it's going to be **a sharks-fin banquet**! (Cohn, 1982: 197)

25）找了个<u>豆汁儿摊子</u>，他<u>借坐</u>了一会，心中才舒服了一些。（老舍，2012：119）（《四世同堂》）

He **borrowed a seat** from **a sourbean soup stand** on the sidewalk and sat down. (Pruitt, 1951: 92)

26）在他初到北平的时期，他以为到东安市场吃天津包子或**褡裢火烧**，喝**小米粥**，便是享受。住过几年之后，他才知道西车站的西餐与东兴楼的中菜才是说得出口的吃食。（老舍，2012：287）（《四世同堂》）

When Eastern Sun had first come to Peiping he had thought that to go to the Eastern Market Bazaar to eat **meat dumplings** and drink **millet gruel** was luxury; after a few years he began to know that the foreign food in the Railway Restaurant at the Chien Men Station and the Chinese food at the Tung Hsing Lou was food that could be talked about. (Pruitt, 1951: 141)

27）极慢的立起来，找到了个**馄饨挑儿**。（老舍，2010：27）（《骆驼祥子》）

**Tr.1:** He stood up very slowly and went over to **a won ton peddler**. (James, 1979: 29)

**Tr.2:** Slowly he raised himself up and dragged himself along to **a little stand where a peddler was selling steamed cakes**. (King, 1945: 44)

28）歇了老大半天，他到桥头吃了碗**老豆腐**，醋，酱油，花椒油，**韭菜末**，被热的雪白的豆腐一烫，发出点顶香美的味儿，香得使祥子**要闭住气**；……（老舍，2010：29）（《骆驼祥子》）

**Tr.1:** … and bought a bowl of **bean curd** from a street vendor. Warmed by the scalding hot snow-white bean curd, the vinegar, soy sauce, chili pepper oil, and **scallion tips** gave off an absolutely wonderful smell that made Hsiang Tzu **want to hold his breath**. (James, 1979: 31-32)

**Tr.2:** …, he went up to the head of the bridge and got himself a bowl of **cooked bean curd**. The vinegar, soybean sauce, pepper, and **tips of leeks** with which the hot white dish was seasoned gave off an order so fragrant that …, almost **afraid to breathe**, … (King, 1945: 46)

29）虎妞已把午饭作好：**馏的馒头，熬白菜加肉丸子，一碟虎皮冻，一碟酱萝卜**。（老舍，2010：121）（《骆驼祥子》）

**Tr.1:** Hu Niu had just finished making a lunch of **steamed buns, simmered cabbage and meatballs, a plate of cold pork jelly, and a plate of pickled turnips**. (James, 1979: 145)

**Tr.2:** Tiger Girl had finished cooking the forenoon meal: **steamed dumplings, boiled cabbage with meat balls, cold pig's skin, a dish of pickled turnips**. (King, 1945: 226)

## 十、方言

1）我这儿正**没有辙儿**呢！（老舍著；英若诚译，2008：70）（《茶馆》）

**Tr.1:** I **didn't see how I was going to manage**.（老舍著；英若诚译，2008：71）

**Tr.2:** You've **saved the day**. (Howard-Gibbon, 2001: 87)

2）都叫你**咂摸**透了！（老舍著；英若诚译，2008：78）（《茶馆》）

**Tr.1:** **Got it all worked out**!（老舍著；英若诚译，2008：79）

**Tr.2:** **To the last detail**. (Howard-Gibbon, 2001: 97)

3）……，翻成北京话就是"**包圆儿**"。（老舍著；英若诚译，2008：126）（《茶馆》）

**Tr.1:** In Beijing dialect it means "It's **all yours**".（老舍著；英若诚译，2008：127）

**Tr.2:** In Beijing talk it's a **baoyuaner**—you know, **a place that looks after everything**. (Howard-Gibbon, 2001: 153)

4）甭跟我们**拍老腔**，说真的吧！（老舍著；英若诚译，2008：170）（《茶馆》）

**Tr.1:** **Talking about your age won't get you anywhere**! Let's get down to brass tacks.（老舍著；英若诚译，2008：171）

**Tr.2:** **Cut the crap** and give it to us straight. (Howard-Gibbon, 2001: 201)

5）你我老老实实，规规矩矩，**作勿来，作勿来**。（老舍，2012：233）（《离婚》）

**Tr.1:** … we're honest and simple and well-disposed; everybody trust us, we are forever acting in accordance with the rules of correct behavior. **We don't pull out anything at all; we don't pull out a thing**! (King, 1948: 279)

**Tr.2:** You and I are honest people. **We don't do such things. We can't**. (Kuo, 1948: 168)

6）至于张大哥呢，长长的脸，并不**驴脸瓜搭**，……（老舍，2012：136）（《离婚》）

**Tr.1:** As for Elder Brother Chang, his face was long, but his head did not **hang laxly like that of some stupid mule**, and … (King, 1948: 13)

**Tr.2:** Big Brother Chang had a long oval face and **was not at all bad-looking**. (Kuo, 1948: 9)

7）李太太不难看。脸上挺干净，有点**发整**。（老舍，2012：164）（《离婚》）（发整：北京话，不活泼。）

**Tr.1:** As a matter of fact, Mrs. Li was not hard to look at. Her face was always brightly clean, but **suffered a little from being too regular**. (King, 1948: 78)

**Tr.2:** Mrs. Lee was not ugly. She had a clean, open face **with perhaps the features a little too regular**. (Kuo, 1948: 43)

8）可是，何必那么**急扯白脸**的呀！（老舍，2012：184）（《离婚》）

**Tr.1:** Why, though, **should he tear himself apart in excitement about it, and get so white in the face**? (King, 1948: 135)

**Tr.2:** … , but why did he have to **be so impatient**? (Kuo, 1948: 80)

9）……，可是，**莫得还手**，羞得咧，**没面目**！（老舍，2012：234）（《离婚》）

**Tr.1:** …, but he **couldn't return a single blow**, he was that ashamed! He **didn't have any face left at all**! (King, 1948: 281)

**Tr.2:** But he **didn't return the blows**. I think he was ashamed of himself; perhaps he **felt he had lost face** in cooking Small Chao's little duck. (Kuo, 1948: 169)

10）"对了，他**眼皮子宽**，可不是。"（老舍，2012：246）（《离婚》）

**Tr.1:** That's right. **The skin of his eyelids is wide**, is it not? (King, 1948: 313)

**Tr.2:** Yes, I know, … But Small Chao is the kind of person **who would show no genuine concern**. Isn't that so? (Kuo, 1948: 194)

11）假若她大胆地去请假，她知道，婆婆必定点头，连声地说：**克吧！克吧！**（"克"者"去"也）（老舍，2018：37-38）（《正红旗下》）

If she screwed up her courage to do so, she knew that her mother-in-law's response would be "**Goo ahead! Goo ahead**!" (Goo is what Manchus say instead of go) (Cohn, 1982: 67)

12）老王掌柜常常用他的胶东化的京腔，激愤而缠绵的说：钱都**上哪儿气**（去）了？上哪儿**气**了？（老舍，2018：46）（《正红旗下》）

Manger Wang was indignant but touching when he said, in the Beijing dialect heavily coloured by his eastern Shandong origins, "Where did all the money **gaw (go)**? Where did it all **gaw**?" (Cohn, 1982: 81-82)

13）每逢她骂到**满宫满调**的时候，父亲便过来，笑着问问："姐姐，我帮帮您吧！"（老舍，2018：52）（《正红旗下》）

As my aunt began **running through the full range of maledictions**, my father went over to her with a smile and asked, "My dear older sister, may I be of some help?" (Cohn, 1982: 93)

14）……，**给你们个苍蝇吃**。（老舍，2018：81）（《正红旗下》）

**Put that in your pipe and smoke it**! (Cohn, 1982: 145)

15）她是妈妈的**"老"女儿**，所以比姐姐得宠。（老舍，2012：55）（《四世同堂》）

She was **her mother's baby** so she had been more indulged than her sister. (Pruitt, 1951: 49)

16）老人**横打鼻梁**，愿意帮忙。（老舍，2012：100-101）（《四世同堂》）

Fourth Master Li **assented immediately** and most willingly. (Pruitt, 1951: 79)

17）有一天，拉到了西城，他**看出点棱缝**来。（老舍，2010：13）（《骆驼祥子》）

**Tr.1:** One day he took a fare to the west side and **noticed something was up**. (James, 1979: 14)

**Tr.2:** One day, when he had run his rickshaw to the western part of the city, he saw there **many signs of trouble**. (King, 1945: 23)

18) ……，她颇得用点心思才能拢得住这个急了也会<u>尥蹶子</u>的大人，或者大东西。（老舍，2010：131）（《骆驼祥子》）

**Tr.1:** … she'd better use a little caution right now when settling this big fellow, or maybe this big thing, **who was quite capable of lashing out with his hind feet** when upset. (James, 1979: 157)

**Tr.2:** She would certainly have to use her wits to rein in this great fellow **who could kick like a mule when he was really exercised**. Or maybe he was not a person, but just a immense thing;… (King, 1945: 245)

19) ……，不为那个地方方便，而专为<u>要个飘儿</u>。（老舍，2010：174）（《骆驼祥子》）

**Tr.1:** …, not because that was a convenient place but because he wanted to **show how tough he was**. (James, 1979: 211)

**Tr.2:** …, not because that was a convenient place for it but for the particular purpose of **putting on a tough act**. (King, 1945: 331)

## 十一、穿着打扮、外貌

1) 王淑芬梳时行的圆髻，而李三却还带着小辫儿。（老舍著；英若诚译，2008：50）（《茶馆》）

**Tr.1:** Wang Shufen has her hair coiled up in a round bun, fashionable at that time. Li San, however, still wears his pigtail stipulated by the previous Qing Dynasty. (Ying, 2008: 51)

**Tr.2:** Wang Shufen wears her hair in the bun of the time, but Third-Born Li still has the queue of Manchu times. (Howard-Gibbon, 2001: 65)

2) 他们俩仍穿<u>灰色大衫</u>，但袖口瘦了，而且罩上<u>青布马褂</u>。（老舍著；英若诚译，2008：74）（《茶馆》）

**Tr.1:** They are still in **grey gowns**, but with narrow sleeves because of the new fashion, and with **black jackets**. (Ying, 2008: 75)

**Tr.2:** They still wear **grey gowns**, but the cuffs are in the new narrow fashion, and they are wearing **black mandarin jackets** on top of them. (Howard-Gibbon, 2001: 91)

3）小唐铁嘴进来，穿着**绸子夹袍，新缎鞋**。（老舍著；英若诚译，2008：124）（《茶馆》）

**Tr.1:** Tang the Oracle Jr enters. He wears **a silk gown and new satin shoes**. (Ying, 2008: 125)

**Tr.2:** Little Soothsayer Tang enters wearing **a lined silk gown and new satin shoes**. (Howard-Gibbon, 2001: 151)

4）大姐是个极漂亮的小媳妇：眉清目秀，小长脸，尖尖的下颏像个白莲花瓣似的。不管是船上大红段子的氅衣，还是蓝布旗袍，不管是梳着两把头，还是挽着旗髻，她总是那么俏皮利落，令人心旷神怡。她的不宽的腰板总是挺得很直，亭亭玉立；在请蹲安的时候，直起直落，稳重而飘洒。（老舍，2018：11）（《正红旗下》）

Her small face, longer than it was wide, had the most delicate features. Her narrow chin resembled a white lotus petal. Whether she was wearing a bright red satin overcoat or a blue cotton gown, or whether her hair was parted in the middle or done up in a Manchu-style bun, her lively winsome nature always put people in a cheerful mood. Her narrow waist was as straight as an arrow and when standing she looked even more elegant. When she curtseyed to pay her respects, she was both dignified and graceful, for she always moved in a perfectly straight line. (Cohn, 1982: 21)

5）老头儿换上一件旧**狐皮马褂**，不系钮扣，而用一条旧布褡包松拢着，十分潇洒。（老舍，2018：14）（《正红旗下》）

The old man had changed into **an old fox fur mandarin riding jacket**, which he wore unbuttoned, along with a loosely tied old cotton cummerbund, a truly dashing combination. (Cohn, 1982: 18)

6）那年月，像王掌柜这样的人，还不敢乱穿衣裳。直到他庆贺华甲之喜的时节，他才买了件**缎子面的二荏儿羊皮袍**，……（老舍，2018：46）（《正红旗下》）

In those days, Manager Wang was one of those people who were not entitled to fine clothing because businessmen were despised in society. It wasn't until he turned sixty that he bought himself **a second-hand satin-covered shearling-lined long gown**. (Cohn, 1982: 82)

7）**冠晓荷**在街门坎里立着呢。他穿着在三十年前最时行，后来曾经一度极不时行，到如今又二番时行起来的**团龙蓝纱大衫**，极合身，极大气。下面，**白地细蓝道的府绸裤子**，散着裤脚；脚上是**青丝袜**。**白千层底青缎子鞋**；……（老舍，2012：24）（《四世同堂》）

**Kuan the Morning Lotus** was standing inside the threshold of the gate. He was wearing **a coat of blue silk gauze into which was woven the pattern of dragon medallions** which had been fashionable thirty years before, … The trousers under the coat were of **white wash silk with a fine, blue stripe**. He had not bound his trousers at the ankle and on his feet were **white silk socks** and **black satin shoes with soles of a thousand layers**.(Pruitt, 1951:28)

8）是长得很富泰……（老舍，2012：80）（《四世同堂》）
was well built…(Pruitt, 1951: 62）

9）他极大胆的穿上了一套**中山装**！（老舍，2012：247）（《四世同堂》）
With great daring he wore his **Sun-Yat-Sen suit**. (Pruitt, 1951: 135）

10）因为拉着洋人，他们可以不穿**号坎**，而一律的是长袖小白**褂**，白的或黑的裤子，裤筒特别肥，脚腕上系着细带；脚上是**宽双脸千层底青布鞋**；干净，利落，神气。（老舍，2010：4）（《骆驼祥子》）

**Tr.1:** Because they work for foreigners, they can do without **vests with numbers on them** so passengers can hail them. Regulation dress for them is a long-sleeved white **jacket** and white or black trousers **with full legs** tied tightly with white cords around the ankles. They wear **very thick-soled black cloth shoes** and have **a smooth clean appearance**.(James, 1979: 3)
**Tr.2:** Evan King 未译

11）近似**搪布**①的一身**本色粗布**裤**褂**一元，**青布鞋**八毛，**线披儿织成的**袜子一毛五，还有顶二毛五的草帽。
　①搪布，窄幅粗线织得很稀的一种布，旧时用作面巾。
（老舍，2010：28）（《骆驼祥子》）
**Tr.1:** A jacket and trousers of **fine-looking unbleached rough cloth** cost one

dollar, **black cloth shoes** were eighty cents, **cotton socks** were fifteen cents, and a straw hat cost twenty-five cents. (James, 1979: 30)

Tr.2: A jacket and trousers of **unbleached coarse cotton cloth** cost one dollar; a pair of **black cloth shoes** were eighty cents; **cheaply woven socks** were fifty cents; and there was also the **big-brimmed straw hat** that cost twenty-five cents. (King, 1945: 44-45)

12) 她也**长得虎头虎脑**，因此吓住了男人，帮助父亲办事是把好手，可是没人敢娶她作太太。(老舍，2010: 31)(《骆驼祥子》)

Tr.1: She, too, had **grown up with the head and brains of a tiger** and **so she frightened men off**. She was skillful at helping her father manage the business but no one dared ask for her as his wife. (James, 1979: 33)

Tr.2: She **had the head and face of a tigress** and on that account **frightened the men away**. She was a good hand at helping her father in his business, but nobody dared marry her. She was the same as a man in everything. (King, 1945: 48)

13) 她上身穿着件浅绿的**绸子小夹袄**，下面一条**青洋绉肥腿**的单裤。(老舍，2010: 44)(《骆驼祥子》)

Tr.1: Hu Niu was wearing **a pale green silk jacket** and **full black silk trousers**. The silk jacket gleamed with a soft and melancholy sheen in the lamplight. (James, 1979: 50)

Tr.2: On the upper part of her body she **wore short silk jacket of a very light soft green color**, and on the lower **a pair of tissue-thin silk crepe trousers** that were **very full in the legs and at the feet**. (King, 1945: 71)

14) 一眼便看明白了，**侦缉队**上的。他常在茶馆里碰到队里的人，虽然没说过话儿，可是晓得他们的**神气与打扮**。这个的打扮，他看着眼熟：**青大袄，呢帽**，帽子戴得很低。(老舍，2010: 86)(《骆驼祥子》)

Tr.1: He understood in a glance; the man was **a police spy**. He had often seen these men in teahouses and while he had never spoken to them, He knew their **manner and how they dressed**. This one wore **the usual long black gown and a felt hat** pulled down low. (James, 1979: 100)

**Tr.2:** In going by, Happy Boy took a look at him and in a glance understood — the man was a member of **the secret police.** He had frequently met members of the corps in the teahouses, and although he had never spoken with one of them, he knew **the expression of their faces, their manner, and their style of dress.** He had seen the style often enough to be well acquainted with it — **a dark blue outer gown and a felt hat,** the brim of the hat always pulled down very low over the face. (King, 1945: 157)

## 十二、宗教（观念、术语）

1）常四爷，您是**积德行好**，赏给她们面吃！（老舍著；英若诚译，2008：44）（《茶馆》）

**Tr.1:** Master Chang, you're **really softhearted** giving them noodles! (Ying, 2008: 33)

**Tr.2:** Fourth Elder Chang, it's **very good of you** to buy them noodles. (Howard-Gibbon, 2001: 45)

2）你呀，顺子，认命吧，**积德**吧！（老舍著；英若诚译，2008：58）（《茶馆》）

**Tr.1:** Shunz, accept your fate and **have pity on us**! (Ying, 2008: 47)

**Tr.2:** You, ah! Shunzi. There's no other way. Please **don't make things difficult**. (Howard-Gibbon, 2001: 59)

3）能有个事儿作也就得**念佛**！（老舍著；英若诚译，2008：68）（《茶馆》）

**Tr.1:** ..., but these days you can **thank your lucky stars** if you have a job at all. (Ying, 2008: 55)

**Tr.2:** ..., but in these hectic times we should **be thankful** to have a job at all. (Howard-Gibbon, 2001: 69)

4）惭愧！惭愧！做过国会议员，那真是**造孽**呀！（老舍著；英若诚译，2008：120）（《茶馆》）

**Tr.1:** You make me feel ashamed! Yes, I was a member of parliament, **a grievous sin**. (Ying, 2008: 99)

**Tr.2:** I'm ashamed of myself, ashamed. To have been a member of Legislative Assembly **is nothing short of a sin**. (Howard-Gibbon, 2001: 121)

5）要是没你那一套办法，怎会**缺德**呢！（老舍著；英若诚译，2008：146）（《茶馆》）

**Tr.1:** Sure, without your **crooked** ways, where would you be? (Ying, 2008: 121)

**Tr.2:** Without your set-ups, what would we do for **injustice**? (Howard-Gibbon, 2001: 147)

6）连棺材还是我给他**化缘**化来的！（老舍著；英若诚译，2008：214）（《茶馆》）

**Tr.1:** I had to go and **beg alms** to get a coffin for him. (Ying, 2008: 185)

**Tr.2:** I had to go out and **beg** for a coffin for him. (Howard-Gibbon, 2001: 215)

7）甚至觉得只有现在多受些磨炼，将来才能够**成仙得道**……（老舍，2018：37）（《正红旗下》）

She even believed that if only she would put her nose to the grindstone for a short while longer, she could **attain to the Path of the Immortals** ... (Cohn, 1982: 65)

8）只要能够好好地睡睡觉，歇歇我的腿，我就**念佛**！（老舍，2018：57）（《正红旗下》）

If I can get a few good nights' sleep and give my legs a good rest, I'll **thank Buddha for it!** (Cohn, 1982: 100)

9）完全因为他的**福大量大造化大**，……（老舍，2018：63）（《正红旗下》）

He attributed this to **his own good fortune, his great natural capacity and the workings of fate** (Cohn, 1982: 115)

10）"我也这么想。恐怕还得**请几位——至少是五众儿——和尚，超渡超渡吧**？……"（老舍，2012：155）（《四世同堂》）

I think that's the way. And we had better **engage five Buddhist monks to read the sutras.** (Pruitt, 1951: 104）

11）虽然已到**妙蜂山开庙进香**的时节，夜里的寒气可还不是一件**单衫**所能挡得住的。（老舍，2010：15）（《骆驼祥子》）

**Tr.1:** Although **it was already late June, and time to open the doors and take**

**incense into the Miao Feng Temple**, the coldness of the night could not be kept out by **an unlined jacket**. (James, 1979: 15)

**Tr.2:** Though it was already **the season for the opening of the Temple on the Mountain of the Wonderful Peak**, the night air was still too cold to be stopped by a single thin shirt. (King, 1945: 25)

12) 可惜我<u>错投了胎</u>。（老舍，2010：106）（《骆驼祥子》）

**Tr.1:** But alas, **an unkind fate out me in my mother's womb and there's nothing we can do about it**. (James, 1979: 124)

**Tr.2:** It's a pity that **my spirit stole into the wrong womb**, …(King, 1945: 192)

13) 老了老了的给我这么个<u>报应</u>，不知<u>哪辈子造下的孽</u>！（老舍，2012：180）（《离婚》）

**Tr.1:** When I've grown old, old … this is **recompense** I get …I don't know **in what generation of my previous reincarnations I could have sinned so horribly that I now must suffer this** …(King, 1948: 125)

**Tr.2:** I'm getting older every day, and I'm sure I don't know **what I've done to deserve this**. (Kuo, 1948:73)

## 十三、神话、典故、传说、故事

1) 咱们就<u>八仙过海，各显其能</u>吧！（老舍著；英若诚译，2008：48）《茶馆》

**Tr.1:** Let's **both try our best, and see what happens**. (Ying, 2008: 37)

**Tr.2:** **Like the Eight Immortals crossing the sea, we each have our own strengths, eh?** (Howard-Gibbon, 2001: 49)

2) 您看，前天我在会仙馆，开三侠四义五霸十雄十三杰九老十五小，大破凤凰山，百鸟朝凤，棍打凤腿，您猜上了多少座儿？（老舍著；英若诚译，2008：160，162)《茶馆》

**Tr.1:** Take me. Day before yesterday, at Huixian Teahouse, I told the story of how the three gallants, four worthies, five braves, ten heroes, thirteen celebrities, nine elders and fifteen youngsters stormed Phoenix Mountain, how the hundred birds paid homage to the phoenix, and how the phoenix's leg was hurt. Guess how many come to listen to me? (Ying, 2008: 135)

**Tr.2:** At Huixian Hall the day before yesterday, you know, I told the story of how the Three Knights, Four Sworn Brothers, Five Braves, Ten Gallants, Thirteen Heroes, Nine Grandads, and Fifteen Lads, smashed the bandit stronghold at Phoenix Peak, how the hundred birds paid homage to the phoenix, and how the phoenix's leg was hurt. Guess how many came to hear it? (Howard-Gibbon, 2001: 161, 163)

3）从此，全机关的人开始知道了来了位**活神仙**，**月下老人**的转身。（老舍，2012：137）（《离婚》）

**Tr.1:** From this quiet remark, everyone in the whole ministry would know that **living Buddha had come among them, an ancient whose soul was transmuted beneath the moon**. (King, 1948: 15)

**Tr.2:** Immediately the entire office would know that **a human angel** had come among them, **the incarnation of that superlative arranger of marriages — the old man under the moon**.(Kuo, 1948: 10)

4）老李偷眼看着太太，心中老有点"**刘姥姥入大观园**"的恐怖。（老舍，2012：184-185）（《离婚》）

**Tr.1:** Old Li, with almost as much apprehension in his heart **as the storied Grandma Liu is said to have flet as she entered the zoo,** threw a cautious side-wise glance at his wife. (King, 1948: 137)

**Tr.2:** He was constantly fearful lest she **behave like a country bumpkin** and embarrass him. (Kuo, 1948: 82)

5）多甫接过钱来，扭头就走，大有**子路负米**的孝心与勇气。（老舍，2018：102）（《正红旗下》）

Duofu took the money, turned around and began to leave. But in order to show his loyalty and fortitude. (Cohn, 1982: 179）

6）他早知道钱默吟先生能诗善画，而家境又不甚宽绰。他久想送几个**束修**，到钱家去熏一熏。（老舍，2012：25）（《四世同堂》）

... he had been thinking that he might **send money to the Chien family as a "tuition fee" and that like a ham flavored by the smoke of the burning pine wood, he might get some of the smoke of learning on himself**. (Pruitt, 1951: 29)

7）他想起<u>文天祥，史可法，</u>和许多许多的民族英雄，同时也想起<u>杜甫</u>在流离中的诗歌。（老舍，2012：31-32）（《四世同堂》）

He thought of **Wen Tien Hsiang who fought the Mongols** and of many, many heroes of the race; and at the same time he thought also of **Tu Fu, a wanderer and exile during a civil war, of the poetry he wrote of wanderings and of his great longing for his family**. (Pruitt, 1951: 36)

8）老三对老大说："看！**焚书坑儒**！你怎样？（老舍，2012：35）（《四世同堂》）

"Look—— '**burn the books and bury alive the scholars**.' What now?" (Pruitt, 1951: 39)

## 十四、成语、习语、谚语、俗语、歇后语、诗词引用

1）一醉解千愁！（老舍著；英若诚译，2008：90）（《茶馆》）

**Tr.1:** Drown our sorrows in wine. (Ying, 2008: 73)

**Tr.2:** One cup can drown a thousand sorrows. (Howard-Gibbon, 2001: 91)

2）隔行如隔山，……（老舍著；英若诚译，2008：114）（《茶馆》）

**Tr.1:** Once in a trade, always in the trade. (Ying, 2008: 95)

**Tr.2:** We just live different sorts of lives. (Howard-Gibbon, 2001: 115)

3）两个人穿一条裤子的交情吧？（老舍著；英若诚译，2008：116）（《茶馆》）

**Tr.1:** Our friendship's so close we can share the same pair of trousers, rig?(Ying, 2008: 97)

**Tr.2:** As close as two men in one pair of pants? (Howard-Gibbon, 2001: 117)

4）我年轻的时候，<u>以天下为己任</u>，……（老舍著；英若诚译，2008：122）（《茶馆》）

**Tr.1:** As a young man, **I thought my ideals could save the world**. (Ying, 2008: 101)

**Tr.2:** When I was young **I thought I had to save the nation**;(Howard-Gibbon, 2001: 123)

5）那也得<u>死马当活马治</u>呀！（老舍著；英若诚译，2008：122）（《茶馆》）

**Tr.1:** But we **must try to save her**! (Ying, 2008: 101)

**Tr.2:** Then we must **try to breathe new life into her**! (Howard-Gibbon, 2001: 123)

6）才都这么<u>才貌双全，文武带打</u>，我们是<u>应运而生</u>，活在这个时代，真是<u>如鱼得水</u>！老掌柜，把脸转正了，我看看！好，好，<u>印堂发亮</u>，……（老舍著；英若诚译，2008：150）（《茶馆》）

**Tr.1:** … have been sent into the world. Look at us, **endowed with wit and beauty, accomplished in letters and prowess** — just **rig for the times!** And, boy, **aren't we going to enjoy it!** l Old manager, turn your face here. I'll read your features. Good, good, **a fine forehead!** (Ying, 2008: 125,127)

**Tr.2: Talented, handsome, sophisticated, aggressive** — at last we're going to **come into our own**. Old Proprietor, tum your face this way. Let me see now... Cood. Cood. **Promising forehead**. (Howard-Gibbon, 2001: 151)

7）柳叶眉，杏核眼，樱桃小口一点点……（老舍著；英若诚译，2008：156）（《茶馆》）

**Tr.1:** Willow-leaf eyebrows, almond-shaped eyes; Cherry red lips of a dainty size. (Ying, 2008: 131)

**Tr.2:** Willow-leaf eyebrows, almond-kernel eyes, and cherry lips ……(Howard-Gibbon, 2001: 157)

8）常言道：邪不侵正。（老舍著；英若诚译，2008：162）（《茶馆》）

**Tr.1:** It's an old saying that evil will never vanquish good. (Ying, 2008: 137)

**Tr.2: An** old saying has it that "Tradition survives trend". (Howard-Gibbon, 2001: 163)

9）三宫六院七十二嫔妃，……（老舍著；英若诚译，2008：174）（《茶馆》）

**Tr.1:** … an emperor should have seventy-two concubines apart from his official wives. (Ying, 2008: 147)

**Tr.2:** …, the Imperial quarters are supposed to house seventy-two concubines. (Howard-Gibbon, 2001: 175)

10）二爷财大业大心胸大，树大可就招风啊！（老舍著；英若诚译，2008：212）（《茶馆》）

**Tr.1:** Master Qin, you had a great wealth and ambitions. But, as they say, it's the tall tree that bears the brunt of the storm. (Ying, 2008: 181)

**Tr.2:** Second Elder, you were wealthy, enterprising and ambitious, but big trees bear the brunt of the wind. (Howard-Gibbon, 2001: 213)

11）"老姑奶奶！"大姐婆婆故意称呼对方一句，<u>先礼后兵</u>，以便进行歼灭战。（老舍，2018：15）（《正红旗下》）

"My dearest auntie!" My sister's mother-in-law **<u>deliberately addressed her courteously before marshalling her forces</u>** for the final annihilation. (Cohn, 1982: 30）

12）母亲一暗示留他吃饭，他便咳嗽一阵，<u>有腔有调，有板有眼</u>，而后又哈哈地笑几声才说：……（老舍，2018：9）（《正红旗下》）

He had a fit of coughing, **<u>both melodious and rhythmical</u>**, which concluded with a few bursts of laughter. (Cohn, 1982: 17）

13）"几时请客？吾来作陪呀，压根儿的。<u>猪八戒掉在泔水桶里，得吃得喝</u>！"（老舍，2012：245）（《离婚》）

**Tr.1:** When will you be inviting us all to dinner? I'll be there to keep the host company and to help out, when you come right down to it. "**<u>A pig practicing the eight abstensions falls into a hogs-head of rice water, and is obliged to both eat and drink</u>**!" (King, 1948: 310)

**Tr.2:** I shall certainly come to keep you company. I shall. **<u>This is certainly an occasion to eat, drink, and merry when you get a promotion</u>**. (Kuo, 1948: 192)

14）虽然我们的赊账范围并不很大，可是这已足逐渐形成**寅吃卯粮**的传统。

（老舍，2018：21）（《正红旗下》）

Although the range of our liabilities was not very great, our family had long since adopted **the custom of eating April's grain in March**. (Cohn, 1982: 39)

15）我三舅有五个儿子，都**虎头虎脑**的，……（老舍，2018：29）（《正红旗下》）

My third maternal uncle had five **honest and able** sons. (Cohn, 1982: 54）

16）他从庆祝了自己的三十而立的诞辰起，……（老舍，2018：46）（《正红旗下》）

When he celebrated his thirtieth birthday, "when a man must stand on his own two feet*". (Cohn, 1982: 81)

*Confucius, *The Analects*. (Cohn, 1982: 81)

17）七九河开，八九雁来……（老舍，2018：61）（《正红旗下》）

In the seventh "nine", the river thaw, in the eighth "nine", wild geese soar.* (Cohn, 1982: 107)

* Beginning from the winter solstice, Chinese counted nine periods of nine days, lasting into the new year. Each period had its own particular characteristics.(Cohn, 1982: 107)

18）"不许脱！**春捂秋冻**！"（老舍，2018：61）（《正红旗下》）

Don't take that off! **In spring keep well covered. In fall, delay putting on thick garments!**** (Cohn, 1982: 107)

** In order to avoid illness during the changeable weather. (Cohn, 1982: 107)

19）"落霞与孤鹜齐飞，秋水共长天一色"……（老舍，2018：63）（《正红旗下》）

Rosy evening clouds and lone ducks fly together, the autumnal rivers and the great sky are of the same hue. (Cohn, 1982: 114)

20）既来之则安之，……（老舍，2018：87）（《正红旗下》）

He would take things as they came. (Cohn, 1982: 154)

21）又嘴上无毛，办事不牢，……（老舍，2018：96）（《正红旗下》）

I'm young and inexperienced in these matters. (Cohn, 1982: 169)

22）可也知道恐怕这是**砂锅砸蒜，一锤子的买卖，**……（老舍，2018：107）（《正红旗下》）

**This was a once in a lifetime chance.** (Cohn, 1982: 189)

23）而且一天到晚嘴中不是叫孩子，便是谈论<u>油盐酱醋</u>。（老舍，2012：5）（《四世同堂》）

… if she were not calling the children there was in her mouth from morning to night talk only of **oil, salt, sauce, and vinegar**. (Pruitt, 1951: 5)

24）可是心中十分满意自己的<u>未雨绸缪，料事如神</u>。（老舍，2012：18）（《四世同堂》）

In his heart he was very pleased with himself. (Pruitt, 1951: 21)

25）没想到，他会碰了钱先生一个软钉子！（老舍，2012：26）（《四世同堂》）

He had not thought that he would "bump his head against a nail" with Mr. Chien, …(Pruitt, 1951: 30)

26）我——一个<u>横草不动，竖草不拿</u>的人——会有这样的一个儿子，我还怕什么？（老舍，2012：38）（《四世同堂》）

I — a man who <u>will not move a weed that lies on the ground or pull a weed that stands</u> — how was it that I should have such a son! What have I to be afraid of?(Pruitt, 1951: 43)

27）风萧萧兮易水寒，壮士一去兮不复还！（老舍，2012：40）（《四世同堂》）

When the wind whistles the water in the river is cold. The brave one goes away and never returns. (Pruitt, 1951: 44)

28）想与桐芳争个<u>各有千秋</u>。（老舍，2012：54）（《四世同堂》）

She also wanted to show Peach Blossom that **"each had a thousand autumns,"** that each had her own prowess. (Pruitt, 1951: 49)

29）会那么婆婆妈妈的和七姑姑八老姨都说得来。(老舍，2012：65-66)(《四世同堂》)

He could like an old woman talk with the seven aunts and the eight uncles. (Pruitt, 1951: 54)

30）而是相信她自己的**手眼通天**。在这几天内，她已经和五位阔姨太太结为干姊妹，而且顺手儿赢了两千多块钱。(老舍，2012：74)(《四世同堂》)

But because she believed that **her own hands and eyes could reach heaven**. In the last few days she had already become sworn sister to five **rich concubines**, and had at the same time won over two thousand dollars at mah-jongg. (Pruitt, 1951: 59)

31）然后，指槐骂柳的，仍对两位小姐发言，而目标另有所在。(老舍，2012：74)(《四世同堂》)

She was **pointing at the elm to revile the willow**. She was speaking to the two young ladies but her aim was in another direction. (Pruitt, 1951: 59)

32）但是他**究竟**是乡下人，不像城里人那样**听见风便是雨**。再说，他的身体使他相信，即使不幸**赶到"点儿"上**，他必定有办法，不至于**吃很大的亏。**(老舍，2010：12)(《骆驼祥子》)

**Tr.1:** But after all, he was a country boy and not like the city folks **who hear the wind and immediately expect the rain**. In addition, his physique led him to believe that he was bound to have some way out if by ill fortune he **was put on the spot**. He wouldn't **suffer much loss**. (James, 1979: 12)

**Tr.2:** …, but **down underneath** he was still a countryman, and not like the city people, who **claimed it was raining whenever they heard the wind**. Besides that, his size gave him confidence: if by some bad luck he should find himself "on the spot," he could certainly find some way out, so that he **would not be likely to suffer too much loss**. (King, 1945: 21)

33）他是愿意**一个萝卜一个坑**的人。(老舍，2010：39)(《骆驼祥子》)

**Tr.1:** <u>It was all right with him if he never spoke to anyone again</u>. (James, 1979: 43)

**Tr.2:** Only then would he <u>really have a chance and his mind be at ease</u>. (King, 1945: 61)

34）俗言说得好，<u>常将有日思无日，莫到无时盼有时</u>。（老舍，2010：62）（《骆驼祥子》）

**Tr.1:** The proverb is right when it says "<u>When the sun is shining always think of the day when it won't be; don't end up wishing for time when time has gone.</u>" (James, 1979: 70)

**Tr.2:** The proverb speaks well which says, "<u>If always when there is sunlight you will think of the day when there may be no sun, you will never wish there is still time when the time is past</u>."(King, 1945: 107)

35）你真行！"<u>小胡同赶猪——直来直去</u>"；……（老舍，2010：64）（《骆驼祥子》）

**Tr.1:** "You do it your way! <u>Chasing a pig down an alley, doing things in a straightforward way,</u> is a good idea too!" (James, 1979: 72)

**Tr.2:** "You're certainly something!" she said. "Why don't you <u>herd pigs in the little side-lanes? You should go straight up and come straight back</u>; that would be simple, too (King, 1945: 111)."

36）"你可倒好！<u>肉包子打狗，一去不回头啊！</u>"（老舍，2010：68）（《骆驼祥子》）

**Tr.1:** <u>You can still come back</u> even though you're like <u>a dog who's been beat with a package of meat and not looking back beats a retreat!</u> (James, 1979: 78)

**Tr.2:** <u>You're a good one, though!</u> I <u>take a roll of meat and beat the dog with it, and still he runs away from me and won't come back</u>! (King, 1945: 121)

37）我知道你这小子<u>吃硬不吃软</u>，跟你说好的算<u>白饶</u>！（老舍，2010：70）（《骆驼祥子》）

**Tr.1:** I know a rascal like you <u>reacts to the hard but not to the soft</u>. Talking nicely to you **is a total waste!**(James, 1979: 80)

**Tr.2:** I know the kind of a little rascal you are — **you'll take the hard but not the soft** — talking nicely to you **is just a waste of time**. (King, 1945: 123)

38）不……" 祥子想说 "<u>不用打一巴掌揉三揉</u>"，可是<u>没有想齐全</u>；对北平的<u>俏皮话儿</u>，他知道不少，只是说不<u>利落</u>。（老舍，2010：70）（《骆驼祥子》）

**Tr.1:** "No …" Hsiang Tzu wanted to say "**No need to sock me once and pat me thrice**" but couldn't remember the whole phrase. He knew quite a lot of **sarcastic Peking slang** but couldn't speak it **freely**. (James, 1979: 81)

**Tr.2:** "There's no …" Happy Boy wanted to say, "**There's no use slapping me once and then patting me three times,**" but he couldn't think of the whole phrase. When it came to **the smart slang of Peking,** he knew quite a bit of it, only he **wasn't facile** in speaking it. (King, 1945: 124)

39）过了这村便没有这店！（老舍，2010：84）（《骆驼祥子》）

**Tr.1:** There won't be another inn once you've passed through this village! (James, 1979: 97)

**Tr.2:** This was the village where the hostel was; you passed the village by and you passed the hostel too; on the weary road beyond there would be no more of them. (King, 1945: 151)

40）真要是在这一夜里丢了东西，自己<u>跳到黄河里也洗不清</u>！（老舍，2010：99）（《骆驼祥子》）

**Tr.1:** If something did disappear tonight, **even jumping into the Yellow River wouldn't make him clean**! (James, 1979: 115-116)

**Tr.2:** It was very true that if during this particular night something was stolen, he might **jump into the Yellow River and still not wash himself clean of the suspicion**. (King, 1945: 178)

41）处处鸡啼，大有些<u>丰年瑞雪</u>的景况。（老舍，2010：100）（《骆驼祥子》）

**Tr.1:** Cocks were crowing everywhere. The prospect was one of **an abundant harvest thanks to the seasonable snow**. (James, 1979: 117)

Tr.2: Everywhere there was the caw of chickens and over everything **the promise of plenty and prosperity that the auspicious snow had brought.** (King, 1945: 179)

42）你才真是"**哑巴吃扁食——心里有数儿**"呢。（老舍，2010：111）（《骆驼祥子》）

Tr.1: There you **sit stuffing yourself in silence but you really get the idea**, don't you? (James, 1979: 130)

Tr.2: You're **the real dumb man eating meat dumplings; while the talkers are wrangling you get the meat. Your heart keeps a clear count.** (King, 1945: 201-202)

43）不用**揣着明白的，说胡涂的**！（老舍，2010：114）（《骆驼祥子》）

Tr.1: There's no point in **beating around the bush**! (James, 1979: 135)

Tr.2: Don't **press so closely that the thing becomes clear. Talk stupidly about it, as if you didn't understand.** (King, 1945: 209)

44）哈哈，你这小子要造反吗？说你哪，说谁！你给我马上滚！看着你不错，赏你脸，你敢**在太岁头上动土**，我是干什么的，你也不打听打听！（老舍，2010：115）（《骆驼祥子》）

Tr.1: So you want to make a revolution, do you? You punk! I'm talking about you, who else? Bugger right off! I thought you weren't so bad. I give you face and you think **you're on the top of the world** but boy, you've never even hear of what I can do! (James, 1979: 136)

Tr.2: Ha, ha! You, you're a slick one! You're thinking of rebellion, are you? I'm talking about you. Who am I talking about! Squirm away from here, in a hurry! Squirm!Because I thought you were all right, and gave you countenance, **you dare to dream of digging foundations on the face of the planet Jupiter**. What I am and what I do, you didn't stop to inquire. (King, 1945: 211)

45）祥子受了那么多的累，**过河拆桥**，老头子**翻脸不认人**，他们替祥子不平。（老舍，2010：116）（《骆驼祥子》）

Tr.1: Hsiang Tzu had worn himself out for Liu and now ingratitude was his reward. The old man **turned his face away and would not acknowledge him**. They were upset on Hsiang Tzu's account. (James, 1979: 136-137)

**Tr.2:** He had labored at so wearisome a task, and **now that the river was crossed the old man was tearing down the bridge**; he had no more use for Happy Boy, and was turning his face against him and would not recognize him. They all felt for Happy Boy the unfairness of this treatment. (King, 1945: 212)

46）别**鸡也飞蛋也打了**！（老舍，2010：116）（《骆驼祥子》）

**Tr.1:** She must not **break the egg now that the chicken had flown**! (James, 1979: 137)

**Tr.2:** If she had **scared away the chicken she must not at the same time break the egg.** (King, 1945: 213)

47）咱们俩的事，**一条绳拴着俩蚂蚱**，谁也跑不了！（老舍，2010：116）（《骆驼祥子》）

**Tr.1:** The business between us is like **one cord binding two crickets**; neither can get away! (James, 1979: 137)

**Tr.2:** The two of us are alike **a couple of crickets tied to one string**: neither can run away from the other. (King, 1945: 213)

48）清官难断家务事，……（老舍，2010：117）。（《骆驼祥子》）

**Tr.1:** It's hard for an honest official to make a judgment in family affairs… (James, 1979: 139)

**Tr.2:** Evan King 省略了这一句。

49）可是不肯**倚老卖老**。（老舍，2010：128）（《骆驼祥子》）

**Tr.1:** … but he refused to **act his age**. (James, 1979: 153)

**Tr.2:** … he was still not willing **to trade on his age.** (King, 1945: 239)

50）连个好儿也不问！你真成，永远是"**客（怯）木匠———一锯（句）**"！（老舍，2010：182）（《骆驼祥子》）

**Tr.1:** You didn't even ask how I am! Well, you've said what you've said and **once**

**the carpenter cuts the board it's too late**. (James, 1979: 220)

**Tr.2:** You don't even ask if I'm well! (King, 1945: 350)

## 十五、人物身份、职业

1）以前，我走**八旗老爷们**、宫里**太监**们的门子。（老舍著；英若诚译，2008：102）（《茶馆》）

**Tr.1:** In the good old days, I had connections with **the Manchu nobles** and **eunuchs** of the court. (Ying, 2008: 83)

**Tr.2:** I used to hobnob with the **Banner aristocracy** and **the palace eunuchs**. (Howard-Gibbon, 2001:103)

2）现在，人家**总长次长，团长师长**，要娶姨太太讲究要唱落子的**坤角**，戏班里的女名角，一花就三千五千现大洋！我干瞧着，摸不着门！我那点芝麻粒大的生意算得了什么呢？（老舍著；英若诚译，2008：102)（《茶馆》）

**Tr.1:** When **ministers and vice-ministers, generals and colonels** take concubines, they want sing-song girls and Beijing opera stars. They'll pay thousands of silver dollars for them. I can't even get my toe in the door. Why pick on my miserable bit of business? (Ying, 2008:83, 85)

**Tr.2:** Now, any high-ups looking for concubines insist on getting some actress who can sing local drama, or some star from a Beijing Opera troupe——and they're willing to pay from three to five thousand silver dollars. I'd love to get in on that , but... fat chance. The piddling bit of business I do is nothing. (Howard-Gibbon, 2001: 103)

3）难道我不是**内掌柜**的？（老舍著；英若诚译，2008：112）（《茶馆》）

**Tr.1:** Don't I run **half the teahouse**? (Ying, 2008: 93)

**Tr.2:** Don't I run **half the teahouse**? (Howard-Gibbon, 2001: 113)

4）我要把舞女、明娼、暗娼、吉普女郎和女招待全组织起来，……（老舍著；英若诚译，2008：154）（《茶馆》）

**Tr.1:** I'm going to organize all the dance-hall girls, prostitutes in the brothels and tarts on the street, jeep girls and waitresses into a huge trust. (Ying, 2008: 129)

**Tr.2:** Howard-Gibbon 译本未翻译

5）我决定改行，去**蹬三轮儿!**（老舍著；英若诚译，2008：188）（《茶馆》）

**Tr.1:** I've decided to throw up teaching. I'm going to **start pedaling a pedicab** instead! (Ying, 2008: 159,161)

**Tr.2:** I've decided to change jobs — **drive a pedicab**. (Howard-Gibbon, 2001: 113)

6）他上了天桥，没看见一个讨厌的人，可是觉得人人心的深处藏着些苦楚。**说书的，卖艺的，唱嘣嘣戏的，吆喝零碎布头的**，心中一定都有苦处。或者那听书看戏捧角的人中有些是快活的。（老舍，2012：220）（《离婚》）

**Tr.1:** With this thougt in his mind Old Li's eyes searched the face of every passer-by: of them all he felt that in the heart of each their grief lay hidden. **The teller of stories out of the old books, the acrobat, the singer of the jump-up-and-down dramas, the crier of the odd lots of cloth**: Old Li could read plainly now on the face of each of them the misery that each carried within him. (King, 1948: 244)

**Tr.2:** He came to Heavenly Bridge, where the most colorful people of the city gathered. **Jugglers, fortunetellers, letter-writers, peddlers, and girl singers** were all displaying their talents in exchange for a bowl of rice. (Kuo, 1948: 144)

7）吴太极？饭桶兼**把式匠**。（老舍，2012：234）（《离婚》）

**Tr.1:** Absolute Ultimate Wu? He was a fat, round rice-jar, good only to be stuffed with food, who was concurrently an expert at the art of tumbling! (King, 1948: 283)

**Tr.2:** Big Fist Wu? A **loafer**, and **a stupid boxer.** (Kuo, 1948: 170)

8）你爸爸不过是**三两银子的马甲**!（老舍，2018：11）（《正红旗下》）

Your father's just a cavalryman with three ounces of silver a month! (Cohn, 1982:21)

9）大家都盼望 "**姥姥**" 快来，……（老舍，2018：43）（《正红旗下》）

We were all waiting for **Granny** (as we called the midwife) to arrive. (Cohn, 1982:75)

10）"要不，就叫他念多多的书，去赶考，中个**进士**！"（老舍，2018：55）（《正红旗下》）

Otherwise, he can go and study very hard, take the examinations and become an "**Advanced Scholar**\*." (Cohn, 1982:98)

\* The highest of the three classes of scholars in the Chinese examination system (Cohn, 1982:98).

11）各庙会中的**练把式的、说相声的、唱竹板书的、变戏法儿的**……都得到他的赏钱，……（老舍，2018：57-58）（《正红旗下》）

He gave donations to all of the performers of **martial arts, humorous crosstalk, clapper ballads and magic tricks** at every temple fair he attended. (Cohn, 1982:102)

12）他们有的中了**秀才**，……（老舍，2018：63）（《正红旗下》）

Some of these men eventually **obtained a degree in the local examinations**, others filled government posts. (Cohn, 1982:113)

13）定大爷正和两位**翰林公**欣赏一块古砚。（老舍，2018：118）（《正红旗下》）

Master Ding was inspecting an antique inkstone in the company of two **scholars of the Imperial Academy**. (Cohn, 1982: 207)

14）四号住着**剃头匠**孙七夫妇；马老寡妇与她的外孙子，外孙**以沿街去叫："转盘的话匣子"为业**；……（老舍，2012：15）（《四世同堂》）

There were the barber, Sun the Seventh, and his wife; there were **Old Widow Ma**, and her daughter's son who had **the profession of wandering around the streets with a music box which had a needle that went round and round**; …(Pruitt, 1951: 17)

15）北房里住着丁约翰，信基督教，在东郊民巷的"英国府"**作摆台的**。北耳房住着**棚匠**刘师傅夫妇，刘师傅在给人家搭棚而外，还会**练拳和耍"狮子"**。东屋住着小文夫妇，都会唱戏，表面上是**玩票**，而暗中拿"黑杵"。（老舍，2012：15）（《四世同堂》）

… John Ting, a believer in Christianity. He worked as a table-boy in the **British Embassy** on Legation Street, called by him the **English Palace**. …

Besides building the matsheds which sheltered the courts from the sun in the summer, or were put up for ceremonial occasions such as weddings and funerals and birthday parties for those with the good fortune to live for a long time, Master Liu practiced the traditional stylized boxing and belonged to a club of lion dancers. He could be seen in the courtyard any morning taking his exercise and perfecting the steps of attack and defense; and on high festival occasions, with the club to which he belonged, he would dance the lion dance for the spectators. Master Liu was the hind legs of the lion.

In the east rooms lived Little Wen and his wife, both of whom could sing opera. **On the surface they were amateurs, but secretly they took money**.(Pruitt, 1951: 17-18)

16）**剃头匠**孙七并不在剃头棚子里耍手艺，而是在附近一带的铺户作包月活。从老手艺的水准说，他对**打眼，掏耳，捶背，和刮脸**，都很出色。（老舍，2012：28）（《四世同堂》）

The barber, Sun the Seventh, **was at home as none of the shops had opened for trade**. He did not work in a barber shop but had monthly contracts with business houses in the nearly streets. According to the standards of the old skills — for example, **to clear the eyes, to clean the ears, to massage, to shave** — he was very proficient;…(Pruitt, 1951: 32)

17）他打算教孙子们挑选一下，把该烧的卖给"**打鼓儿的**"好了。（老舍，2012：35）（《四世同堂》）

… be sold to the man with the little drum, **the man who bought and sold old things.** (Pruitt, 1951: 39)

## 十六、艺术、娱乐活动（太极、书法、京剧、绘画、花鸟）

1）她爱玩**梭儿胡**。每逢赢那么两三吊钱的时候，她还会低声地哼几句**二黄**。（老舍，2018：5）（《正红旗下》）

She loved playing "**shuttle cards**"*. Whenever she won two or three strings of cash, she ould hum a few bars of a **Beijing Opera tune in a low voice**. (Cohn, 1982:

11-12)

*Paper playing cards approximately 1x 6 inches. (Cohn, 1982: 11)

2）说也奇怪，在那么大讲维新与改良的年月，姑母每逢听到**"行头""拿份儿"**等等有关戏曲的名词，便立刻把话岔开。（老舍，2018：6）（《正红旗下》）

Strangely enough, in those days, when everyone was talking about Reforms and Modernization, if someone mentioned **"costumes", "actors' wages"**, or any other theatrical jargon, my aunt would immediately steer the conversation towards another subject. (Cohn, 1982: 12)

3）尽管如此，大家可是都没听她说过：我姑父的**艺名**叫什么，他是**唱小生还是老旦**。（老舍，2018：6）（《正红旗下》）

Still, no one ever heard her mention my uncle's **stage name** or whether he played the role of the **young leading males or the older women**. (Cohn, 1982: 12)

4）假若他是旗人，他可能是位**耗财买脸的京戏票友儿**。可是，玩票是出风头的事，姑母为什么不敢公开承认呢？他也许真是个**职业的伶人**吧？（老舍，2018：6）（《正红旗下》）

Another question under investigation was whether or not my uncle was a Manchu Bannerman. If he had been, he was probably one of **those amateur Beijing opera singers who squandered money to win fame**. But since singing opera was a fashionable hobby, why would my aunt haye been reluctant to admit it? Perhaps because he actually was a **professional actor**? (Cohn, 1982: 12)

5）**太极拳**是一切。把**云手和倒撵猴**运在笔端，便能写出酱肘子体的字。张大哥把烟斗用**海底针势**掏出来，吴先生立刻摆了个**白鹤亮翅**。（老舍，2012：174-175）（《离婚》）

**Tr.1: The Absolute Ultimate Fist** was all things. Mr. Wu had only to pour **the "cloud fist"** — which is to say, the first of magic power — and **the inverted monkey movement** into the style and manner with which he moved his brush pen over paper, and presto! There was created the truly original style — the soy-sauce and elbow juice manner which had made it possible for Wu to write quite as illegibly as any master of the brush-pen who ever lived.

With the stem of pipe Elder Brother Chang had managed **the miracle of fishing this slender needle from the floor of a vast ocean**; Mr. Wu responded at once, **spreading wide the flashing wings of the white crane against the blue sky of Heaven**, which is a way of saying that …(King, 1948: 110-111)

**Tr.2:** Judo even influenced his calligraphy. The normal fashions of writing were not for a wrestler such as Mr. Wu. It is true that he used all the techniques of graceful curves — like **the movement of clouds across a summer sky — the style of writing which reminds one of a monkey climbing a tree hand over hand in perfect co-ordination**; and he also used the conventional style, which might be described as like **a man reaching down to the bottom of the sea to search for a needle** — a style precise and beautiful, the mark of a poet or a scholar. But unfortunately he added to these his own judo technique, and the judo technique imposed itself so forcefully on the other styles that Mr. Wu's characters were stiff, bulky, and contorted, rather like big-fisted Mr. Wu himself.

Mr. Wu had to be chatted with. So Big Brother Chang took his pipe from his mouth, sighed, then talked on judo and every other subject but concubines. Finally, after an hour of skillful compromise, he slipped away when the opportunity presented itself. (Kuo, 1948: 63)

6）他还会唱呢！有的王爷会唱**须生**，有的贝勒会唱《金钱豹》，有的满族官员由票友儿而变为京剧名演员……戏曲和曲艺成为满人生活中不可缺少的东西，他们不但爱去听，而且喜欢自己**粉墨登场**。他们也创作，大量地创作，**岔曲、快书、鼓词**等等。（老舍，2018：9-10）（《正红旗下》）

He could sing opera too! Some of the princes liked to sing **the role of the bearded old men**, some *beile*\* could play martial roles and there were even some Manchu officials who became professional Beijing opera stars after a start in amateur theatrical societies. Whether sitting in the audience or **putting on make-up and going on stage**, taking part in the opera and the great variety of other musical entertainments popular in those days was an inseparable part of Manchu life. Manchus contributed a great number of **original intermezzi, clapper ballads and drum songs** to the repertoire. (Cohn, 1982: 18)

脚注：* Originally Manchu clan leaders, *belie* were heredity noblemen. (Cohn, 1982: 18)

7）他一声也不出，只等到她喘气的时候，他才用口学着<u>三弦</u>的声音，给她<u>弹个过门儿</u>："<u>登根儿哩登登</u>"。（老舍，2018：10）（《正红旗下》）

He did not reply, but the moment she paused for breath, he **provided an instrumental interlude — *deng gerli deng deng* — a take-off on a three-stringed guitar**. (Cohn, 1982: 19)

8）他收藏的几件<u>鸽铃</u>都是名家制作，……（老舍，2018：13）（《正红旗下》）

He had a collection of **pigeon whistles**\* carved by famous markers … (Cohn, 1982: 24)

\*Tiny carved whistles attached to pigeon's wngs which emitted flutey sounds when the birds flew. Entire flocks were fitted with these whistles. (Cohn, 1982: 24)

9）论学习，他文武双全；论文化，他是"满汉全席"。他会骑马射箭，会唱几段（只是几段）<u>单弦牌子曲</u>，会唱几句（只是几句）<u>汪派的《文昭关》，会看点风水，会批八字儿</u>。（老舍，2018：27）（《正红旗下》）

He was accomplished with both the pen and the sword. Culturally he combined the best Manchu and Han attainments. **He was a good horseman and archer, could sing a few stanzas (but only a few) of stories set to music and a few lines (but only a few) from the Wang School's version of the opera *Wenzhao Pass*. He knew a little about geomancy and work out people's horoscope.** (Cohn, 1982: 50)

10）福海二哥也精于<u>赌钱，牌九、押宝、抽签子、掷骰子、斗十胡、踢球、"打老打小"，</u>他都会。但是，他不赌。只有在老太太们<u>想玩十胡而凑不上手</u>的时候，他才逢场作戏，陪陪她们。（老舍，2018：28）（《正红旗下》）

Cousin Fuhai was adept at **gambling, playing dominoes, guessing dice under cups, drawing lots, crap-shooting, playing cards or kicking a ball around**. But he never played for money. When the old women needed **an extra hand for a game of cards**, he would join in for the fun of it. (Cohn, 1982: 50)

11）他不会**吟诗作赋**，也没学过**八股或策论**，可是只要一想到文艺，如**编个岔曲，写副春联**，他总是……（老舍，2018：28）（《正红旗下》）

He could neither **compose classical poetry nor write formal essays or political discourses**. If **required to write a short song or a New Year's couplet**, he …(Cohn, 1982: 50-51)

12）打牌，讲究起码**四十八圈**，而且饭前饭后要唱**鼓书与二簧**。（老舍，2012：17）（《四世同堂》）

He could play at mah-jongg for at least **forty-eight rounds in a sitting**, and before and after meals he would listen to **popular drum songs and the old operas.** (Pruitt, 1951: 19-20)

13）他的志愿是将来能登台去**唱黑头**，……（老舍，2012：83）（《四世同堂》）

His ambition was eventually to go on the stage and play the parts of **the painted faces.** (Pruitt, 1951: 65)

14）"我要是有势力的话，**碰！**"大赤包**碰了一对九万**，……（老舍，2012：148）（《四世同堂》）

"If I had the power——**peng, I have a pair**!" Big Red Pepper **took her pair** and continued. (Pruitt, 1951: 100)

15）连赌钱，他都预备下**麻将牌**，比**押宝**就透着文雅了许多。（老舍，2010：109）（《骆驼祥子》）

**Tr.1:** Even the gambling was a step up, for he had provided tables for **mahjong**, which was more elegant than **shell games**.

**Tr.2:** Even when it came to gambling, he had prepared **machiang sets** for his guests; that was much more refined and polished than **playing the lottery game** called "**Pawning the Precious Thing**". (King, 1945: 197)

16）**押宝或牌九**才合他的脾味。（老舍，2010：113）（《骆驼祥子》）

**Tr.1:** … and other games were more to his taste. (James, 1979: 133)

**Tr.2:** … told them instead that he didn't find any release in machiang; "**Pawning**

the Jewel" or "Nine Cards" were more to his taste, for all they were low class gambling games. (King, 1945: 206-207)

17）平日，这里的**说相声的，耍狗熊的，变戏法的，数来宝的，唱秧歌的，说鼓书的，练把式的**，……（老舍，2010：121）（《骆驼祥子》）

**Tr.1:** Ordinarily, **the sights here, the mimics, the trained bears, the magicians and fortune-tellers, the folksingers, the storytellers, and the martial dancers**, ...(James, 1979: 144)

**Tr.2:** Ordinarily, **the mimics that were here, the men with their trained Tibetan bears, the magicians, the counters of coming treasures, the singers of the rice-planting songs, the tellers of the stories out of the ancient books, the war dancers,** ...(King, 1945: 206-207).

## 十七、专有名词（地名、字号、天干地支、节气）

1）可是，您就忘记**老裕泰这个老字号**了吗？六十多年的老字号，用女招待？（老舍著；英若诚译，2008：142）（《茶馆》）

**Tr.1:** But don't you forget **Yutai's good name**. A respectable old name of sixty years' standing. Now hiring a waitress?(Ying, 2008: 117)

**Tr.2:** But you seem to forget that **Yutai Teahouse is a respected old name**. Should a respected old business of more than sixty years' standing be using a come-on hostess?(Howard-Gibbon, 2001: 143)

2）你那套**光绪年**的办法太守旧了！（老舍著；英若诚译，2008：148）（《茶馆》）

**Tr.1:** Your **Qing-dynasty** methods are way out of date! (Ying, 2008: 125)

**Tr.2:** Your bag of **nineteenth-century** tricks is way out of date. (Howard-Gibbon, 2001: 149)

3）**堂子胡同九号**，……（老舍，2012：179）（《离婚》）

**Tr.1: No.9, the Lane of the Court of Justice.** (King, 1948: 122)

**Tr.2: ...No. 9, Hall Alley.** (Kuo, 1948: 71)

4）老李决定不请太太<u>逛天坛和孔庙</u>什么的了。（老舍，2012：186）（《离婚》）

**Tr.1:** Old Li made up his mind that it wouldn't be much use to invite his wife to go sightseeing at **the Temple of Heaven, the Confucian Temple, or any other of the spots of which Peking was so proud.** (King, 1948: 142)

**Tr.2:** Lao Lee decided against the idea of taking her to visit **the Temple of Confucius or the famous Alter of Heaven, the real points of interest in the city**. (Kuo, 1948: 85)

5）那是有名的<u>戊戌年啊！戊戌政变</u>！（老舍，2018：6）（《正红旗下》）

I was born in **that famous year, 1898! The Reform Movement of 1898!** (Cohn, 1982: 12)

6）不幸，在白麻雀的声誉刚刚<u>传遍九城</u>的大茶馆之际，……（老舍，2018：8）（《正红旗下》）

Unfortunately, just as the fame of this sparrow began **circulating around all the big teahouses** in Beijing, it …(Cohn, 1982: 16)

7）我们不懂吃饭馆，我们与较大的铺户，如<u>绸缎庄、首饰楼</u>，<u>同仁堂老药铺</u>等等都没有什么贸易关系。我们每月必须<u>请几束高香</u>，买一些茶叶末儿，……（老舍，2018：21）（《正红旗下》）

We were not accustomed to eating in restaurants, nor did we have regular dealings with larger emporiums such as **silk merchants, jewelry shops**, or **the Hall of Fraternity Pharmacy**. Every month we did **purchase several bundles of incense sticks** and some tea dust, …(Cohn, 1982: 39)

8）一个<u>顺治与康熙</u>所想象不到的旗人。（老舍，2018：30）（《正红旗下》）

A Bannerman of a type of which no **Manchu Emperor** had dreamed. (Cohn, 1982: 56)

9）他的书库里只有一套《五虎平西》，一部《三国志演义》，四五册小唱本儿，和他幼年读过的一本《六言杂字》。（老舍，2018：31）（《正红旗下》）

《五虎平西》：*The Five Tiger Generals Pacify the West* (Cohn, 1982: 57)

《六言杂字》：*A Primer in Sexisyllabic Verse* (Cohn, 1982: 57)

10）……携着重孙子孙女极慢极慢的去逛大街和**护国寺**。可是，**卢沟桥**的炮声一响，……（老舍，2012：4）（《四世同堂》）

…to wander very slowly out into the main streets of the city and to visit **the Hu Kuo Ssu, the Temple of National Protection**. But the guns of **Marco Polo Bridge** sounded …(Pruitt, 1951: 4)

11）老人在幼年只读过**三本小书与六言杂字**；……（老舍，2012：4）（《四世同堂》）

The old man in his youth had studied only **the Three Little Classics and the Miscellaneous Six Words.** (Pruitt, 1951: 5)

12）他的儿子也只在**私塾**读过三年书，……（老舍，2012：4）（《四世同堂》）

His son also had studied for three years only in a **small private school**, …(Pruitt, 1951: 5)

13）……虽然李家院子是个又脏又乱的小杂院。（老舍，2012：15）（《四世同堂》）

Number Four, the compound next to Fourth Master Li's, was also a small mixed compound in which three families lived. (Pruitt, 1951: 17)

14）像**四牌楼，新街口，和护国寺街口**，……（老舍，2012：47）（《四世同堂》）

**Four Arches, the New Crossroad, and at the entrance to the Street of the Temple of the National Protection**…(Pruitt, 1951: 48)

15）他才明白那是一本《**大学衍义**》。（老舍，2012：67）（《四世同堂》）

It was a commentary on one of the **Four Confucian Classics**. (Pruitt, 1951: 55)

16）他的事情虽然还没有眉目，他可是已经因到各处奔走而学来不少名词与理论；由**甲**处取来的，他拿到**乙**处去卖；然后，由**乙**处又学来一半句，再到**丙**处

去说。(老舍,2012:71)(《四世同堂》)

Although there was no progress in his affairs, still going everywhere he had learned of many new schemes and theories. Those bought from **A** he peddled to **B**, those learned from **B** he told to the people at **C**.(Pruitt, 1951: 56)

17)在北平<u>的三九天</u>,尽管祁老人住的是向阳的北房,而且墙很厚,窗子糊得很严,到了<u>后半夜</u>,……(老舍,2012:302)(《四世同堂》)

Even though the old man's room faced south and was full of sunshine, and the walls were thick and kept out the wind, **by the latter part of a winter night** the old man would feel as though there were drafts on his temples and shoulders. (Pruitt, 1951: 148)

18)此外,因环境与知识的特异,又使一部分车夫另成派别。生于<u>西苑海甸</u>的自然以走<u>西山,燕京,清华</u>,较比方便;同样,在<u>安定门外的走清河,北苑;在永定门外的走南苑</u>……这是跑长趟的,不愿拉零座;因为拉一趟便是一趟,不屑于三五个铜子的<u>穷凑</u>了。可是他们还不如东交民巷的车夫的<u>气儿长</u>,这些专拉洋买卖的<sup>①</sup>讲究一气儿由<u>交民巷拉到玉泉山,颐和国或西山</u>。<u>气长</u>也还算小事,一般车夫万不能争这项生意的原因,大半还是因为这些<u>吃洋饭</u>的有点与众不同的知识,他们会说外国话。英国兵,法国兵,所说的<u>万寿山,雍和宫,"八大胡同"</u>,他们都晓得。他们自己有一套外国话,不传授给别人。(老舍,2010:3-4)(《骆驼祥子》)

**Tr.1:** Besides these groups, there is yet another one composed of those distinguished by background or knowledge. Those born in **His Yuan and Hai Tien**, west of the city, naturally find it advantageous to work **the Western Hills or the Ch'ing Hua and Yen Ching University routes**. Similarly, those born north of the An Ting Gate make trips to Pei Yuan and Ching Ho. Those born south of **the Yung Ting Gate go to Nan Yuan**. They are long-haul men. They refuse to take short-run customers because wearing yourself out on little three or five cent trips isn't worth it. But they yield to the prowess of the pullers in **the Legation Quarter**. These specialists in the foreign trade run from **the Western Hills** in one trip. But stamina is not what matters. The reason all the other rickshaw men cannot compete for the foreign trade is because these "**eaters of foreign food**" have a smattering of exotic knowledge. They have picked up some foreign words. These fellows understand when British or French soldiers say "**Longevity Mountain**" or "Summer Palace" or **mispronounce pa ta hu**

t'ung (the red light district). They know a few foreign words and do not pass what they know along to others. (James, 1979: 2-3)

**Tr.2:** Evan King 未译

## 十八、称呼、称谓（等级、亲属、朋友、同事）

1）娘娘！（老舍著；英若诚译，2008：168）（《茶馆》）

**Tr.1: Your Imperial Majesty**! (Ying, 2008: 141)

**Tr.2: Your Highness**. (Howard-Gibbon, 2001: 169)

2）师弟，你看这算哪一出？（老舍著；英若诚译，2008：178）（《茶馆》）

**Tr.1:** Now, have you ever seen a better act? (Ying, 2008: 151)

**Tr.2:** Well now, what kind of performance would you call that? (Howard-Gibbon, 2001: 179)

3）老掌柜，你硬硬朗朗的吧！（老舍著；英若诚译，2008：186）（《茶馆》）

**Tr.1: Old manager**, I wish you good health yourself! (Ying, 2008: 159)

**Tr.2: Old Proprietor**, take care of yourself. (Howard-Gibbon, 2001: 187)

4）"告诉你，大妹妹，……"（老舍，2012：179）（《离婚》）

**Tr.1:** I tell you, **Little Sister**, in times like these, …(King, 1948: 121)

**Tr.2:** I tell you, **my dear**, …(Kuo, 1948: 70)

5）"啊，亲家来了！"（老舍，2012：181）（《离婚》）

**Tr.1:** "Ah!"she greeted him, "**a relative of the family**!"(King, 1948: 126)

**Tr.2:** "Ah, **our relative** is here",…(Kuo, 1948: 74)

6）现在他老嫂子使唤新弟妇似的直接命令老李，……（老舍，2012：245）（《离婚》）

**Tr.1:** Now Mr.Chiu acted a**s if he were the elder brother's wife making use of the youngest brother's new bride**; he gave direct orders to Old Li, expressed in the curest and sharpest phrases, while he kept his nose pointed well into the air, as if to say, …(King, 1948: 311)

**Tr.2:** But still. Mr. Chiu felt he was there before Lao Lee and that Lao Lee must take orders from him. **So he literally threw work at Lao Lee and ordered him to hurry on with it**. (Kuo, 1948: 192)

7）她们必须知道谁是<u>二姥姥的姑舅妹妹的干儿子的表姐</u>，好来与谁的<u>小姨子的公公的盟兄弟的寡嫂</u>，做极细致的分析比较，使她们的席位各得其所，心服口服，吃个痛快。（老舍，2018：18）（《正红旗下》）

They made a careful analysis of **a female cousin on the mother's side of someone's second mother-in-law's younger sister's godson**, as opposed to **the brother's widow of someone else's sister-in-law's father-in-law's sworn brother**, in order to assign each of these guests her proper place and ensure that both concurred with the arrangement so that everyone could eat in peace. (Cohn, 1982: 34)

8）<u>二婶儿</u>，您好！（老舍，2018：27）（《正红旗下》）
**Aunt**, how do you do? (Cohn, 1982: 49)

9）就是遇见永远不会照顾他的和尚，他也恭敬地叫声"<u>大师父</u>"。（老舍，2018：77）（《正红旗下》）

He even addressed Buddhist monks who would never give him the time of day as "**Your Holiness**".(Cohn, 1982: 139)

10）"怎样？老大！"（老舍，2012：8）（《四世同堂》）
"How is it, Old First?" (Pruitt, 1951: 9)

11）李四爷（老舍，2012：15）（《四世同堂》）
Fourth Master Li (Pruitt, 1951: 16)

12）"<u>大嫂</u>！"瑞全好像自天而降的叫了声。（老舍，2012：19）（《四世同堂》）
"**Big Sister-in-law,**" Rey Tang suddenly appeared and shouted to her. (Pruitt, 1951: 22)

### 十九、物件儿

1）娘娘，我得到<u>一堂景泰蓝的五供儿</u>，东西老，地道，也便宜，坛上用顶体面，您看看吧？（老舍著；英若诚译，2008：170）（《茶馆》）

**Tr.1:** Your Imperial Majesty, I managed to get hold of **a set of cloisonne incense burners, five pieces in all**. Antiques! The real thing! Dirt cheap too. Just rig for the altar of our secret society. Why not have a peep at them? (Ying, 2008: 143)

**Tr.2:** Your Highness, I've got hold of **a set of five cloisonné sacrificial vessels**. They're very old, and they're genuine stuff. Cheap too. They'd look perfect on the altar, Why don't you have a look at them?(Howard-Gibbon, 2001: 171)

2）这双小<u>老虎鞋</u>！（老舍，2012：183）（《离婚》）

**Tr.1:** That beautiful pair of **little tiger shoes** that you've got on: …(King, 1948: 134)

**Tr2:** Those lovely little **shoes with the tiger heads**！（1948: 79）

3）乡下人还懂得哪叫<u>四衬</u>，哪叫<u>八稳</u>？（老舍，2012：236）（《骆驼祥子》）

**Tr.1:** …when did a villager even understand what could be called "**adequate on all four sides and steady on all eight legs**"(King, 1948: 70)?

**Tr.2:** How could a bumpkin know **what a chair matched what sofa**? (Kuo, 1948: 39)

4）佛桌上的<u>五供</u>擦了吗？（老舍，2018：38）（《正红旗下》）

**The incense-burners and candlesticks** on my altar aren't even polished yet! (Cohn, 1982: 68)

5）一路吹着唢呐，打着大鼓。（老舍，2018：42）（《正红旗下》）

Their processions filled the streets with the sounds of *sona\** and drum. (Cohn, 1982: 73-74)

\* The Chinese oboe. (Cohn, 1982: 74)

6）大赤包一手抓起<u>刺绣</u>的手提包，一手抓起<u>小檀香骨的折扇</u>，像战士冲锋

似的走出去。(老舍,2012:55)(《四世同堂》)

… her bag embroidered with the **seed stitch**, and with the other, her **sandal-wood fan**, …(Pruitt, 1951: 50)

7)祁家只有祁老人和天佑的屋里还保留着**炕**,其余的各屋里都早已随着"改良"与"进步"而拆去,换上了木床或铁床。祁老人喜欢炕,正如同他喜欢**狗皮袜头**,一方面可以表示出一点自己不喜新厌故的人格,……(老舍,2012:302)(《四世同堂》)

In the Chi family, only in the old man's room and in that of Tien Yiu had **the kangs — the brick beds** — been kept. In the other rooms, they had been torn away and **modern beds** installed. Old Man Chi was fond of his kang. Keeping the kang showed that he was not one who **"chased after the new and despised the old"**; …(Pruitt, 1951: 148)

## 二十、汉字

1)把"一"字都念成扁担,你念什么书啊?(老舍著;英若诚译,2008:180)(《茶馆》)

**Tr.1:** But you can't even read the character for "one"! How come you're at the university? (Ying, 2008: 153)

**Tr.2:** You don't know a character from a carrying pole. What are you studying? (Howard-Gibbon, 2001: 181)

2)她把**"大概"**总说成**"大概其"**,有个**"其"**字,显着多些文采,……(老舍,2018:15)(《正红旗下》)

"…Most probably you enjoy poisoning yourselves with gas." She said "**most probably**" instead of just plain "**probably**", feeling that "**most**" added a touch of elegance to her speech. (Cohn, 1982: 28-29)

3)中间油好了二尺见方的大红**福字**……(老舍,2012:16)(《四世同堂》)

…. and in the center was a carefully painted **red ideograph "Fu" for fortune**; …(Pruitt, 1951: 19)